시리야의
늑대

시리아의 늑대 1

초판 1쇄 찍은 날 │ 2015년 8월 26일
초판 3쇄 펴낸 날 │ 2016년 2월 12일

지은이 │ 김신형
펴낸이 │ 서경석

편 집 책 임 │ 조윤희
디 자 인 │ 신현아

펴 낸 곳 │ 도서출판 청어람
등록번호 │ 제387-1999-000006호
등록일자 │ 1999. 5. 31
어람번호 │ 제5-423호

주소 │ 경기도 부천시 원미구 부일로 483번길 40 서경B/D 3F
      (우) 14640
전화 │ 032-656-4452 팩스 │ 032-656-4453
http://www.chungeoram.com
E—mail │ chungeorambook@daum.net

ISBN 979-11-04-90372-4   04810
ISBN 979-11-04-90371-7   (SET)

시리야의
늑대

도서출판 청어람

Chungeoram romance novel 1

김신형 장편 소설

# Contents

# 0.

무릇 사람의 피를 흘리면, 자신도 피를 흘릴 것이니.

— 창세기 9:6

붉은 노을이 지고 있었다.

전면 창을 타고 스스럼없이 스며든 붉은 기운이 온 방 안을 진한 홍색으로 물들였다. 그 노을이 무감한 눈으로 보고 있던 남자의 금빛 머리 위까지 홍색으로 덮자 뒤에서 보다 못한 이가 나섰다.

"각하, 창에서 떨어지십시오."

188센티미터의 장신인 남자가 그 말에 피식 웃었다.

호선을 그린 입꼬리의 입술이 무미건조하게 보였다.

"그레이."

"네."

남자의 말에 부름을 받은 이가 고개를 숙여 보였다. 그를 불러

놓고 여전히 창가에서 떨어질 생각을 하지 않고 있던 남자의 손가락이 무미건조하게 톡톡 창을 두드렸다. 창밖으로는 들쑥날쑥한 뉴욕의 경치가 한눈에 보였다.

거대한 빌딩의 숲.

그 한가운데 남자가 서 있었다.

자신이 모시는 이가 혹시 저격이라도 당할까 봐 저어하고 있다는 것을 잘 알고 있는 듯 남자가 천천히 창에서 뒤돌아섰다. 부드러운 금빛 머리칼이 남자의 볼을 쓱 스쳤다. 남자가 자신을 돌아보자 그레이는 망설이지 않고 들고 있던 서류를 남자의 앞에 있는 테이블 위에 내려놓았다.

"어떤 접점도 없었습니다."

"그건 내가 판단해."

부드럽지만 단호한 명령에 그레이는 더 이상 아무 말도 하지 않았다.

천천히 창가에서 걸어온 그가 테이블 위의 서류를 들어 올렸다. 묵직한 서류 중 가장 앞면만 꺼내 빛에 비추어 보았다. 누군가의 프로필이었다.

단정한 검은 단발머리에 굳어 있는 검은 눈동자를 투시하듯 남자가 잠시 종이와 눈을 마주했다.

"각하."

얇은 종이에 투과된 석양의 빛이 그의 단정한 얼굴 위로 내려앉았다.

얼마를 그렇게 보고 있었을까. 종이에 쓰여 있는 게 다일 그녀의 이력서를 한참을 쳐다본 남자가 다시 테이블 위에 그것을 올려놓았다.

"여전히⋯⋯."

고저 없는 낮은 목소리엔 어떠한 감정도 담겨 있지 않았다. 굳이 감정을 찾자면 지독한 무료함이 그 음성 아래 짙게 깔려 있다.

"아무도 없는 세상이야."

그레이에게 한 소리가 아니었다. 그의 말이 무엇을 뜻하는지 잘 알고 있는 그레이의 고개가 더욱 아래로 숙여졌다. 10년이 넘는 세월 동안 모셔온 이였지만 자신 또한 그가 말한 '아무도 없는 세상'에 들어간다는 것을 알고 있었다. 문득문득 그것을 깨달을 때마다 입안이 썼다.

"다른 루트도 알아보고 있습니다."

꼭 보고서에 적힌 여자가 아니라도 알아볼 루트는 남아 있었다. 조금 더 시간이 오래 걸리고 천문학적인 비용과 함께 일도 복잡해지겠지만 어차피 눈앞의 남자에겐 시간과 돈은 썩어 넘쳐날 정도로 많았다.

"의뢰를 해."

그레이가 잠시 남자의 의중을 생각할 때 그의 손가락이 테이블 위의 프로필을 슥 앞으로 밀었다.

남자는 수단과 방법을 가리지 않는 자였다. 사실 보고서를 올릴 때만 해도 곧 여자를 납치해 와 그가 가장 잘하는 방법인 고문, 협박, 위협 등으로 망가뜨려 원하는 것을 얻어낼 줄 알았다.

하지만 의뢰라니? 저 두꺼운 보고서 어디에 그가 이런 번거롭고 귀찮은 일을 감수하게 할 만한 키워드가 있었는지 그레이는 짐작조차 할 수 없었다.

그의 주인은 변덕이 심하다.

그 말을 다시 한 번 머리에 새겼다.

"네."

그의 의도를 알아차리자마자 대답은 바로 나왔다.

"각하, 지금껏 누구도 찾지 못했습니다. 보고서를 보시면 아시겠지만 어떤 접점도 찾을 수 없었습니다. 시간 낭비일지도 모릅니다."

두 번은 그래도 헛고생하지 않게 말려야 하지 않나 싶어 그레이가 말했다.

"글쎄, 내 감은 그렇지 않다고 하는데."

그 말에 그레이는 그저 고개를 숙여 보이는 것으로 대답을 대신했다.

나른하고 고요한 침묵이 둘 사이를 감쌌다. 그 침묵이 언제라도 벼려진 칼날처럼 변할 수 있다는 사실을 알고 있는 그레이는 그저 조용히 다시 한 번 묵례를 해보이고는 스위트룸을 나섰다.

남자는 아직도 테이블 위에 남아 있는 프로필을 들어 올렸다. 천천히 창가에 다시 다가가며 붉은 노을이 투과되는 유리창에 종이를 비췄다. 노을 사이로 변하지 않는 유일한 색인 사진 속의 검은 눈동자가 무심하게 남자의 짙푸른 눈동자를 마주한다.

이미 여자에 대한 대략적인 보고는 굳이 테이블 위에 있는 서류가 아니더라도 알고 있었다.

"레인 크로포트."

남자의 입에서 흘러나온 여자의 이름은 아무도 듣지 못했다.

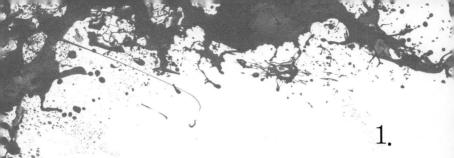

# 1.

유령은 언제나 우릴 붙어 다닌다.

— 길버트 파커

"자살 미션은 사절입니다만."

창문 위를 덮은 블라인드 사이로 언뜻언뜻 비치는 햇빛이 찬란하기만 했다. 이런 날엔 해변가에 누워 시원한 맥주 한잔 걸치며 선탠오일이나 바르는 게 정석 아닌가. 그러고 보니 해변에서 언제 선탠을 했는지 기억이 까마득했다. 선글라스, 선탠, 맥주, 발끝까지 밀려오는 파도, 모래사장, 서핑. 아, 맥주 대신 칵테일도 괜찮을 것 같았다. 밤이 되면 캠프파이어를 하면서 바비큐 파티를 해도 괜찮겠지.

가끔은 클레이의 말처럼 사람들과 엉망진창으로 어울리는 것도 괜찮은 일이었다.

"……인! 레인 크로포트!"

"네."

날카로운 턱 선을 보드랍게 감싸며 귀밑에서 짧게 잘린 검은 단발머리가 창가에서 시선을 돌리자 결 좋게 찰랑거렸다. 약간 창백하게 질린 얼굴에 역시 생기라곤 없어 보이는 색소 옅은 입술, 쌍꺼풀 없이 커다란 검은 눈동자, 얼굴에 혈색이란 것을 찾아볼 수 없는 꼴을 올려다보며 그녀의 상관인 존이 서류를 책상 위로 던졌다.

"내가 말할 땐 딴 생각 좀, 제발 좀!"

여전히 한 귀로 듣고 흘리는 표정으로 슬며시 레인이 다시 창가의 블라인드 틈으로 시선을 돌렸다. 조금은 멍한 눈동자를 보자 존이 울화가 치밀어 올라 급하게 '후하— 후하—' 하며 복식호흡을 내뱉었다.

"살이 얼마나 빠졌지?"

일단 화제를 다른 곳으로 돌리자 싶어 존은 진정된 속으로 다정하게 물었다.

확실히 두 달 만에 본 레인의 볼살이 쏙 빠져 있었다. 동양인들은 나이를 가늠하기 힘들었다. 프로필상으론 서른한 살의 레인 크로포트였지만, 생긴 건 이제 막 고등학교를 졸업한 것처럼 보였다. 물론 치열한 삶에 찌들어 산전수전 다 겪은 눈빛을 마주하게 되면 생각보다 나이가 많을 수도 있겠다고 생각하겠지만 어쨌든 겉모습은 그랬다.

키도 그가 맡고 있는 부대원들 중 가장 작았다. 프로필상 키가 167센티미터라고 했나.

거기까지 생각한 존은 새삼 그녀의 얼굴에서 혼혈의 흔적을 찾으려 애썼다. 아무리 눈 씻고 찾아봐도 그가 발견한 건 동양인 같지 않은, 보통의 동양인보다 조금 더 하얀 피부 뿐, 그 외엔 혼혈이란 흔적을 찾을 수 없었다.

갑자기 자신을 샅샅이 위아래로 살펴보는 시선을 느끼며 레인이 블라인드에서 완전히 눈을 떴다.

"드.디.어."

여기가 음악당도 아니건만 어디선가 스타카토처럼 간결하고 박력 있게 끊어진 단어에 존이 움찔했다.

"물어봐주시는군요, 소령님."

핏기 없는 입술이 씨익 호선을 그렸다.

"어, 어, 그래?"

레인의 미소를 무방비한 상태로 마주 본 존이 마치 메두사와 시선을 마주하기라도 한 것처럼 눈알을 슬쩍 옆으로 굴렸다.

"5킬로요."

"하하하, 다이어트에 성공했군! 축하해, 크로포트 대위."

"아프간의 지하 방공호에서 54일 중 39일을 냉방기가 고장 나 덜덜덜 돌아가는 환풍구 아래서 선풍기로 버텼으니 살이 빠질 수밖에요."

그리고 그 말은 곧 54일 동안 햇빛을 볼 수 없었단 말이기도 했다.

아프간, 아프간, 아프가니스탄!

빌어먹을 아프가니스탄. 지금도 그때 생각만 하면 이가 득득

갈렸다. 당장 본부로 돌아가자마자 이 일을 때려치우겠다고, 정말이지 냉방기가 돌아가지 않는 39일 동안 1분에 한 번 꼴로 생각했다.

"그런데 제가 돌아오자마자, 자살 미션이라뇨."

레인이 눈을 내리깔았다. 그녀의 시선이 책상 위에 있는 기밀 서류로 향했다.

"적어도 소령님. 이 일을 제게 들이밀기 전에……."

레인이 자신의 뒷주머니에 손을 대자 그녀의 총이 항상 어디에 있는지 알고 있던 존은 진심으로 놀랐다. '설마 더위를 먹고 미쳐서 상관을 살해하려는 건가?' 하는 생각이 불현듯 머리를 스쳤다.

하지만 레인의 손에 들린 것은 새하얀 봉투 한 장이었다.

"제 사직서부터 받고 들이미셨어야죠."

사직서를 사실 메일로 장장 34통을 보내놓았다. 하지만 거기에 대한 말이 일절 없어 이번에는 직접 써서 봉투에 넣어 들고 왔다. 그 봉투를 받자마자 본 적 없다는 듯 좍좍 찢어 의자 뒤로 넘긴 존이 기밀 서류를 조금 더 밀어 레인의 앞에 가져다 놓았다.

"사직서, 그래 좋지. 아주 좋아. 한데 내가 사직서를 받아주면 이제 뭐 먹고 살려고?"

"혼자서 뭐든 밥벌이 못 하겠습니까?"

혼자라는 말을 강조하며 레인이 말을 꺼냈다. 세상 어디에도 그녀가 책임져야 하는 가족이란 존재는 없었다. 처음부터 미혼모로 자신을 낳았던 어머니. 그런 어머니가 6년 전에 세상을 떠났다.

"사실 그때 그만뒀어야 했다고 생각합니다."

어머니를 떠올리자 다른 기억까지 함께 떠올랐다. 그때의 선택을 후회하지는 않는다. 하지만, 지금의 자신은 좀 지쳤다. 6년이란 세월은 많은 걸 변하게 했다.

"왜 그래? 지금까지 잘 해왔잖아."

"운 좋게 안 죽고 잘 해온 거죠."

레인이 심드렁하게 대답했다.

해변에 가고 싶었다. 지금 당장. 벌써부터 해변에라도 있는 듯 입안이 바싹 말랐다. 시원한 게 마시고 싶었다. 맥주라든가, 맥주라든가, 맥주 같은 거.

마이애미가 좋을까? 플로리다 비치도 꽤 괜찮았다. 하는 노동에 비하면 휴가가 짧았기에 평소 가보고 싶었던 태국이나 발리 같은 곳은 꿈도 꿔보지 못했다. 그녀에게 해외란 일하러 가는 곳일 뿐이었다.

"빌어먹을."

"하극상이냐?"

레인의 입에서 나지막이 터진 욕설에 존이 쌍심지를 켜고 물었다.

"내 배포가 너무 작아요."

"왜?"

지금은 상관과 부하란 상하관계가 아니라 그저 함께 사선을 넘나들었던 동료로서 서로 편하게 말하고 있었다.

존이 이제는 데스크 업무만을 맡고 있지만 전에는 생사고락을 함께한 동료였다. 그 시간이 자그마치 6년이었다. 6년의 세월 동안 항상 레인과 존은 함께였다.

"지금도 때려치우기로 한 마당에 태국이나 발리가 아닌 마이애미나 플로리다 비치만 생각하고 있으니까요."

좀 더 배포를 키워도 되건만. 항상 언제 임무가 떨어질지 몰라 가까운 곳만 생각하는 버릇에 스스로에게 환멸까지 느껴졌다. 워커홀릭이란 말을 들으면서까지 이 일을 해왔다. 미친 듯 돈을 벌어야 한다는 목표가 있었기에 가능했던 일이었다. 목표가 없었다면 과연 자신은 이 용병 일을 계속할 수 있었을까?

54일 만에 지하 벙커 문을 열었을 때였다. 새파란 창공 위를 날아가는 독수리 한 마리를 본 순간 맥이 탁 풀려 버렸다.

정말 이 일을 끝내야 할 때인지도 몰랐다.

"레인."

"말하지 마세요, 소령님."

딱히 하고 싶은 것도 없고 꿈도 없었다. 존에게는 밥벌이라도 하지 않겠냐 했지만 이곳을 떠나봤자 비슷한 일을 하게 될 확률이 컸다. 자신은 정말 이 일 외엔 아무것도 못 하는 사람이었으니까.

"하……."

새삼스럽게 그걸 깨달은 레인이 손바닥으로 이마를 짚었다.

"미래라곤 언제 죽어도 죽을 미래밖에 없는데 내가 대체 왜."

누구에게가 아니라 스스로에게 하는 말이란 걸 알아차린 존의 얼굴이 일그러졌다.

　누구나 미래를 이야기하면 배우자와 함께하는 미래라거나, 돈을 모아서 뭔가를 하겠다거나, 뭐가 되고 싶다거나 하는 평이한 말을 하는 데 비해 레인은 죽음을 말하고 있었다.

　"꼭 죽는다고 단정하지 마."

　"절 살려주실 것도 아니잖아요."

　함께 사선에 있었을 땐 분명 존은 자신을 위해 목숨도 버렸으리라. 하지만 이제는 레인과 존의 거리가 너무 멀었다. 자신이 위험에 처한다 해도 그가 구해줄 수 없을 거란 게 현실이었다.

　"정말로 그만둬야겠어요, 존."

　소령님이 아닌 존이라고 부르는 목소리는 확고했다.

　한번 결정을 내리자 레인의 얼굴에서 표정이 사라졌다. 그것이 결심임을 깨달은 존이 속으로 앓는 소릴 삼켰다. 상사된 입장으로 저 유능한 인재를 잡아야 된다는 것을 알지만, 마음속 깊숙이 레인이 누구보다 이 바닥을 떠나길 바라는 사람은 다름 아닌 존이었다.

　"그만둘 거면 결혼이나 해."

　"제 결혼을 왜 소령님이 신경 쓰시는 겁니까?"

　존은 자신이 말해놓고도 기가 막혔다.

　'레인 크로포트가 결혼을 한다'라. '누군가에게 정착한다'라.

　그녀를 6년 동안 봐왔던 존이 헛웃음을 삼켰다. 결혼과 정착이란 단어와 가장 어울리지 않는 사람이 바로 레인 크로포트였다. 회사에 들어와 그의 밑에 있던 처음 2년 동안 레인은 반 미

친 사람 같았다. 아니, 그때의 레인은 미쳤었다고 존은 확신할
수 있다.

그 당시 레인은 돈이 되는 일은 모두 했다. 위험할수록 보수는
높다. 그건 이 바닥의 생리였다. 그 위험한 일을 쉬지도 않고 스
스로를 학대라도 하듯 맡아서 해결했다. 그때는 지금처럼 전술
을 맡았던 것도 아니었으니 직접 현장에서 뛰었다. 존을 비롯한
다른 팀원들이 쉴 때조차 레인은 쉬지 않았다. 심지어 이 바닥에
서도 험하기로 소문난 놈들과 어울리며 닥치는 대로 일을 맡았
다.

그때의 레인은 아무도 건들지 못했다. 존조차도 임무에 관해
서가 아니면 말을 걸기 무서울 정도였다. 운 하나는 빌어먹게도
좋은지 그 생사를 넘나드는 일들을 해내고도 용케 살아남았다.

그녀가 그나마 사람 같아진 것은 4년 전부터였다.

그녀는 종잡을 수가 없었다. 휴가를 얻어 신 나 있는 팀원들
전체를 불러 왁자하게 먹고 마시며 며칠 보내다가도 이내 혼자 있
고 싶다며 어디론가 훌쩍 사라져 잠수를 탔다.

언젠가는 맨해튼 뒷골목의 작은 책방에 틀어박혀 휴가의 대부
분을 보냈으며, 언젠가는 뉴욕 외곽의 작은 목장에서 소젖을 짜
고 있을 때도 있었다. 그녀가 누군가에게 관심을 갖고 연애를 하
는 꼴을 단 한 번도 보지 못했던 존이었다.

인간관계는 나쁘지 않았다. 반쯤 미친 사람에서 그나마 자제
할 줄 아는 정상인으로 돌아오자 인기도 좋았다. 동료들 혹은 부
하들에게 고백을 꽤 받은 걸로도 알고 있었다. 지금 그들 중 대

부분은 결혼해 잘 먹고 잘 살고 있지만.

레인은 어딘지 모르게 아슬아슬했다. 생과 사를 달관한 듯 초연해 보여 더 그렇게 보이는지도 몰랐다. 그녀가 미친 듯 일을 떠맡아 사지(死地)로 돌던 6년 전에는 벼랑 끝에 있는 것 같은 아슬아슬함이 당연했다. 그때의 그녀는 정말 언제 죽을지 모를 사람이었으니까. 천천히 제자리를 찾아가고 안정을 찾아가며 그 위태함도 곧 사라질 거라 생각했던 건 착각이었던 모양이었다.

여전히 저 작은 몸은 위태해 보이고 아슬아슬했다. 하지만 존은 굳이 그 말을 입에 담지 않았다.

"그러고 보니 네가 문제군. 혹시 여자를 좋아하나?"

"그럴지도요."

레인은 의외로 순순히 인정했다.

"뭐! 여자를 보면 막 두근두근하고 그래? 막 이성적으로 느껴져?"

책상을 두 주먹으로 쾅 치며 벌떡 일어난 존이 큰 소리로 물었다. 그런 격한 반응에 레인이 삐딱하게 한쪽 입술을 올렸다.

"이젠 사생활까지 간섭하시려고요?"

"야, 인마! 너랑 나 사이에…….."

"여자든 남자든 제게 똑같습니다."

누구도 이성으로 느껴지지 않았다. 아무리 함께 생사를 넘나들어도 그들은 그저 동료일 뿐이지 레인에게 이성이 될 수 없었다. 어쩌면 자신의 감정이 조금 메말라 있을지도 모르겠다고 생각했다.

"한 번도 없었어? 정말 단 한 번도?"

"소령님 같으면 툭하면 얼굴에 위장 크림이나 처바르고 일주일 넘게 샤워도 못해 몸에서 쉰내가 풀풀 나는, 게다가 볼 거 못 볼 거 다 본 사이에 연애가 가능하다고 생각합니까?"

물론 가능해서 동료끼리 사귀는 경우를 보기는 했다. 다만 레인이 가능하지 않을 뿐이지.

"그리고 제가 왜 이런 대화를 소령님과 끝도 없이 해야 됩니까?"

"아, 그렇지, 참."

존이 다시 푹신한 의자에 등을 기대며 앉았다.

"아무튼 전 제 사표가 잘 수리될 거라 생각하고 이만 나가보겠습니다."

"레인 크로포트 대위."

"네."

"사실 내가 내일부터 휴가야."

이건 또 무슨 새로운 개소리냐는 얼굴로 레인이 대답도 하지 않고 존의 뒷말을 기다렸다.

"이 사표를 수리할 상관인 내가 휴가라고."

거짓말이다. 거짓말이 분명했다. 휴가는 항상 9월에 몽땅 쏟아부어 한 달 동안 가족 여행을 간다는 사실을 잘 알고 있는 레인에게 존이 뻔뻔하게 말했다. 더구나 지금은 7월이었다.

"이를 어쩌나. 벌써 6시가 넘었군. 나는 앞으로 한 달을 쉴 참인데."

"존."

소령은 어디에 떼먹고 이름을 부르는 고요한 목소리에 담긴 칼날을 존이라고 모를 리가 없었다.

그에 아랑곳하지 않고 존이 책상 서랍에서 숨겨왔던 서류 하나를 기밀 서류 위에 툭 던져 놓았다.

"이건 단순한 경호 업무야."

"전 경호팀이 아닙니다."

그건 존도 알고 있었다. 하나, 지금 존과 레인이 속한 회사는 대외적으로는 미국에서 가장 큰 경호업체 제너그사였다. 하지만 제너그의 막대한 수입의 대부분은 경호 일이 아닌 각국에 파견된 용병들로부터 벌어들이는 것이었다. 제너그 측은 외국까지 경호원을 파견한다 했지만 말이 그럴 뿐 실상은 용병 수출이었다.

"알아. 하지만 그쪽에서 여자 경호원을 원해."

"그럼 경호팀에서 알아보셔야죠."

말은 이렇게 했지만 레인은 이미 존이 무슨 일이 있어도 이 일을 자신에게 맡기려 한다는 것을 눈치채고 있었다.

한 달이라…….

레인도 사표가 수리될 때까지 휴가를 써버릴까 했지만 쉽사리 휴가를 내줄 기세가 아닌 존이었다.

"소령님, 제 마음은 바뀌지 않을 겁니다."

"경호 업무가 끝나고 바로 예멘으로 떠나도록 해."

두 건의 임무였다.

"자살 미션은 하지 않겠다고 했습니다."

"마지막이야, 레인."

존의 목소리는 진지했다. 그는 어떻게든 레인을 붙잡아두고 싶은 마음과 놓아주고 싶은 마음이 충돌하는 것을 느꼈다. 그녀의 능력은 아주 쓸 만했고 제너그에서 그녀와 같은 인재가 필요했다. 레인이 결혼이라도 해서 정착하겠다고 하는 것이 아닌 이상 존은 그녀를 놓치고 싶지 않았다.

그냥 불안했다. 자신의 시야가 닿는 곳에 그녀가 있길 바랐다. 다시는 6년 전의 레인의 모습은 보고 싶지 않았다.

"기밀 서류 의뢰인 이름을 봐."

의뢰인은 레인을 지정했다. 레인 외의 다른 사람이면 안 된다는 조항도 함께였다. 까다로운 일이었지만 액수는 비슷한 일을 해주고 받는 것의 세 배였다. 레인이 못마땅한 얼굴로 기밀 서류의 가장 마지막 장을 들췄다.

―의뢰인: 아리아 다비드

아리아.

머릿속에서 그녀의 음성이 울렸다. 과거의 기억 한 조각이 불쑥 레인의 눈앞에 튀어나와 서류로 존재하고 있었다.

그것은 갚아야 할 빚이었다. 언젠가 그녀가 자신을 가장 필요로 할 때 무슨 일이 있어도 돌아오겠다고 약속했다. 자신의 모든 것을 걸고 그녀와의 약속을 이행하겠다고 맹세했다. 지난 6년간 문득문득 아리아의 얼굴이 생각났다.

"널 지정했던데, 아는 사람이야?"

"네."

레인의 손이 천천히 의뢰인 란에 적혀 있는 아리아의 이름을 손끝으로 문질렀다.

다정하고 상냥했던 여자였다. 레인이 모든 것을 걸고 약속을 하자 그럴 일은 없었으면 좋겠다고 자신을 향해 죄스럽게 웃던 그 수수한 얼굴이 기억났다.

"누군데?"

결국 참지 못하고 존이 물었다.

"존."

레인의 검은 눈동자가 투명하게 빛났다. 마치 깊은 심해에 가라앉는 침전물과 같이 어둑어둑한 눈동자로 레인이 말했다.

"정말로 이게 마지막일지도 모르겠습니다."

"그럴 일은 없었으면 좋겠어. 난 레인이 다치는 게 싫어."

그녀의 맹세에 금방이라도 울음을 터뜨릴 것처럼 웃으며 대꾸하던 그 힘없는 목소리가 환청이 되어 귓가에 울렸다.

더 이상 레인은 아무 말도 하지 않았다. 그저 묵묵히 자신의 앞에 놓인 두 개의 서류를 집어 들었을 뿐이었다.

과거의 자신과 마주하는 묘한 기분이었다.

"레인."

방을 나서다 존이 부르는 목소리에 대답 없이 뒤돌아본 그녀가 그의 말을 기다렸다.

"……추가 수당 줄게."

"추가 수당이 아니라 사망 수당이겠죠."

"한 달 뒤에 보자."

레인이 대답 대신 픽하고 웃어보였다.

그녀가 나간 문에서 시선이 떨어지질 않아 한참을 바라보다 이내 존이 가장 찜찜했던 두 번째 서류를 생각했다.

두 개의 서류가 모두 다 레인을 지목하고 있었다. 이 바닥에서 지목이란 건 그만큼 전의 일처리가 확실해서 믿고 맡긴다는 의미도 있었지만 이건 좀 달랐다. 첫 번째 서류야 레인도 의뢰인의 이름을 보고 알아본 모양이지만 두 번째 경호 업무는 조금 달랐다. 레인은 지금까지 공식적인 경호 업무를 해본 적이 없었다.

그런데도 그녀를 무슨 이유에서 지목한 걸까.

레인을 복잡하게 만들기 싫어 가타부타 이야기하지 않았지만, 그 경호 업무는 존의 까마득한 윗선에서 내려온 일이었다. 그것부터가 못내 찜찜해 처음부터 들이밀지 못하고 애꿎은 책상 서랍만 열었다 닫았다 했던 존이었다.

레인의 목숨이 위험할지도 모르는 첫 번째 의뢰보다도, 무엇보다 평범한, 기밀의 '기'자도 들어가 있지 않은 평이한 경호 업무가 왠지 더 위험해 보였다. 그건 사선을 10년 넘게 넘나들면서도 목숨을 잃지 않고 살아남은 존의 본능이 말하는 것이었다.

존의 방을 나온 레인은 어느새 자신의 손 안에 들어와 있는 두 개의 서류를 바라보며 어깨를 으쓱했다. 어쩌다보니 분위기에 휩쓸려 둘 다 들고 나오긴 했지만 경호 업무는 아직도 이해할 수 없었다. 물론 기본적인 경호의 정석 정도야 레인도 알고 있었다.

굳이 생각하지 않아도 저절로 3회의실로 향하는 걸음은 느릿했다.

"팀장, 보고는 다 마친 거야?"

누군가 그녀의 어깨를 뒤에서 툭 치며 물었다.

"리."

자신과 똑같은 검은 머리의 동양계 남자를 보며 레인이 어느샌가 잔뜩 굳어 있었던 얼굴을 풀고 웃었다. 한국계인 리는 한국에서 군을 제대하자마자 제너그사에 스카웃된 인재였다. 여기서 적응하는 것 중 가장 힘든 게 영어를 배우는 일이었다고 말하는 그는 레인의 팀원들 중 유일한 순수 아시아인이었다.

어느새 3회의실 앞에 다다르자 안에서 왁자한 소리들이 우렁차게 들려왔다.

"이따 펍에 가서 맥주 한잔?"

그녀의 검은 단발머리를 손바닥으로 부비며 리가 물었다. 리의 말에 레인이 천천히 손에 들린 서류를 들어 보였다.

"뭐야? 또 일이야?"

"일단 들어가자."

회의실 문을 열자 소음에 가까운 소리들과 훅 끼치는 쉰내가 연달아 청각과 후각을 강타했다.

"……내가 보고하러 들어간 동안 좀 씻고 있으라니까."

하여간 말은 지지리도 안 듣지. 레인의 이마가 찌푸려졌다. 안에서는 팀원들이 위장 크림도 아직 지우지 않은 우락부락한 얼굴로 뭔가에 열중해 목에 핏대까지 세우며 열띤 토론의 장을 펼치고 있었다.

"젠장! 레이사는 D컵이라니까!"

"미친 새끼야, E컵이거든!"

"이 또라이들이, 어떻게 그게 D, E컵이냐? 그 중간 D 1/2 컵이 확실해."

"그걸 네가 어떻게 아는데?"

열댓 명의 시커먼 놈들이 저렇게 열을 올리며 싸우는 걸 보면서 레인이 익숙하게 회의실 가장 상석의 의자를 꺼내 앉았다. 그녀의 뒤에서 리가 레인의 의자에 한쪽 팔을 걸치고 비스듬히 기대 그 상황을 관전했다.

"저 봐, 레이사가 팀장보다 가슴이 정확히 2배잖냐. 그러니까 팀장은 B컵과 C컵의 중간이란 소리……."

퍼억—

군복에 가려진 자신의 가슴을 가리키며 망발을 내뱉은 블락이 레인이 재빠르게 던진 두툼한 기밀 서류 모서리에 이마 정중앙을 찍혔다.

"으악! 아프잖아!"

"회의실 내에서 발포만 허가됐어도 바람구멍을 만들어주는 건데, 그치? 응?"

레인이 싱긋 웃으면서 잇새로 씹어뱉듯 말하자 블락이 자신의 앞에 떨어진 기밀 서류를 들고 냉큼 일어났다.

"흠흠, 그러니까 말이지."

그녀의 앞으로 다가온, 키 2미터의 우락부락한 고릴라에 가까운 블락이 그 커다란 몸집을 레인의 앞으로 숙이며 은밀하게 물었다.

"어떻게 생각해? 여자인 팀장이 잘 알 거 아냐. 레이사는 무슨 컵일까?"

이미 회의실 중앙엔 어지러이 널려 있는 지폐가 보였다.

100달러짜리도 있었고 간간이 50달러나 10달러짜리도 있었다.

레인은 두 달 전 아프간 임무를 떠나기 전에 봤던, 그들의 단골인 펍 조조에 새로 들어온 알바생인 레이사를 기억해냈다. 이 회의실에 있는 녀석들 모두가 왜 임무를 눈앞에 두고 긴 여정을 떠나야 하는 자신들의 앞에 지금에야 나타났냐고 소리치던 그때를 잊을 수가 없었다.

팬티가 보일 정도로 짧은 핫팬츠에 여봐란듯이 보여주던 깊은 가슴골이 드러난 티셔츠 하나만 입고 서빙을 하던 그녀가 이 시커먼 사내 녀석들의 애타는 몸부림에 한쪽 눈을 찡긋했었다. 한눈에 반했다며 두 달 후에 데이트를 해달라며 대뜸 말하는 블락에게 그녀가 한 5초쯤 고민하더니 말했었다.

"내 가슴 사이즈를 정확히 알아오면 데이트 해줄게요."

그때부터였다. 레인은 두 달 내내 틈만 나면 모두가 합심해서 그녀의 가슴 사이즈를 추측하는 놈들로 인해 노이로제에 걸릴 뻔했다. 그게 지금 자신의 앞에서 돈이 걸린 궁극의 내기로 발전해 있었다.

달칵―

레인이 들어왔을 땐 여전히 떠들던 놈들이 뒤이어 들린 회의실의 문소리에는 쥐 죽은 듯 고요해졌다.

깨끗이 샤워까지 끝낸 말끔한 모습으로 들어오던, 레인 외에 팀의 유일한 여자인 클레이가 회의실 책상 위에 어지러이 떨어져 있던 돈들과 핏대를 세우며 말하다 입을 싹 닫은 팀원들을 쓱 바라보았다.

한 손에 든, 회사 아래 있는 커피 전문점에서 사온 에스프레소 7샷이 담긴 테이크아웃 잔을 레인의 앞에 놓아준 클레이의 싸늘한 시선이 블락을 향했다.

"내가……."

아직 물기가 남아 있는 짙은 적색의 머리칼을 쓸어 올리는, 키 183센티미터의 여자 치고는 조금 큰 클레이가 싸늘하게 일갈했다.

"팀장 오기 전에 끝내라고 했지?"

역시 팀장은 클레이가 했어야 했다고 레인은 생각했다. 좌중을 압도하는 저 카리스마를 보라. 팀장인 레인이 들어왔을 땐 들어오든 말든 떠들어대던 놈들이 클레이가 문을 열기가 무섭게 얌전히 제자리에 앉아 그녀의 시선을 피하기 급급했다.

"이 버러지 같은 새끼들이 어디서 아직도 성희롱질이야? 죽고 싶냐, 이 고릴라 새끼야? 네가 감히 팀장한테 가슴 사이즈를 물어봐?"

"야, 클레이!"

"뭐 이 새끼야! 생각이란 걸 할 줄 모르니까 네가 아직 고릴라 새낀 거야. 이 새끼가 진짜 몸 만들기 심심하니까 뇌에도 근육을 만들었지? 응?"

군화발로 사정없이 블락의 정강이를 걷어차는 클레이의 욕설은 톤이 높지 않아서 더 위협적이었다. 얼굴색 하나 변하지 않고 욕설을 내뱉는 그 톤 또한 안정적이었다. 클레이의 그런 점이 제일 무섭다고 팀원들은 입을 모아 말했다.

자신과는 상관없다 여기며 레인이 클레이가 사온 커피를 한 모금 입에 넣었다. 그러자 팀원들의 표정이 일그러졌다.

에스프레소 더블 샷도 아니고 무려 7샷을 희석하지 않고 그대로 물 마시듯 들이켜는 모습은 항상 적응되지 않는다는 얼굴들이었다. 보기만 해도 쓰다는 얼굴들로 이미 그들은 클레이와 블락에게서 흥미를 잃고 시선을 돌렸다.

결국 사정없이 정강이를 걷어차인 블락이 허리를 굽혀 울상을 짓자 그제야 구타를 멈춘 클레이가 여전히 사나운 눈빛으로 좌중을 압도했다.

"누가 또 여기서 팀장 가슴 사이즈 알고 싶은 새끼 있니?"

'있으면 나와 봐'라고 말하는 그 눈빛에 사내들이 조용히 고개를 숙였다. 클레이는 아무도 상대하고 싶어 하지 않았다. 팀장인 레인의 일에는 눈에 불을 켜고 나서는 그 성격을 알고 있기 때문이었다. 그녀는 동료로서 꽤 많이 훌륭했지만, 거기에 레인이 끼면 굉장히 많이 무서운 여자가 되었다.

"안 치워?"

눈짓으로 책상 위의 지폐들을 가리키자 너 나 할 것 없이 손을 뻗어 자신들의 돈을 회수하는 손길에 레인이 결국 참지 못하고 물었다.

"……얼마 걸렸는데?"

그들의 손이 딱 멎었다.

"1,260달러!"

아직도 정강이를 문지르고 있던 블락이 냉큼 대답했다.

뒷주머니에서 주섬주섬 지갑을 꺼낸 레인이 씩 웃으면서 어머니의 사진 뒤 아껴뒀던 비상금 100달러짜리 지폐를 책상 위로 던졌다.

"F컵. 좀 덜 찬 F컵이지만 본인은 F컵이라고 우길 거야."

지금껏 한 번도 나오지 않았던 사이즈에 팀원들이 고개를 갸웃했다.

"에이, 설마."

"확실해."

레인이 확신에 찬 표정으로 고개를 끄덕였다.

그러자 클레이도 자신의 지갑을 꺼내더니 100달러짜리 지폐를 책상 위로 던졌다.

"나도 팀장에게 건다."

"나도."

뒤에서 이 상황을 관전하던 리가 또다시 100달러를 걸었다.

"나, 나도 그럼 팀장한테……."

"팀장은 이런 거 빗나간 적 없으니까."

슬그머니 한소리 하면서 자신들도 레인의 쪽에 걸겠다고 말하자 레인이 고개를 저었다.

"우리 팀 규칙 1이 뭐지?"

"……한 번 건 내기 판돈은 물릴 수 없다."

누가 들으면 그딴 게 규칙 1번이냐! 묻겠지만 이건 정말 중요했다. 단 한 번도 내기에서 져본 적 없는 레인이 싱글싱글 웃으면서 말했다.

"회의 시작하지."

"무슨 회의. 우리 피곤해 죽을 거 같아."

"설마 지금 사지에서 살아 돌아온 놈들한테 바로 임무가 떨어졌거나 그런 거 아니지?"

"하하하하, 거 참 농담도."

보통 이런 장기적인 임무를 끝낸 뒤에는 포상휴가가 잇따랐기에 다들 서로가 잘못 들은 거라 생각하고 있었다.

"보수는 아프간에서 받았던 세 배."

다들 고되다, 힘들다, 집에 가서 애들 보고 싶다 이야기하던 좌중이 조용해졌다.

역시 위대한 돈의 힘을 깨닫고 레인은 블락이 다시 자신의 앞으로 가져온 기밀 서류를 손가락으로 톡톡 두드렸다.

"나 빼고 선착순 다섯."

방에 모인 이들의 표정이 굳었다. 보수가 높을수록 위험한 일이다. 아프간의 임무도 위험했고 충분히 높은 보수였다. 그 보수의 세 배. 하지만 인원은 그 절반만 필요하다는 말에 아무리 돈에 움직이는 용병들이라도 선뜻 나서는 이가 없었다.

"나랑 리는 당연히 갈 거고 앞으로 셋."

클레이의 말이 떨어지기 무섭게 여럿이 손을 들었다.

"짐작했겠지만 자살 미션이나 다름없어. 부양가족이 있는 놈들은 손 내려."

"부양가족은 있지만 돈이 좀 급해서."

"그래도 안 돼."

레인이 단호하게 고개를 저었다.

"대체 어딘데 그래?"

그녀의 태도가 이해되지 않는지 블락이 물었다.

"이거 안 보여?"

레인이 기밀 서류를 가리키자 그가 입을 다물었다. 확정된 팀원에게만 임무에 대해 입을 열어야 했다.

"리, 클레이, 나, 블락, 그리고…… 조이와 페이크."

쓱 훑어보고 팀원들을 부르자 자동으로 앉아 있던 남은 팀원들이 회의실을 빠져나갔다. 그제야 레인은 기밀 서류 안의 내용물을 꺼내들었다.

"작전 지역은 예멘의 수도 사나."

그 말이 떨어지기 무섭게 성질이 제일 급한 블락이 외쳤다.

시리아의 늑대

"팀장, 거기가 지금 어떤 상황인 줄 알고 그러는 거야? 거긴 전 국토가 여행금지구역이라고."

"뭐, 아프가니스탄은 안 그랬나?"

레인이 대수롭지 않게 대꾸했다. 아프가니스탄, 소말리아, 예멘은 전 국토가 '대피를 권고함. 여행을 연기하십시오'라는 뜻의 빨간색으로 칠해진 나라 중 하나였다. 그나마 아프가니스탄은 미군들도 작전을 수행하느라 꽤 많은 편이었고, 예멘보다는 덜 위험했다. 예멘은 이미 국토가 세 개로 나뉘었다고 봐도 상관없었다. 이미 수도인 사나는 시아파 반란군에게 넘어가 의회가 해체됐고 수도의 아래쪽은 여전히 대통령 휘하의 정부군이 치열하게 수도를 탈환하기 위해 싸우고 있었다. 그것도 모자라 그 두 세력의 중간쯤엔 IS에게 뒤통수를 맞고 시리아, 이라크 지부까지 모조리 빼앗긴 알카에다가 예멘 전선에 사활을 걸고 있었다. 거기다 남예멘은 독립을 하겠다고 이 혼란스러운 틈을 비집고 들어오고 있었으니 한마디로 말하자면…….

"총체적 난국이지."

뭐 이런 족보도 개떡 같은 나라가 다 있는지, 레인은 처음 작전 지역이 예멘이라는 걸 들었을 때 이건 자살 미션이라며 거절했었다.

"일주일 뒤, 사우디아라비아를 통해 입국할 거야."

직접적으로 예멘으로 가는 모든 길은 막혔다. 미국을 적대시하다 못해 친미파였던 전 대통령까지 끌어내린 나라니 비행기를 타고 갈 수도 없고, 해로보다는 레인이 말한 것처럼 사우디아라비아를 통해 육로로 들어가는 게 좀 나았다.

"우리 완전 외국인이라는 거 티 나는데."

"그래서 우르르 데려갈 수 없으니 이런 단출한 팀이잖아."

"대체 거기서 뭐하는 건데?"

페이크가 물었다. 그의 국적은 이라크로, 3년 계약으로 제너그사에 소속된 용병이었다. 이번 작전에 그를 꼭 넣어야겠다고 생각했던 건 그가 중동 쪽의 정세를 잘 알고 있거니와 외국인이란 점 때문에 거동에 제한이 있는 자신들을 대신해 바깥의 상황을 알아다 줄 수 있는 사람이었기 때문이다.

"나도 구출 작전이란 것 외엔 잘 몰라."

정말이었다. 기밀 서류에는 구출 작전이라고만 나와 있었고 대상이 누구인지는 나와 있지 않았다. 수도인 사나에서 아리아 다비드와 접촉하라는 말이 전부였다. 그 대상이 아리아인 걸까 싶었는데 그녀의 성격상 스스로를 구해달라고 말할 이가 아니었다.

"빠질 사람은 빠져."

기밀 내용을 듣고도 빠진다면 기밀 내용을 외부로 유출하지 않겠다는 법적 서류에 서명을 해야 했다.

"여섯 명으로 구출 작전이라……."

리가 레인의 머리 위에서 조용히 중얼거렸다.

사실 예멘이든 아프간이든 위험하긴 마찬가지라 그건 문제가 되긴 해도 그렇게 큰 부분을 차지하진 않았다. 정말 문제는 사람을 죽이거나 물건을 탈환하는 데 익숙해진 용병들에게 누군가를 '구출'하라는 지시였다.

누군가가 죽지 않게 안전지대로 이동시키는 건 필시 누군가의 목숨을 필요로 한다.

"나는 콜."

리가 더 이상 말하지 않고 콜을 외쳤다. 그리고 리의 시선이 자연스럽게 클레이를 향했다.

"나도 콜."

"……콜."

클레이의 정강이에 한 대 더 얻어맞은 블락이 어쩔 수 없이 콜을 외쳤고 조이와 페이크도 고개를 끄덕였다.

"유서는 미리 써놓고, 일주일 뒤 아침 7시에 공항에서 보지."

어깨가 뻐근했다. 그제야 자신의 몸에서도 쉰내가 난다는 사실을 인식한 레인이 인상을 찌푸렸다. 샤워할 시간도 없이 보고부터 하라고 닦달하는 존 때문에 정신이 하나도 없었다. 이미 샤워를 끝낸 클레이가 레인의 어깨를 감싸 안으려다 이내 코를 막고 물러섰다.

"어우, 샤워부터 좀 하지."

"지금 할 거야, 지금."

"조조에서 기다릴게."

유일하게 이 팀에서 샤워를 마친 사람은 클레이와 리뿐이었다. 그들에게 손을 훠이훠이 흔들어주고 레인이 책상 위의 서류를 알뜰하게 챙겨 샤워실로 향했다.


연한 회색 스키니진에 하얀색 반팔 티셔츠, 검은색 크로스백을 맨 차림새로 레인이 펍 조조로 들어섰다.

"레인, 오랜만."

문을 열고 들어가자마자 시끌벅적한 음악으로 가득 찬 안에서 그녀를 알아본 바텐더와 몇몇 사람들이 인사했다. 제너그 본사와 가장 가까운 펍이었기에 손님들 대부분이 제너그에서 일하거나 일했던 사람이었다. 아무래도 전직이나 현직 용병들이라 험악해서 싸움도 자주 일어나 펍으로서는 보기 드물게 가드까지 세워져 있었다.

"신분증, 신분증."

그녀를 알아본 흑인 가드 제이크가 손을 내밀었다.

"그 레퍼토린 언제 바꿀 거야?"

"웃, 하지만 더 어려졌다고. 아프간에 갔다더니 어디서 휴양이라도 하고 온 거야?"

"휴양…… 휴양 하면 역시 바닷가겠지?"

제이크의 농담에 또다시 해변이 생각났다. 이제는 해가 완전히 저물어서 그런지 뜨거운 열기는 많이 사라졌지만 그래도 더웠다. 에어컨 앞에서 잠시 서 있던 레인의 등을 제이크가 떠밀었다.

"너희 팀, 2층에 있어."

"아아, 고마워."

"레인!"

2층으로 올라가려는 레인을 붙잡은 바텐더 릴리가 그녀 앞으로 시원한 맥주병 하나를 밀었다. 레인은 꽤 멀리 떨어진 곳에서 어떤 제지도 받지 않고 스르륵 밀려와 정확히 내민 손 안에 들어오는 시원한 병을 받아들었다.

"웰컴 드링크야! 죽지 않고 왔구나!"

"고마워, 릴리."

병에 살짝 키스하며 흔들어주자 릴리가 마주 손을 흔들었다. 2층으로 가볍게 올라가자 어디서나 눈에 띄는 덩치들이 보였다.

"팀장!"

이미 그쪽으로 가고 있건만 굳이 손을 들어 붕붕 흔들어대는 블락이 보였다. 작년 건강검진에서 블락의 키가 197센티미터를 찍었다는 걸 기억해 냈을 때 절대 귀엽게 보이지 않는 행동이었다.

오늘의 모토는 '먹고 죽기'인지 레인이 샤워를 하고 옷을 갈아입고 여기까지 오는 게 그리 긴 시간이 아니었음에도 불구하고 산처럼 수북하게 쌓여 있는 맥주병이 보였다.

"아직 초저녁이야."

"아프간에서 얼마나 이 맥주가 생각났는지 팀장이 잘 알잖아. 먹고 죽을 거야. 오늘 이 가게 맥주 내가 전부 마셔 버릴 거야."

시원한 맥주는커녕 시원한 물도 마셔본 기억이 없는 레인이 그제야 손에 든 맥주를 마셨다. 액체는 시원하게 입안에 감돌다 꿀꺽꿀꺽 사라졌다. 해갈이라도 하는 사람처럼 입도 떼지 않고 병을 원샷한 그녀가 맥주병 더미 위에 맥주병을 내려놓았다.

"이야, 역시 우리 팀장!"

입가로 흘러내린 맥주를 손등으로 닦으며 레인이 자신의 자리에 털썩 앉았다.

"발렌타인! 발렌타인! 발렌타인!"

"조니워커 블루! 블루! 블루!"

"로얄 샬루트! 샬루트! 샬루트!"

자리에 앉기가 무섭게 팀원들이 손바닥으로 테이블을 치며 이구동성으로 외쳐댔다.

레인은 피식 웃었다.

돈을 벌면 뭐하나. 술값으로 다 날아가는데. 이렇게 꽤 긴 임무를 다함께 무사히, 한 명도 죽지 않고 끝낼 때마다 가장 비싼 술을 모여서 먹는 건 이미 그녀가 팀장이 되기 전부터의 오랜 전통이었다.

"이래서 팀장 안 하겠다고 했는데. 여기 발렌타인 30년, 조니워커 블루, 로얄 샬루트!"

"우오오오오오오오!"

짐승 같은 함성 소리가 동시에 울렸다. 주변의 테이블들이 무슨 일인가 싶어 모조리 레인의 팀을 쳐다봤을 정도였다.

"술이 오기 전에 결과 나왔지?"

짐승처럼 울리던 함성 소리가 일시에 멎었다.

"내놔."

"왜 팀장이 이겼다고 단정 짓고 말하는 건데?"

"너희 하는 꼴을 보니까 내가 이겼네, 뭐."

블락은 돈을 다른 데 걸었지만, 레이사에게 말하기는 레인이 말해준 답안을 말하고 전화번호를 얻었다. 돈은 잃었지만 가장 큰 보상인 미인을 얻었으니 아쉬울 거 없이 100달러를 테이블 위에 올려놓았다.

하나둘 저마다 울상을 지으며 내놓은 돈은 1,560달러.

그걸 520달러씩 세 명의 승자들이 나눠가졌다. 이걸로 오늘 술값은 해결되겠다고 생각하며 곧이어 양주가 세팅되자 언제 돈을 잃었냐는 듯 또다시 왁자지껄한 함성이 이어졌다.

언제부턴가 이 순간이 제일 좋았다. 모두가 살아 있다는 것을 확인하는 바로 이 순간.

"얼굴이 까칠해졌어, 레인."

클레이의 손가락이 레인의 볼을 쿡 찔렀다.

"그런 너는 왜 같이 땀 뻘뻘 흘렸는데 그대론 거야."

"난 하루에 7천 칼로리씩 먹는다고."

그럼에도 불구하고 군더더기 없이 날씬한 몸매를 가지고 있는 클레이를 보며 레인은 새삼 감탄했다.

"넌 입이 짧잖아."

클레이의 말을 거들며 리가 비밀 이야기라도 하듯 레인의 귓가에 속삭였다. 하긴, 서로가 이렇게 가까이 이야기하지 않으면 저 짐승 같은 소리에 묻혀 잘 들리지 않았다.

"몰라. 여름이 지나가야 돼."

유독 여름을 타는 레인이다. 그 방공호에서 하얗게 떠서 정말 죽어버릴 것 같았던 그녀를 기억하는 클레이의 눈에 동정이 담겼다.

"예멘이나 아프간이나."

"그래도 예멘에선 에어컨 없는 방공호에 처박히진 않겠지."

그때 생각만 하면 아직도 등 뒤로 땀이 비 오듯 흐르는 것 같은 착각이 들었다.

"으하하하! 마셔! 마시고 죽어버리자고!"

어느새 레인 앞에 맥주잔이 넘어왔다. 모두가 기대라도 하듯 그녀를 쳐다보고 있었다. 잔은 맥주잔인데 들어 있는 건 분명 발렌타인과 조니워커 블루와 샬루트가 분명했다. 그 세 가지 술을 한데 섞은 맥주잔을 레인이 복잡한 심경으로 바라봤다.

"마셔라! 마셔라! 먹고 죽어!"

"이건…… 발렌타인에 대한 모독이야."

하나하나 맛봐도 기가 막힌 양주를 이렇게 쓰레기처럼 섞어 놓다니. 그것을 깨달은 순간 술이 너무 아까워서 눈물이 찔끔 나올 뻔했다.

"무식한 놈들. 비싼 걸 사주면 뭐해. 혀가 무식쟁인데."

"마셔마셔!"

투덜거림 따위 들리지 않는 듯 여전히 테이블을 요란하게 쳐대며 마시라는 말만 연발하는 팀원들이 레인은 죄다 오랑우탄이나 고릴라처럼 보였다.

자신이 마실 때까지 이렇게 떠들 놈들이란 걸 알기에 레인이 또다시 단숨에 맥주잔을 비웠다. 목 언저리로 넘어가는 화끈한 도수의 술들은 이미 그 고유의 맛이 느껴지지 않았다.

"안주, 안주!"

블락이 곰 같은 투박한 손으로 잔을 내려놓은 레인의 입에 과일 몇 조각을 처넣었다. 말 그대로 처넣어서 입안 가득 들어찬 파인애플과 멜론을 한꺼번에 씹게 됐다.

"ㅋ하하! 햄스터 같아! 햄스터!"

또다시 레인이 마셨던 맥주잔에 무식하게 양주를 퍼부으며 이번엔 누구를 죽여 볼까 눈을 빛내던 이들이 한꺼번에 웃었다.

"시끄러워. 신고식 했으니 난 이만 간다?"

술기운이 확 올라오고 있었다. 무식하게 빈속에 양주를 때려 부었으니 당연한 수순이었다.

"그럴 리가. 이제부터 시작인걸, 팀장."

또다시 맥주잔을 콸콸콸 채운 양주가 레인의 앞에 놓였다.

"그것만 먹어, 팀장."

"그래그래. 그것까지만 먹어."

'그리고 먹고 같이 죽는 거야'라는 눈빛들이 형형하게 빛났다. 주량이 약한 편은 아니지만 이 정도로 단시간에 먹으면 정말로 급성알콜중독이 올지도 모른다. 욕설이 입 밖으로 튀어나오려는 걸 꾸역꾸역 집어 삼키며 레인이 잔을 들었다.

먹고 몰래 토해야겠다. 저 짐승들은 자신이 이걸 원샷하지 않는 한 이곳에서 내보내 줄 생각이 없어 보였다.

레인이 또다시 꾹 참고 불이 붙은 것 같은 양주들을 목으로 넘겼다.

"토하기 있기, 없기?"

"없…… 기…….."

화장실에 가려는 레인의 손목을 움켜쥔 리가 악마처럼 씩 웃으면서 그녀를 가로막았다.

"······브루투스, 너마저······."

시저의 명대사를 내뱉으며 배신감에 몸을 부르르 떨자 리가 박장대소를 하며 울렁이는 그녀의 등을 탕탕 쳤다.

"나 믿지 말라니까."

평소 조용조용하고 레인을 챙겨주던 리는 아무 데도 없었다. 그가 술만 마시면 기막히게 사람이 짓궂어진다는 것을 간과한 레인은 화장실에 갈 타이밍을 보기 좋게 놓쳤다. 눈앞의 맥주잔이 두 개로 보이고 세 개로 보였을 때, 도저히 안 되겠다 싶어 일어났다.

"왜? 내일 약속도 없잖아?"

자리에서 주섬주섬 일어나는 레인을 리가 다시 붙잡으며 물었다.

"있어."

"너 친구도 없고 가족도 없잖아?"

아무렇지도 않게 레인의 약점을 쿡 찌르며 리를 도와 클레이가 물었다.

"······서류 두 개야. 나 내일부터 부업 뛰어."

그 서류에는 내일 오전 11시까지 H호텔 로비로 출근하라고 적혀 있었다. 자신에게 입을 만한 정장이 있었던가 하고 생각하다가 일찍 집에 가서 챙겨놓아야겠다고 생각하며 정말 돈만 내주러 펍에 온 그녀였다.

"그러니까 일주일 동안 잘 쉬고 공항에서 보자."

리와 클레이가 잡을 새도 없이 레인이 하얗게 질린 얼굴로 시끄러운 펍을 나섰다.

이렇게 무식하게 앉자마자 술만 안 먹었어도 좀 늦은 밤까지 괜찮았을 텐데, 술기운이 확 올라왔다. 술에 취하면 얼굴이 붉어지는 게 아니라 더 창백해진다는 것을 알고 있는 레인이 펍에서 나오자마자 서둘러 지나가는 택시를 붙잡았다.

# 2.

보이는 것이 늘 전부는 아니다. 첫 인상에 속는 사람이 많다.
소수의 지성만이 그 속에 잘 숨겨진 것을 알아차린다.

— 파이드루스

"빌어먹을, 빌어먹을, 빌어먹을."

아픈 위를 부여잡고 침대에서 일어난 레인은 화장실로 달려가 멀건 위액을 변기에 토해냈다.

평소 주량은 약하지 않았다. 하지만 두 달여간 본의 아니게 금주를 한 상태에서 갑자기 쏟아 부은 엄청난 도수의 술은 그녀의 위를 쥐락펴락하고 있었다. 약하게 위경련마저 일어나자 세면대 앞의 거울을 열고 비상약을 꺼내 수돗물과 함께 두 알을 삼켰다.

다크서클이 턱 밑까지 내려와 있는 퀭한 얼굴이 제가 봐도 좀 무서웠다.

화장실의 하얀 타일보다 자신의 얼굴이 더 창백하게 질려 있다는 것은 굳이 비교하지 않아도 잘 알고 있었다.

"아…… 출근하기 싫다."

모든 직장인이 아침마다 하는 고민을 입 밖으로 꺼내며 레인이 아직도 억 소리가 날 정도로 온몸에서 풍기는 술 냄새를 씻어내기 위해 샤워부스 안으로 들어갔다. 두 달 동안 집을 비운 흔적은 여기저기서 잘 나타났다. 그중 가장 대표적인 게 여기저기 뿌옇게 쌓인 먼지들이었다. 이 먼지 구덩이로 가득찬 집을 과연 치우고 예멘에 갈 수 있는지 따위를 생각하며 샤워를 마친 그녀가 샤워타월 하나를 걸치고 침실로 향했다.

침대의 머리맡에 있는 전자시계를 힐끔 보니 이제 9시가 좀 넘었다.

술에 취해 정신없는 와중에도 찾아놓은, 제너그사에 처음 면접 볼 때 입었던 검은 정장은 좀 구겨지긴 했지만 그건 다리면 될 일이었다.

"빛도 없어, 희망도 없어, 꿈도 없어, 아아아― 불쌍한 나의 인생이여―."

허밍으로 어디선가 들었던 음악을 중얼중얼하면서 한 백만 년쯤 꺼내보지 않은 스팀다리미를 침대 헤드 아래서 찾아내 열심히 서투른 다림질을 했다.

그러고 보니 이 정장을 마지막으로 입었던 건 6개월 전이었다. 우리 팀 사람이 아닌, 친하게 지냈던 다른 팀 용병의 갑작스런 전사로 인한 장례식에서였다.

"별로 좋은 기억이 있는 옷은 아니지."

정장이라고는 이것 하나 단벌뿐이라 면접 볼 때를 제외하고 입었던 기억들은 죄다 장례식뿐이었다.

"하긴 내가 보통의 평범한 직장인은 아니지."

보통의 평범한 직장인이라…….

아침마다 러시아워에 시계를 보며 초조하게 운전을 하고, 시간에 쫓겨 손에 커피 한 잔을 들고 뛰다시피 출근해 하루 종일 내근하고, 기지개를 켤 때쯤 나가서 직장 동료들과 수다나 떨며 점심을 간단하게 먹고…….

"좋은데?"

한 번도 그런 평범한 직장 생활이 부럽다고 생각한 적 없었다. 하지만 생각해 보니 나쁘지 않겠다는 생각이 스멀스멀 들기도 했다.

"적어도 타국에서 죽을 일은 없잖아."

그것만으로도 족했다. 나중에 존이 다시 '이 일 때려치우고 뭐 하려고!'라고 물으면 회사원이 되겠다고 이야기를 해야겠다.

생각을 마친 레인이 만족스럽게 웃으며 또다시 버릇처럼 시계를 봤다. 10시를 가리키고 있는 시계를 보며 스팀다리미를 찾는데 시간을 너무 허비했다는 걸 깨닫곤 혀를 한 번 찬 뒤 정장을 입었다. 정말 살이 빠진 게 실감이 날 정도로 바지가 좀 헐렁했다. 조금 컸지만 어색할 정도는 아니었다.

깜박하고 드라이를 하지 않아 아직 축축한 머리칼과 시계를 번갈아 보다 이내 가는 동안 마르겠거니 생각을 하며 넥타이를 고쳐 맸다. 그리고 거울을 보고 심호흡을 한 번 한 뒤 글록17을 허리의 벨트 케이스에 넣었다. 버릇처럼 군용 나이프를 발목에 차고 발을 한번 흔들어 불편하지 않다는 것까지 확인한 뒤 밋밋한 정장 구두를 신었다.

아파트에서 호텔까지는 그리 멀지 않았다. 집 앞을 지나가는 택시를 잡아타고 목적지를 말하자 곧 차가 움직였다.

뉴욕의 여름은 습하고 더웠다. 아프간만큼은 아니었지만 차라리 습하지 않고 뜨거운 아프간이 낫다고 느낄 정도였다. 잠깐 밖에 나와 택시를 탔을 뿐인데 벌써 답답해졌다.

시원한 에어컨 바람을 쐬며, 회사원이 된다면 뉴욕보다는 북부 캐나다 쪽이 좋을 것 같다고 생각했을 때 택시가 호텔 앞에 도착했다.

레인은 택시비를 치르고 벨보이가 열어주는 문에서 내려 호텔 안으로 들어갔다. 쓱 로비를 둘러보자 왠지 모르게 바짝 긴장하게 됐다. 자신이 생각하던 보통의 호텔이 아니었다. 묘한 위화감이 들었다. 레인은 그것이 곧 호텔 구석구석 있는 검은 정장의 사내들 때문이란 것을 깨달았다. 호텔 직원들까지 묘하게 웃는 얼굴로 긴장하고 있었다.

순간 대통령이라도 온 건가 싶었다.

손목에 있는 마이크형 무전기로 뭐라고 이야기를 하는 남자와 눈이 마주친 레인은 그게 낯선 사람이 호텔로 들어온 것에 대해 상부에 보고하는 것임을 알아보았다. 뭐, 자신이 상관할 바는 아니라고 생각하고 프런트에서 의뢰인을 찾으려 했을 때였다.

"레인 크로포트 씨."

그녀가 레인 크로포트라는 것을 이미 알고 있다는 말투였다.

혹시가 아닌 확신의 말투에 레인이 뒤를 돌아보았다.

짙은 회색 머리칼에 무테안경을 쓴, 190센티미터에 가까운 장신의 남자가 자신의 앞에 서 있었다. 짙은 감청색의 슈트를 입고 손에는 어울리지 않게 서류철을 들고, 조금 날카로운 인상을 그대로 내보이며 그가 레인을 내려다보고 있었다.

"네."

"반갑습니다. 그레이 러스터라고 합니다."

자신의 의뢰인이었다. 의뢰인 란에서 그의 이름을 본 것을 기억하며 레인이 그레이가 내민 손을 맞잡았다.

"러스터 씨의 경호를 맡을 레인 크로포틉니다."

남자는 이미 자신의 이름을 알고 있었지만 그래도 확실하게 소개를 하자 그가 묵묵히 고개를 끄덕였다. 그레이라는 이름과 회색 머리칼을 번갈아 바라보며 이름이 참 단순하기도 하구나, 그런 생각을 할 때였다.

"의뢰는 오늘부터 6일간입니다."

레인은 이번에는 정말 쉬는 날은 하루도 없겠구나 싶어 속으로 혀를 찼다.

"그리고 경호 대상은 제가 아닙니다."

하긴, 눈앞의 남자는 경호를 해야 할 사람으로 보이지 않았다. 오히려 이 남자에게서 보통 사람을 경호해야 할 것 같았다. 레인은 남자와 손을 맞잡은 순간 알았다. 그의 손바닥에 박인 굳은살은 자신의 손바닥에도 있었다. 보지는 않았지만 제 팀원들의 손바닥에도 있으리라. 정장을 입고 손에 서류철을 들고 있었지만 그것만으론 평범한 회사원으로 보이지 않는 사람이었다.

"네."

"조금 있으면 내려오실 겁니다. 그분은 신변 노출을 극도로 꺼리십니다. 이 일을 맡기 전 비밀 엄수 조항에 사인을 해주셨으면 합니다."

그레이가 들고 있던 서류철을 펜과 함께 레인에게 넘겼다. 경호 업무를 맡다보면, 사실 경호 업무뿐만 아니라 일반적인 용병 업무도 비밀 엄수 조항이 반드시 들어가기는 했다. 의뢰인, 그리고 그의 사생활에 대해 업무가 끝나고 나서도 반드시 함구하겠다는 조항이었다.

새삼스러울 것도 없어 레인은 슥 눈으로 훑어본 서류의 가장 마지막에 서명하고 다시 그레이에게 넘겼다.

"꼭 지켜주십시오."

"안 지키면 큰일 납니까?"

진중하게 말하는 그레이의 눈을 보며 레인이 조금 삐딱하게 물었다. 정말 경호 업무는 자신과 맞지 않았다. 굳이 얼렁뚱땅 예멘의 일에 정신 팔려 서류를 같이 들고 오긴 했지만 잠깐의 휴가도 즐기지 못한다는 생각에 조금 짜증이 나 있는 상황이었다.

아무리 사람이 없어도 이제 막 아프간에서 돌아온 자신에게 경호 업무라니. 속도 좋지 않고 사실 그쪽에서 시비를 건다면 때려치울 좋은 조건이었다. 물론 회사에선 자신을 씹어 먹으려 들겠지만 이미 사표도 던졌겠다, 될 대로 되라지.

"아마……."

그레이의 회색 머리칼 아래 짙은 눈썹이 꿈틀했다. 뭔가를 생각하던 그가 진중하게 입을 열었다. 아무래도 가장 알맞은 단어를 찾느라 고심하는 듯 그는 앞에 있는 레인이 답답할 정도로 몇 번이나 입을 열었다 뗐다. 그리고 드디어 그 대수롭지 않은 질문에 대답했다.

"장담하건대 평생 괴로우실 겁니다. 제가 모시는 분께선 조금, 성격이…… 못…… 돼서요."

레인이 고개를 갸웃했다. 마지막 말은 거의 희미해서 잘 듣지 못했지만 앞뒤 맥락을 따져봤을 땐 못됐다는 소리였다.

누가?

딩―

근처에 있는 엘리베이터 문이 열리는 소리에 그레이가 흠칫 몸을 굳혔다. 그리고 레인에게서 한 발짝 물러섰다. 마치 그 엘리베이터에서 누가 내릴지 알고 있다는 듯.

가장 먼저 보인 건 흰색 스니커즈였다. 그리고 물 빠진 연한 청바지에 흰색 티셔츠가 보였다. 본의 아니게 발끝에서부터 죽 상대방을 훑어본 모양새가 된 레인의 시선이 그 티셔츠의 끝에 도달했다.

날렵한 턱선과 그 위로 보이는 유난히 붉은 혈색이 도는 입술. 그리고 모공조차 보이지 않는 하얀 피부. 깎아지른 절벽을 연상케 하는 콧날과 지금 뉴욕의 하늘과 꼭 닮은 색인, 창공을 옮겨 놓은 푸른 눈동자가 보였다.

그보다 더 레인의 시선을 사로잡은 건 귀밑으로 부드럽게 넘겨져 있는 금발 머리칼이었다. 실버블론드란 게 어떤 색인지 이 남자를 보는 순간 알게 됐다. 눈꼬리가 조금 치켜 올라갔다는 생각을 했을 때 거짓말처럼 그것이 호선을 그리며 내려갔다.

곧이어 레인은 남자가 자신을 보고 웃었다는 것을 깨달았다. 붉은 입술 사이로 보이는 고른 치열마저 남자의 얼굴에 완벽하게 어울렸다. 성큼, 그가 레인을 향해 한 발자국씩 걸어왔다.

"반가워요, 레인."

입고 있는 옷 때문인지 조금 마른 듯해서 키가 작을 거라 생각했지만 순식간에 눈앞에 온 남자의 키는 그레이와 맞먹을 정도였다. 그가 레인이 내민 손을 붙잡는 대신 가볍게 그녀의 어깨를 껴안고 고개를 숙여 양 볼에 짧은 키스를 날렸다.

"좋은 냄새가 나네요."

"이게 무슨……."

처음엔 하늘에서 내려온 것 같은 천사 같은 외모에 흠칫하고, 두 번째는 스스럼없는 스킨십에 흠칫한 레인이 한 발 물러서려 했다. 총을 든 적도 아니건만 이상하게 저절로 뒤로 물러나게 됐다. 아마 지금 자신의 모습이 아주 바보 같을 거라고 확신하면서.

"가브리엘 서머셋입니다."

천사 같은 외모에 이름까지 천사의 이름을 따온 남자는 그레이라는 회색 머리칼의 남자를 생각나게 했다. 누군지는 몰라도 그들의 부모가 이름 하나는 기가 막히게 잘 지었다고 생각하며 레인이 말했다.

"어깨 좀 놔주셨으면 좋겠습니다."

"이런, 미안해요. 사진으로 보다가 실물로 보니 너무 반가워서 나도 모르게 그만."

그가 조금 아쉽다는 얼굴로 레인의 어깨를 놓고 뒤로 물러났다. 물러났다고 하지만 겨우 한 발자국 차이였다.

"레인 크로포틉니다."

"알고 있어요."

보통 남자보다는 조금 낮고 부드러운 목소리가 마치 바람에 살랑거리는 것 같다고 생각했다. 눈앞의 아름다운 남자는 목소리마저 완벽했다. 두 손을 물 빠진 청바지 안에 반쯤 집어넣고 그가 고개를 살짝 비틀어 레인을 보고 웃고 있었다.

얼굴에 뭐가 묻었나. 왜 웃고 있는 거지.

누군가의 시선을 피해본 적 없는 레인은 자신을 뚫어지게 바라보는 가브리엘의 눈빛을 정면으로 마주했다.

"영국인이신가요?"

가만히 가브리엘의 눈빛을 마주하며 그제야 그의 영국식 악센트를 떠올린 레인이 물었다.

"네."

그것을 알아봐 준 거냐고 묻는 듯한 눈동자로 또다시 방긋 웃어 보이는 천사 같은 얼굴은 세상 물정 모르는 부잣집 도련님 느낌이었다.

"24시간 밀착 경호를 부탁드립니다. 아무래도 저희 각하께서 조금 연약…… 하신 분이라."

24시간씩 6일은 무리라는 말을 하려 했을 때 뭔가 이상한 뉘앙스를 발견한 레인이 다시 물었다.

"각하요?"

"서머셋 공작 각하십니다. 4년 전 부친인 서머셋 공이 돌아가시면서 그 작위를 이어받으셨죠. 현재 영국 왕위 계승 서열은 9위시며……"

그레이가 조용히 프로필을 읊자 앞에 서 있는 가브리엘이 재미있다는 듯 생글생글 웃어 보였다. 깊은 눈동자가 웃음기에 가려 무슨 생각을 하는지 알 수 없었다. 레인이 하나의 살아 움직이는 아폴론 조각 같은 가브리엘을 바라보며 한숨을 내쉬었다.

"아무래도 제가 할 수 없는 일인 것 같습니다."

"왜요?"

"여기 로비만 해도 수십 명의 경호원들이 진을 치고 있는데 굳이 제가 각하를 모셔야 할 필요는 없는 것 같습니다. 게다가 저는 경호가 처음입니다, 각하."

"나는 레인이 마음에 들어요. 그것만으론 안 되는 건가요?"

순수한 아이처럼 묻는 그 질문에 레인의 말문이 막혔다. 대체 자신의 뭘 보고 마음에 든다고 확언한단 말인가. 아마도 제너그에서 보낸 프로필을 이미 확인했겠지만, 자신은 경호에 어울리는 사람이 아니었다. 게다가 부잣집 막내 도련님이라면 몰라도 왕위 계승 서열에 있는 영국의 공작이라니. 자칫하다간 귀찮은 일에 휘말리게 될지도 모른다고 본능이 경고했다.

"각하의 신변에 문제가 생기는 걸 바라지 않습니다."

레인의 말에 갑자기 가브리엘이 덥석 그녀의 손목을 붙들었다. 그리고 자신이 내렸던 스위트룸 전용 엘리베이터의 버튼을 눌렀다.

"각하?"

뿌리친다면 뿌리칠 수 있었지만 레인이 자신을 돌아보며 짓는 달콤한 눈웃음에 잠시 멈칫한 순간 어느새 두 사람은 엘리베이터 안에 있었다.

"단둘이서만 이야기할 공간이 필요해서요."

그레이까지 엘리베이터 밖에 놔둔 채 최상층 스위트룸의 버튼을 누른 그가 말했다.

"내가 지금 믿을 수 있는 사람은 그레이밖에 없어요, 레인."

고속 엘리베이터로 단숨에 58층 스위트룸까지 올라가자 귀가 약간 멍해졌다.

스위트룸의 복도에도 수많은 경호원들이 서 있었고 가브리엘에게 묵례를 해보였다. 그건 신경도 쓰지 않고 여전히 레인의 손목을 붙잡은 채 그가 스위트룸 내부로 들어갔다.

밖과는 다르게 내부에는 다른 사람의 그림자도 보이지 않았다. 커튼은 전부 암막커튼으로, 내부와 외부의 빛을 완벽히 차단하고 있었다. 이제 낮에 가까운 시간임에도 불구하고 밝은 샹들리에의 불빛만이 스위트룸의 거실을 밝혔다.

"한잔 하실래요?"

가브리엘은 레인의 손을 그제야 놓아주고는 거실의 한쪽에 있는 바에 다가가 호박색이 찰랑거리는 양주를 꺼냈다.

"아뇨."

보기만 해도 속이 울렁였다.

"아, 어제 과음을 하셨구나."

레인의 그런 태도를 이해한다는 듯 그가 싱긋 웃으며 고개를 끄덕였다.

"어쨌든 일하는 중이니까요."

"레인이 입을 열 때마다 술 냄새가 나는 걸요."

그 말에 레인은 관자놀이가 지끈거리는 걸 느꼈다. 버릇처럼 두 손가락으로 관자놀이를 꾹 누른 레인이 지그시 눈을 감았다.

열심히 양치를 한다고 해도 속에서부터 올라오는 알코올 냄새는 어쩔 수 없구나 새삼 깨달으며 눈을 뜬 그녀가 말했다.

"죄송합니다."

"왜요?"

"의뢰인을 불쾌하게 해드려서 면목이 없습니다."

"내가 불쾌하다고 했나요? 그럴 리가. 난 좋은 냄새가 난다고 했는데."

그가 작게 키득거렸다. 그는 그저 이 상황을 재미있어 하는 것처럼 느껴졌다. 그리고 자신을 자를 생각은 전혀 없어 보였다. 이 철없는 공작 각하를 어떻게 해야 할지 레인의 눈빛이 조금 복잡해졌다.

"얼마 전에 내 경호원 하나가 날 죽이려 했어요."

온더락 한 잔을 들고 레인의 앞 소파에 깊게 몸을 묻은 가브리엘이 대수롭지 않은 일인 양 덤덤한 목소리로 입을 열었다.

"영국이었으면 알아서 처리했을 텐데 하필이면 미국이라 조금 곤란했어요."

그 곤란하다는 말 하나만으로 그 경호원이 어떻게 됐는지 알아차린 레인이 고개를 끄덕이며 동조했다.

아무래도 그의 홈그라운드도 아닌 미국에서 사람을 죽였다는 건 곤란하고 꽤 귀찮은 일이었으리라.

"그래서 당신이 필요해요, 레인."

경호원이 암살에 실패한 것과 자신이 필요한 것에 대한 연관성을 찾지 못한 레인이 물었다.

"제가 왜 필요합니까?"

"내 정적들과 아무런 접점이 없는 사람. 물욕도 없어야 하고 무엇보다 나를 배신하지 않을 사람이 필요해요."

"저, 돈 좋아합니다."

어떻게든 이 골치 아플 것 같은 의뢰를 피하기 위해 레인이 진심을 담아 대답했다.

"나도 좋아해요, 돈. 하하하―."

솔직한 레인의 대답에 그가 참지 못하고 웃었다. 그 웃음이 겨울에서 봄이 될 때쯤 불어오는 바람처럼 청량해 레인은 저도 모르게 옅게 미소 지었다. 보는 사람으로 하여금 기분 좋게 만드는 웃음소리였다.

"제너그사의 최대 주주 중 한 사람이 나예요, 레인. 사실 제너그는 미국에 본사를 갖고 있지만, 영국인 자본으로 만들어진 회사죠. 내 아버지가 투자한 여러 미국 회사들 중 하나예요."

그가 공작이라고 말했던 것보다는 덜 놀라웠다. 있는 사람들이 얼마나 있는지에 대해선 별로 관심 없는 레인은 고객 응대의 일환으로 의무적으로 고개를 끄덕였다. 그녀의 얼굴에서 '일말의 관심 없음'이 떠오르자 그게 재미있어진 가브리엘이 손에 든 잔을 천천히 돌렸다.

"수백 명의 파일을 전부 읽어봤어요. 내가 필요한 건 경호원이 아니에요. 실전에 강한 사람. 위험에 처했을 때 나를 살려줄 수 있는 사람. 레시피 대로가 아닌, 상황을 냉철하게 판단해줄 사람."

"레시피가 아니라 매뉴얼이겠죠."

"아아, 그래요, 매뉴얼."

그가 레인이 지적한 곳을 정정하며 느릿하게 말했다. 부드럽고 낮은 목소리로 '아아' 하고 탄성을 내뱉을 때 괜히 지적했나 싶었지만 레시피라는 말은 묘하게 레인의 신경을 건드렸다. 경호 업무는 당연히 상황별 매뉴얼에 따라 움직일 수밖에 없는 일이었다. 그건 요리를 만드는 비법 따위가 아니었다.

"내가 영국으로 돌아가기 직전까지만요."

남은 기간은 6일이다. 처량한 눈빛으로 바라보는 그 푸른 눈동자에 레인은 마음이 약해졌다. 남자를 보고 지켜주고 싶다고 생각한 적은 맹세코 단 한 번도 없었는데, 눈앞의 남자는 가장 마음이 약한 부분을 건들고 있었다.

아마 그의 부탁을 거절할 사람은 세상에서 찾기 힘들 거라고 생각했을 때, 가브리엘이 테이블에 잔을 내려놓고는 천천히 레인

쪽으로 허리를 숙였다. 생각보다 긴 손가락이 테이블 위를 짚고 그의 상체가 맞은편에 있는 레인의 얼굴 위로 숙여졌다.

"나를 지켜주세요."

촉촉하게 젖은 입술이 열리며 간절해진 목소리가 그 입술을 타고 흘렀다. 레인에게서 대답이 나오지 않자 버릇처럼 그가 입술 한쪽을 깨물었다. 약간 올라간 눈꼬리가 우울하게 처지며 마지막 한 마디를 내뱉었을 때, 레인은 이 의뢰를 수락해야 된다는 것을 깨달았다.

"제발요."

"……알겠습니다."

그 한마디에 언제 눈꼬리가 처졌냐는 듯 쓱 올라간 눈이 화사한 호선을 그려냈다. 마치 세상의 모든 돈을 그의 앞에 바치겠다는 맹세라도 들은 것처럼 티끌 하나 없이 환하게 웃는 얼굴에 레인은 목이 꽉 막혔다.

시선을 뗄 수 없는 이질적인 기운에 레인은 눈조차 깜박이지 않고 상대를 주시했다.

그의 새파란 시선이 마치 기다렸단 듯 부드럽고 강렬하게 레인의 검은 눈동자에 위에 엉켰다.

# 3.

사람의 눈에 보이는 것보다 보이지 않는 것이 더 무서운 법이다.

— 유대속담

큰 개가 있다면 이런 기분일까.

가브리엘은 레인이 한마디를 할 때마다 눈을 초승달처럼 만들고 웃어댔다. 그 깨끗하고 하얀 얼굴에 그림을 그린 듯한 웃음이 정말로 선해 보여 종종 그녀도 웃고 말았다. 본디 경호 대상인 그가 움직일 때 레인도 함께 움직이는 게 정석이었지만, 잠깐 그레이와 대화할 때나 혹은 바에 음료를 가지러 움직일 때마다 자신의 뒤를 따라오는 가브리엘이 꼭 개과의 동물 같다고 느꼈다.

"그냥 앉아 계셔도 됩니다."

"어디 가지 마요."

어딜 간 게 아니라 목이 말라 바에서 이온 음료를 꺼내온 참이었다. 암막커튼이 두텁게 쳐져 있고, 밖에는 수십 명의 경호원이

63

있었다. 이 스위트룸에는 그를 위협할 어떤 것도 없었다. 그럼에도 불구하고 자신이 시야에서 사라지는 게 싫다며 그 붉은 입술을 조금 내미는 바람에 레인이 얌전히 고개를 끄덕였다.

"계속 서 있으면 다리 아프잖아요. 앉아요, 레인."

"괜찮습니다."

에어컨은 딱 시원할 정도로 돌아가고 있고 구두 아래 밟히는 바닥은 푹신했다. 한여름 땡볕에 서 있는 것도 아니고 어려울 건 없었다. 하지만 그게 못마땅한지 손에 들린 두꺼운 책을 한 번 보고, 자신을 한 번 보고, 또다시 책을 한 번 보고 가브리엘이 미간을 찌푸리자 결국 레인이 그와 마주보는 소파에 앉았다.

"레인은 상냥해요."

"별로 그런 편은 아닙니다만."

"나도 경호원들이 자리에 앉지 않는다는 건 알고 있어요. 내 부탁에 이렇게 앉아주는 것만으로 상냥한 거예요."

알면서 왜 고집을 부리는 거냐고 묻고 싶었지만 레인은 그냥 입을 다물었다.

상대는 어디로 튈지 모르는 도련님에 가까웠다. 그와 함께한 지 두 시간 만에 그걸 모두 간파한 레인이었다.

"하지만 레인은 용병이니까. 내가 우겨서 나를 지켜주는 것뿐이니까, 경호 매뉴얼 같은 건 무시해요."

레인이 버릇처럼 잠깐 귓불을 쓱 문질렀다.

"그러다 귓불이 닳겠어요."

"네?"

"지금 내가 무슨 말을 던질 때마다 귓불을 그렇게 쓱 만지는 거 알아요?"

그랬나. 그건 그저 습관이었다. 조금 곤란할 때 그런 버릇이 나온다는 건 알고 있었지만 사실 별로 의식하고 있지 않던 버릇이었다. 언젠가 리가 재미있는 걸 발견했다는 듯 말해주기 전까지 레인은 그 사실을 몰랐다.

"정말 몰랐어요?"

"압니다."

"흐응……. 슬슬 배고프네요. 점심 안 먹었죠?"

점심 전에 와서 그와 내내 시간을 보냈는데 먹었을 리 만무했다. 레인이 고개를 끄덕이자 책을 테이블 위에 놓고 가브리엘이 일어났다.

"옷 갈아입고 나와요."

이게 무슨 소린가 싶어 레인이 대답하지 않고 자리에서 일어나 가만히 서 있었다.

"레인이 앞으로 쓸 방은 내 침실 맞은편이에요. 설마 그러고 나갈 생각은 아니겠죠?"

곤란하단 듯 위아래로 레인을 훑어보며 '패션센스가 좀……'이라고 말하는 가브리엘을 도와 근처에서 태블릿으로 아까부터 심각한 얼굴로 뭔가를 하고 있던 그레이도 거들었다.

"저쪽 침실에 준비되어 있습니다."

덥석, 또다시 레인의 손목을 붙잡고 가브리엘이 거침없는 걸음으로 스위트룸 동쪽에 있는 창가 쪽 문을 열었다.

서너 명이 뒹굴면서 자도 충분할 크림색의 커다란 침대가 보였
고, 침대 양쪽엔 같은 색의 실크로 캐노피가 달려 있었다. 깔끔
하지만 비쌀 게 분명한 화장대와 테이블, 현대적인 소파가 창가
에 있었다.

　"욕실은 저쪽이고, 욕실 옆에 드레스룸이 있어요. 편한 옷으
로 입고 나와요."

　"여기에 있는 옷이 제게 맞을 거라고 장담하십니까?"

　마치 자신을 위해 준비해 두었다는 그 태도에 레인이 확신을
위해 물었다.

　"그럼요."

　"보통 경호원에게 이 정도로 신경을 쓰는 의뢰인은 없습니다."

　"그냥 경호원이 아니니까요."

　뭔가 묘하게 묻는 말의 본질을 피해가는 대답이었다. 레인이
아직도 자신의 팔목을 붙잡은 가브리엘의 손을 쳐내듯 떨어뜨렸
다.

　"각하."

　"이야기해요, 레인."

　"마치 이곳은 제가 올 걸 알고 있었다는 듯 준비되어 있군요."

　"레인을 원한 건 나였다니까요. 그러니 당연히 이 정도는 준비
해야 하는 거 아니었나요?"

　레인이 원하는 대답을 해줄 것 같지 않은 가브리엘을 한번 바
라본 뒤 그가 말한 드레스룸으로 들어갔다. 그곳에는 파티용 드
레스부터 시작해 편하게 입을 사복과 원피스, 구두, 벨트, 가방,

액세서리까지 빈틈없이 채워져 있었다. 아무 옷이나 하나 꺼내 보니 정확히 자신의 사이즈였다.

"아무래도 이 미심쩍은 의뢰를 받아들이기 힘들 것 같습니다."

"한다고 했잖아요."

뭐지, 뭐가 잘못된 걸까.

그제야 레인은 의심 한 줄기를 피워냈다. 가브리엘은 아무렇지도 않게 이야기했지만 이건 정상적이지 않았다. 원래 경호팀에 있었던 클레이에게서 경호를 위해 연회장이나 클럽 같은 곳에 걸맞은 옷을 입기도 한다는 사실을 들어서 알고 있었지만 이건 좀 과했다. 여긴 마치 자신만을 위해 준비된 곳 같았다.

"사실…… 내 약혼녀 역할이에요. 내 약혼녀는 동양인이거든요."

"네?"

"사이즈도 내 약혼녀와 비슷하고, 동양인은 얼굴이 다 비슷해 보이니까 아마 다들 구분 못 할 거예요."

"약혼녀요?"

레인은 눈앞의 남자에게 약혼녀가 있다는 사실이 새삼 놀랍진 않았지만 다시 물었다.

"지금 나의 사랑스러운 피앙세는 몸이 약해 스위스에서 요양 중이라서요."

그가 또다시 웃었다.

"곧 중요한 파티가 있는데 혼자 갈 수도 없어서요. 다들 내가 약혼녀와 이곳에 온 줄 알고 있거든요."

"아아……."

레인이 고개를 끄덕였다. 의뭉스러웠던 것들이 어느 정도 해소되는 기분도 들었다. 동양인이란 이유로 자신이 선택됐다면 이해 못할 일도 아니었다.

"진작 처음부터 이야기하시죠."

그는 자신이 죽을 뻔한 이야기만 했지 이런 이야기는 하지 않았다. 그 말에 가브리엘이 방긋 웃었다.

"고작 이 옷가지 몇 벌로 레인이 화를 낼 줄은 몰라서요."

"화내지 않았습니다."

"그렇다면 다행이고요. 옷 갈아입고 나와요, 레인. 우리 같이 밥 먹으러 가요."

"……파파라치에 목격되거나 신문이나 잡지에 실리면 곤란하지 않으십니까?"

"걱정 말아요. 난 비공식적인 방문이니까. 내가 누군지 아마 아무도 알지 못할걸요."

언론은 완벽히 차단했다는 것을 굳이 레인에게 말해주지 않은 채 가브리엘이 드레스룸을 나서며 친절히 문을 닫았다.


레인이 옷을 갈아입고 나왔을 때 가브리엘은 스위트룸의 거실이 아닌 레인의 방으로 배정됐던 침실의 소파 위에 나른하게 엎어져 있었다. 고개를 쓱 든 채 그의 푸른 눈이 정면에서 반짝이는 것이 보였다.

레인은 하얀색 티셔츠에 짙은 청색의 핫팬츠를 입고 하이탑 운동화를 신었다. 그리고 손바닥만 한 빨간색 크로스백을 맨 모습은 영락없이 어린 학생으로 보였다.

"왜 이 드레스룸에 긴바지는 없는 겁니까?"

짧은 미니스커트나 드레스, 혹은 이런 핫팬츠로 가득 찬 옷장에서 그나마 입을 만한 건 이것뿐이었다.

"여름이니까요. 레인이 올해 몇 살이라고 했죠?"

가브리엘이 간단하게 대답하며 대화의 주제를 바꿨다.

"서른한 살입니다."

"이제 갓 이십대 초반으로 보여요."

사복을 입을 때면 항상 많이 듣는 소리라 레인은 어깨를 으쓱하는 걸로 대답을 대신했다. 기분이 불쾌하거나 나쁘진 않았다.

"제 사이즈가 정확히 맞네요."

"내가 수단과 방법을 가리지 않고 알아봤거든요."

마치 잘했다고 칭찬이라도 해달라는 듯 가브리엘이 뿌듯해 보이는 미소를 지었다.

참 잘 웃는 사람이었다. 그리고 상대방의 경계를 느슨하게 하는 재주가 있는 사람이란 걸 레인은 인정했다. 역시 사람은 얼굴이 호감의 절반 이상을 먹고 간다는 말을 오늘처럼 실감한 적은 처음이었다. 게다가 성격 또한 조금 종잡을 수 없는 것을 빼곤 흠잡을 데가 없어 참 완벽한 남자라는 생각이 들었다.

"내 나이는 안 물어봐요?"

"물어봐야 합니까?"

의뢰인의 나이를 알아서 어디에 쓴단 말인가.

"스물여덟 살이에요."

자신과 세 살이라는 나이차가 났다. 그리고 딱 그 나이대의 남자답게 보여 그녀가 고개를 끄덕였다. 가만히 앉아서 룸서비스를 시켜 먹으면 좋으련만, 가브리엘은 하루 종일 호텔 안에 있어서 답답하다며 기어이 밖으로 나가길 원했다.

"스포츠카 좋아하세요?"

"아뇨, 별로."

뭔가 생각났다는 듯 돌아보며 묻는 말에 레인은 반사적으로 아니라고 대답했지만, 사실 잘빠진 스포츠카는 레인이 좋아하는 것 중 하나였다. 그 날렵하고 미끈한 선이 좋았다.

"그럼 운전은 할 줄 아시죠? 이력서에 운전면허도 있다고 쓰여 있던데."

"네."

"잘됐네요. 제가 운전이 좀 서툴러서."

설마 공작 각하나 되시는 분이 직접 운전을 하려고 그랬냐고 레인이 묻기도 전에 가브리엘이 손을 뻗었다. 그러자 기다렸단 듯 그레이가 손에 들고 있던 선글라스를 그에게 건넸다. '운전이 좀 서툴러서'라는 가브리엘의 말에 그레이의 표정이 조금 굳어졌지만 누구도 알아차리지 못할 만큼 순식간에 본래의 무뚝뚝한 포커페이스로 돌아왔다.

"잘 부탁드립니다."

자신을 향한 그레이의 그 목소리에 수만 가지의 복잡한 감정이 담겨 있는 것 같았다.

"같이 안 가십니까?"

"전 다른 차로 뒤따를 예정입니다."

"레인."

그레이가 레인에게 차 키를 건네는 잠시를 참지 못하고 스위트룸 전용 엘리베이터 안에서 열림 버튼을 누른 채 가브리엘이 레인을 불렀다. 발걸음을 옮기려던 순간 그레이가 빠르게 말을 해 왔다.

"······절대, 절대 운전대를 각하의 손에 쥐어주지 마세요."

"네?"

커다란 곰 같은 덩치의 남자의 눈이 이토록 간절해질 수 있는 걸까. 모르는 것투성이였다. 어쩌면 내내 이 이상한 주종관계에 적응하지 못할지도 모른다고 생각하며 레인이 어설프게 고개를 끄덕였다.

"레인."

한시라도 빨리 나가고 싶은 도련님처럼 발까지 한번 구르며 가브리엘이 다시 레인을 재촉했다. 그레이가 레인의 등을 한 손으로 떠밀며 함께 엘리베이터에 올랐다.

"그레이가 잔소리가 원래 좀 많아요."

"······."

"내가 운전대를 잡으면 큰일 나는 줄 안다니까요."

"운전면허를 따고 여러 번 연습을 해야 운전 실력이 좋아지니까요."

자신의 경우를 생각하며 레인이 그레이의 편을 들었다.

"그렇죠? 들었지, 그레이? 네가 너무 과보호를 하는 바람에 내 면허증은 지갑 속에서 빛을 못 보고 있다고."

그레이는 여전히 아무 말도 하지 않았다. 바쁜 척 태블릿만 다시 보는 그에게 가브리엘도 어차피 혼잣말인 듯 대답을 강요하지 않았다. 엘리베이터 문이 열리고, 호텔의 직원들이 지금 유일하게 스위트룸을 쓰고 있는 VIP의 외출에 너 나 할 것 없이 인사하는 걸 뒤로 하고 호텔 밖으로 나왔다.

뉴욕의 태양을 한 몸에 받은 채 휘황찬란한 색감을 자랑하는 새빨간 페라리를 발견하자 레인은 숨이 멎을 것만 같았다.

그리고 그제야 자신이 받아든 차 키가 페라리라는 것을 깨달았다. 순간 차 키를 쥐고 있는 손이 부르르 떨렸다.

"……너무 눈에 띕니다. 경호하기 좋은 차는 아닙니다, 각하."

레인은 예의상 거절을 한 번 했다. 마음은 '어서 저 페라리를 몰고 싶어! 공짜 시승식의 기회야! 자 어서 페라리를 몰아 봐! 지금이 아니면 기회 따윈 없는 거야!'라고 격렬하게 소리치고 있었지만 말이다.

"그래요? 난 좀 눈에 띄는 걸 좋아해서."

별일 아니라는 듯 레인의 어깨를 툭툭 치며 말을 흘려들은 게 분명한 가브리엘이 그레이가 열어준 페라리의 조수석 안으로 냉큼 들어가 앉았다.

"운전은 꼭 레인 씨가 하셔야 합니다. 부탁드립니다."

"쓸데없는 소리하지 마, 그레이."

고개까지 숙여가며 부탁하는 그레이에게 창문을 열고 싸늘한 목소리로 가브리엘이 말했다. 웃음기 섞여 있는 목소리만 듣다가 일순간 차가워진 목소리를 듣자 잘못 들었나 싶어 레인이 뒤를 돌아보자 언제 그랬냐는 듯 그는 다시 생글생글 웃고 있었다.

"레인, 어서 달려 봐요."

빵—

레인이 오는 그사이를 못 참고 페라리의 클랙슨을 길게 누른 가브리엘이 뭔가 더 말하려고 하는 그레이의 입을 막았다. 뒤로는 세 대의 검은색 중형 세단이 경호원들로 꽉꽉 채워진 채 출발 대기 중이었다.

"곧 따라가겠습니다."

그레이는 더 이상 아무 말도 하지 못했다. 하지만 저 말 끝에 '부탁합니다'라는 말이 삼켜져 있다는 게 왠지 예상이 됐다. 운전석에 탄 레인이 긴장한 채로 엔진 버튼을 누르자 말도 못할 정도로 부드러운 엔진 소리와 함께 차에 시동이 걸렸다.

혼자 남몰래 감탄을 하며 천천히 액셀을 밟았다.

"왜 이렇게 긴장했어요?"

"그냥 조금 감동해서요."

레인이 솔직한 자신의 심정을 말했다. 그러자 가브리엘이 좀 뻣뻣하게 굳어 있는 레인의 어깨를 한 손으로 주무르며 힘 빼라고 웃으면서 말했다.

"나랑 다니면 매일매일 페라리 태워줄게요."

정말로 이 사람이랑 다니면서 철통 경호까지 해야 할 경호팀이 불쌍해졌다. 이렇게 눈에 띄게 '표적이 여기 있어요' 대놓고 광고를 하는데 표적이 안 되려야 안 될 수가 없겠구나 싶었다.

"아우디도 있고 마흐바흐나, BMW, 람보르기니, 포르쉐, 벤틀리도 있고. 뭐 타보고 싶은 것 있어요?"

"……그게 다 미국에 있다고요?"

이 사람은 영국 사람이 아니었던가. 질린 듯한 얼굴로 앞만 보며 레인이 물었다.

점심을 막 지난 시간이라 출퇴근 시간의 교통 체증까진 아니었지만 1년 365일 관광지인 뉴욕의 시내는 여전히 복잡했다.

"영국에도 있고, 미국에도 있고, 캐나다나 스위스, 뭐 자주 가는 곳에는 있죠."

부자들이란 이런 거구나, 막연하게 생각하며 레인이 신호에 걸려 차를 세웠다. 백미러로 뒤따라오는 경호 차량들을 확인하고 운전석에 앉은 그 순간부터 자신에게서 한시도 시선을 떼지 않는 가브리엘에게 처음으로 눈을 마주쳤다.

어두웠다.

그 눈을 마주한 순간 심연의 어느 한구석을 훔쳐본 기분이었다. 인간이 내려갈 수 있는 가장 밑바닥. 어쩌면 지옥의 한 부분을 벌거벗고 마주하는 그런 기분.

순간 입안이 바싹 메말랐다. 눈앞의 남자가 정말 자신에게 웃어주던, 그 천사 같은 남자가 맞는 걸까?

레인의 생각을 읽기라도 한 듯 그 눈동자는 곧 초승달 같이 휘어진 눈꺼풀 속에 감춰졌다. 그러자 차 안의 공기가 느슨해졌다. 그제야 레인은 자신이 그걸 깨달은 순간 풍선이 팽창하듯 차 안의 공기조차 팽창한 상태였다는 것을 깨달았다.

자신이 봤던 게 마치 거짓말인 듯 어느새 유해진 공기에 레인이 가까스로 입을 열었다.

"……굉장히 부자네요."

"차를 좋아하니까요. 차는 절 싫어하는 것 같지만."

그가 나직하게 웃음을 터뜨렸다.

레인이 잠시 눈을 깜박였다. 아무래도 아프간에서 돌아온 직후에 제대로 쉬지 못하고 과음까지 한 상태에서 너무 긴장했던 모양이다. 왜 피가 튀고 살점이 흩날리는 전쟁터의 한복판에서나 느꼈을 법한 그런 위화감을 가브리엘에게 느꼈는지 더 이상 깊게 생각하고 싶지 않았다. 그게 자신이 살아남는 방식이었다. 인간의 어떤 면을 보든 그건 자신이 관여할 영역이 아니다.

"보통 땐 그레이 씨가 운전합니까?"

아무렇지도 않게 레인이 화제를 돌렸다.

"내가 운전하는 차만 아니라면요. 내가 운전하면 그레이는 나와 같이 차 안 타요. 절대로."

'절대로'란 수식어까지 붙자 의아한 얼굴로 레인이 뭔가를 다시 물으려 했을 때 신호가 바뀌었다.

"뉴욕은 너무 느려요."

이제 차를 탄 지 10분도 안 됐건만 콘솔박스를 손가락으로 톡톡 두드리며 가브리엘이 한숨을 내쉬었다. 생각보다 성격이 더 급한 사람일지도 모르겠다. 길고 가늘지만 마디가 불거진 손가락이 불규칙하게 톡톡 움직였다.

손가락 하나, 손톱 하나까지 흠잡을 데 없다고 생각하며 슬쩍 곁눈질로 보다 이내 가브리엘과 다시 시선이 마주쳤다. 역시 자신이 잘못 본 건지 아까의 그 위화감은 어디서도 느껴지지 않았다. 앳된 시선. 그 눈 속엔 교통 체증이 심한 뉴욕의 도로가 마음에 안 들어서 투정을 부리고 있는 것 외의 감정은 나타나 있지 않았다. 하지만 이내 그 불만도 레인과 눈이 마주치자 씻은 듯 사라졌다.

"나도 운전하면서 자주 딴짓하는데. 레인도 그러네요."

그것이 정말로 마음에 든다는 표정으로 가브리엘이 또다시 달콤한 미소를 지어 보였다.

"어디로 모실까요?"

"숨을 좀 쉬고 싶은데."

숨이야 지금도 쉬고 있지 않은가? 그 말의 뜻을 깨닫지 못한 레인이 잠시 침묵하자 가브리엘이 말을 이었다.

"복잡한 교통 체증이 없는 곳. 뉴욕 외곽이면 더 좋고, 사람이 없으면 더더욱 좋아요. 지금은 별로 사람들 속에 섞이고 싶지 않아서."

어딜 가나 눈에 띄는 외모였다. 섞인다는 말 자체가 무리라는 걸 말해줄까 하다가 이내 관둔 레인이 잠시 머릿속을 스쳐 지나가는 몇 군데 후보지를 생각했다.

"외곽에 테마파크가 하나 있고, 아마도 여긴 평일이라 사람이 별로 없을 겁니다."

"그래도 사람이 있잖아요."

그는 아무래도 사람 자체가 싫은 모양이었다. 레인이 마치 자신의 손에 맞추기라도 한 듯 착 감기는 운전대를 가브리엘이 했던 것처럼 톡톡 두드렸다. 가브리엘이 콘솔박스를 두드리는 소리와 레인이 운전대를 두드리는 소리가 일정한 간격으로 맞아 떨어졌다.

"……동물은 괜찮습니까?"

"이대로 아프리카의 초원이나 아마존의 밀림으로 데려갈 생각인가요?"

그것도 꽤 좋겠다고 가브리엘이 낮게 읊조리며 기대에 찬 음성으로 물어왔다.

아프리카의 초원을 이 새빨간 페라리로 달리는 상상이 잇따라 레인의 머릿속에 그려졌다. 마치 CF의 한 장면 같겠다는 생각에 피식 웃음을 터뜨렸다.

"뉴욕 외곽에 지인이 작은 농장을 갖고 있어서요."

머리가 정말 복잡할 때, 혹은 혼자 있고 싶을 때 그곳에 가서 주로 지냈다. 아직 누군가를 데려간 적은 한 번도 없었다. 그곳을 누군가와 공유하고 싶은 생각도 없었다. 하지만 사람들 속에 섞이고 싶지 않다는 가브리엘의 말에 사실 테마파크보다도 그곳이 먼저 생각났다.

다분히 충동적인 결정.

레인은 그런 결정을 별로 좋아하지 않았다. 아무래도 자신의 일은 처음부터 끝까지 완벽하게 진입로와 퇴로를 짜는 전술적인 일이다 보니 충동적인 변수는 항상 골치를 썩게 했다. 이건 당연히 전술이 아니지만 스스로조차 예상하지 못했던 변수였다.

지금이라도 그냥 테마파크도 괜찮다고 이야기할까 했을 때 가브리엘이 한발 앞섰다.

"좋아요. 동물이 낫죠. 동물 좋아해요, 저."

조금은 수줍게 고백하는 소년처럼 가브리엘의 목소리가 이상하게 들떠 있었다.

"그렇군요."

"으르렁거리면 나도 같이 으르렁대면 되니까. 확실히 사람보다는 말이 쉽게 통하죠."

응?

순간 그 말이 이해가 되지 않아 브레이크를 밟을 뻔했다. 방금 무슨 개소리를 들었지?

하지만 그 말을 던진 상대는 그런 말을 한 적 없다는 듯 콧노래를 흥얼거렸다.

"우리 저거 먹어요. 점심으로."

레인이 그 말을 곱씹을 생각조차 주지 않을 기세로 여전히 들뜬 소년 같은 목소리로 가브리엘이 길거리 핫도그 트럭을 가리켰다.

그의 말에 천천히 길거리 트럭 옆에 차를 주차하며 레인이 귓불을 만지작거렸다.

아직 술이 덜 깬 게 분명했다. 이러다 음주 단속에 걸려 음주 측정이라도 하면 곤란한데. 현실을 외면하는 상상과 함께, 귀를 닫는 게 좋겠다고 생각하며 그녀가 자신보다 먼저 내린 가브리엘의 뒤를 따라 차에서 내렸다.

뉴욕의 외곽에 이런 곳이 있었냐며 가브리엘은 내내 감탄사를
내뱉었다.

녹음이 우거진, 겨우 차 한 대가 지나다닐 만한 숲길을 구불
구불 내달려 정말 말 그대로 숲속 깊은 곳에 홀로 덩그러니 있는
농장에 도착했다. 불과 뉴욕 시내에서 한 시간 남짓 떨어진 곳이
었다. 그렇게 멀지도, 가깝지도 않은, 언제라도 도심으로 돌아갈
수 있는 장소였다.

레인이 차를 세우자마자 세 대의 세단이 줄줄이 농장 안으로
들어왔다. 흙투성이 멜빵바지를 입은 농장의 여주인 니콜이 갑
작스러운 차 소리에 놀라 서둘러 밖으로 나오는 게 보였다. 자신
이 어떤 언질도 없이 갑자기 들이닥쳤기에 레인이 조금 미안한 마
음을 담아 한 손을 올려 보였다.

"안녕, 니콜."

"세상에 레인? 언제 돌아온 거야?"

"아마도 어제."

"이 사람들은 다 뭐고?"

레인은 항상 불쑥 나타나 조용히 있는 듯 없는 듯 농장에서 며
칠을 머무르고 또다시 불쑥 사라지곤 했다. 단 한 번도 이곳에
사람을 데려온 적 없는 그녀가 갑자기 많은 사람들과 함께 오자
이게 다 무슨 일인가 싶었다.

"여기는……."

공작 각하라고 말해도 될까. 아마도 비공식이라고 했으니 말하면 안 되겠지 싶었을 때 가브리엘이 한 발 앞으로 내디뎠다.

"가브리엘 서머셋이라고 합니다."

"아, 저는 니콜 스미스라고 해요."

가브리엘이 내민 손을 얼떨결에 맞잡으며 니콜이 통성명을 했다. 그러면서도 누구냐는 눈빛으로 레인을 힐끔 바라보았다.

"내가 현재 경호하고 있는 분이야."

"경호? 네가?"

니콜의 깜짝 놀란 목소리에 오히려 레인이 더 놀랐다.

"……그렇게 됐어."

"여기 동물이 많다면서요? 아프리카 수준이라는데."

"그런 말은 안 했습니다."

그가 악동처럼 키들대며 웃었다. 뒷짐을 지고 천천히 이 작은 농장을 둘러보는 모양새가 평화로워 보이기만 했다.

웡웡웡! 크르르르르! 웡웡!

풀어놓고 기르는 사냥개 윌이 오늘도 숲을 미친 듯 뛰어다니다가 어느샌가 집으로 돌아와 낯선 이들을 발견하곤 미친개처럼 짖어대기 시작했다. 가끔 모르는 사람이면 공격할 때도 있다는 걸 아는 레인이 윌과 가브리엘 사이를 가로막았다.

"안 돼, 윌!"

크르르르르—

날카로운 이를 마음껏 드러내며 공격 자세를 취하는 것이 금방이라도 달려들 것만 같았다.

"귀여운 개네요."

어딜 봐도 윌은 귀여워 보이지 않았다. 사냥개로 유명한 블러드하운드 종이었고 이 근처에 아무도 살지 않아 그냥 숲에 풀어놨더니 주인 외에는 아주 개망나니처럼 굴었다.

"안 됩니다!"

"왜요?"

차마 '당신의 목을 물어뜯을지도 몰라서요'라고는 대답하지 못하고 레인은 윌에게 다가가려는 가브리엘의 어깨를 붙잡았다.

"가까이 가면 위험합니다."

그 말이 이해가 안 된다는 듯 가브리엘의 머리가 한쪽으로 처지며 갸웃했다.

"동물들은 저를 좋아하더라고요."

컹컹컹!

"그냥 두셔도 됩니다."

레인이 힘으로라도 가브리엘을 윌에게서 떨어트려 놓으려 했을 때 오히려 그녀를 붙잡은 건 그레이였다. 자신에게 위협적으로 컹컹대는 윌에게 지대한 흥미가 있는 듯 가브리엘은 레인의 사정거리에서 벗어났고, 그녀는 여전히 그레이에게 붙잡혀 있었다.

"각하가!"

"개들 입 닥치게 하는 데 재주 있는 분이니 걱정하지 않으셔도 됩니다."

그레이가 대수롭지 않게 심드렁한 어조로 대꾸했다. 그 목소리에는 걱정이라고는 눈곱만큼도 들어 있지 않았다. 니콜은 지금

이 상황이 꽤 재미있는 듯 흥미로운 눈으로 상황을 지켜보고 있었다.

"좀 말려, 니콜!"

아무렇지도 않게 월의 눈앞에 한쪽 무릎을 꿇고 앉은 가브리엘이 막 이빨을 드러내고 공격하려는 월의 목덜미를 잡은 것은 순식간이었다. 마치 목을 긁어주는 것처럼 보였다. 그것도 모자라 품 안 가득 월을 껴안았다. 금방이라도 월의 이빨이 가브리엘의 목덜미를 꿰뚫을 것만 같았다.

"쓸데없는 걱정을……."

그레이가 작게 혀를 차며 레인을 나무랐다.

날카로운 이빨 사이로 월의 혀가 튀어나왔다. 그것은 상대를 핥는 게 아니라 아래로 축 처져 있었다. 방금까지 상대를 물어뜯을 것처럼 짖어대던 월의 눈동자가 멍하게 풀려 있었다. 한 손으로 목을 쓰다듬으며 커다란 사냥개를 끌어안은 가브리엘이 웃으면서 개의 귓가에 뭐라고 속삭였다.

킁…… 크응…… 크으응…….

앓는 신음소리가 월의 목울대에서 새어나왔다. 그리고 이내 가브리엘이 품 안에서 놓아주자 그의 발밑에 납작 엎드려 배를 보였다. 그것은 완벽한 복종의 자세였다.

"어머나."

니콜의 입에서 감탄이 터졌다. 주인 외에는 따르지 않는 개가 이렇게 말도 잘 듣거니와 알아서 발라당 뒤집다니.

"역시 잘생긴 사람은 개도 알아보나 봐요."

가브리엘이 잘생겼다는 것을 대놓고 말하며 니콜이 손뼉을 쳤다.

중요한 건 그게 아니지 않냐고 진지하게 말하려던 레인을 그레이가 놓아주었다. 여전히 윌은 뒤집은 자세에서 일어나지 않았다. 더 이상 앓는 신음도 내지 않았다. 얼어붙은 듯 가브리엘의 눈을 피하며 색색 숨만 내쉬고 있을 뿐이었다.

"뭐라고 한 거죠?"

가브리엘에게 다가간 레인이 물었다.

"글쎄요."

그건 말해주기 곤란하다는 듯 가브리엘이 천천히 자리에서 일어났다. 그가 일어났음에도 불구하고 윌은 여전히 부동자세였다.

"윌."

강아지 때 이후로 이토록 풀이 죽은 윌은 처음 봤다. 강아지였던 윌을 이 농장에 데려다 놓은 것은 레인이었다. 실질적인 윌의 주인인 그녀가 풀이 죽은 날렵한 개의 배를 손끝으로 살살 긁었다.

그리고 이상한 일은 계속 됐다. 달걀을 낳았다고 힘차게 꼬꼬댁거리던 닭들은 그가 쓱 쳐다보기만 해도 닭장 속 깊은 곳으로 푸드덕 날아갔고, 먹을 걸 내놓으라고 음메 울던 소들은 그리 넓지도 않은 농장의 푸른 초원을 꽁지 빠지게 내달렸다.

이곳에 온 뒤로 소가 뛰는 것은 난생 처음 본 레인이 놀라 입만 벙긋거렸다.

"아하, 귀여워라."

가브리엘이 지나가는 토끼에게 손을 뻗자 그 자리에서 왠지 얼음이 된 토끼가 그 작은 몸을 발발발 떨어댔다. 토끼가 가여워 보여 레인이 안아들자 그가 아쉽다는 듯 손을 거뒀다.

"조용하고 참 좋은 곳이네요. 고마워요, 레인."

진심을 담은 상대의 말에 이게 과연 고마워해야 될 일인지 알 수 없었다. 항상 동물의 울음소리가 들리던 농장이 조용했다. 아니, 지금 농장을 감싸고 있는 너른 숲 전체가 고요히 침묵하고 있었다.

근처에서 마른 풀을 씹던 염소가 제 새끼를 챙겨 어딘가로 총총 사라지는 것이 보였다. 레인이 안아든 토끼까지 이 자리를 벗어나고 싶은 듯 꿈질꿈질 자꾸 움직여 결국 놓아주자 어디론가 바쁘게 뛰어갔다.

마치 자신과 가브리엘의 주변에 닿아서는 안 될 막이라도 있는 듯 아무도 근처에 오려 하지 않았다. 그건 어느새 멀리 떨어진 그레이도 마찬가지였다. 그에겐 매우 익숙한 일인 듯 그는 레인의 시선을 받자 버릇처럼 손에 들린 태블릿을 들어 올렸다.

과연 그레이가 들고 있는 저 태블릿에 정말 중요한 일거리가 들어있는 걸까. 레인은 사람을 의심하는 버릇은 없었지만, 그의 부자연스러운 행동에 의심이 갔다.

"레인은 이런 곳에서 시간을 보내는군요."

이 말에 동조를 해야 하는 걸까. 레인이 복잡한 심경으로 해맑게 이야기하는 가브리엘을 바라보았다. 발바닥에 닿는 흙의 감촉이 좋다며 어린아이처럼 신발을 내던지고 맨발로 걷는 그를 보며 생각했다.

우연일 거라고. 아무래도 낯선 사람이 잔뜩 와서 동물들이 스트레스를 받아서 그러는 것일 거라고 마음대로 생각했다.

그리고 레인의 그 생각은 저녁이 되자 손바닥 뒤집듯 뒤바뀌었다.


천재지변에 버금가는 재난을 피할 때는 동물들의 행동을 유심히 관찰하라는 어떤 다큐의 내레이션이 생각났다. 레인은 본능적인 위험을 감지하는 감각은 정말로 인간보다 동물이 훨씬 더 잘 발달되어 있다는 것을 인정할 수밖에 없었다.

그렇게 솔직했던 동물들을 오해한 바로 몇 시간 전 과거의 자신, 레인 크로포트의 명치를 세게 때리고 싶을 정도였다.

모든 재난의 시작은 쥐죽은 듯 고요한, 바람마저 멈춘 듯한 농장에서 니콜이 해준 따뜻한 저녁을 먹고 뉴욕으로 돌아가는 길에 마치 신, 아니 악마의 안배처럼, 예정된 폭풍우처럼 그렇게 찾아왔다.


"아프간에서 어제 돌아오셨으면 피곤하겠어요, 레인. 너무 내 생각만 했군요. 갈 때는 제가 운전할게요."


그의 걱정은 거짓이 아니었다. 정말 레인은 조금 피곤했다. 난생 처음 꿈에 그리던 슈퍼카를 운전하는 바람에 혹시라도 어디

흠집이라도 날까, 실수라도 할까 조심조심 운전을 해서인지 어깨가 매우 결렸다. 슬슬 뉴욕으로 돌아가야 한다는 생각에 레인이 차 키를 들고 일어서자 그것을 가로채며 가브리엘이 부드럽게 제안했다.

"아……."

경호 대상이자 공작 각하가 운전을 하는 차에 탄다는 건 있을 수 없는 일이었기에 레인이 거절하려는 찰나 그가 싱그러운 목소리로 말했다.

"내 차잖아요."

그건 맞는 말이었다. 어쨌든 차주는 가브리엘이었다. 그가 조수석 문을 열고 레인을 부드럽게 에스코트했다. 아무래도 영국 신사라는 말이 괜히 나온 말은 아닌가 보다고 생각하며 조수석에 타서 안전벨트를 하려 했을 때 창문 너머 시선 끝에 그레이가 스스로의 머리를 쥐어뜯는 게 보였다.

"대체 왜……!"

입모양으로 그가 소리 없는 비명을 꿀꺽 삼키는 게 보였다.

아니, 차주가 본인 차를 회수하겠다는데 어쩌란 말인가. 경호 매뉴얼에는 이럴 때 어떻게 나와 있더라, 가물가물한 기억을 뒤져보려 했을 때였다.

"신경 쓰지 마세요."

뭐가 즐거운지 콧노래를 흥얼거리며 운전석에 올라탄 가브리엘이 아무래도 그레이가 걱정돼 창문을 여는 레인에게 가볍게 말했다. 그리고 다시 창문을 올리고 차에 시동을 걸었다. 조수석의 창문이 막 닫히기 전에 어디론가 급히 그레이가 전화하는 통화의 끝자락을 들을 수 있었다.

"그래, 뉴욕의 페라리 지점 전화번호. 그게 필요……."

부아아아아아앙─!

고요한 밤의 적막 뒤로 이런 소음을 받아들일 준비도 안 된 귀에 믿을 수 없는 소리가 울렸다. 그것이 자신이 타고 있는 페라리가 미사일처럼 폭발하듯 앞으로 튕겨져 나가는 소리란 걸 인식하기까진 그리 오래 걸리지 않았다.

"무슨……."

레인이 저도 모르게 안전벨트를 꽉 붙잡았다. 생명줄이라고 치기엔 얄팍한 벨트가 뭐라고 있는 힘껏 움켜쥐었다. 문득 계기판을 보자 시속 120마일을 찍은 게 보였다. 가로등 하나 없는 시커먼 숲이 숨 가쁘게 차창 너머로 사라지고 있었다.

맹세코 총알이 빗발치는 전장에서도 이만큼 놀라지 않았으리라고 장담할 수 있었다. 지금 상황은 레인 크로포트의 인생 중 적어도 다섯 번째 안에 들 정도의 충격이었다.

뭐지, 무슨 일이 지금 벌어지고 있는 거지.

작전 중 퇴로가 막혀 전부 다 몰살당할 뻔했을 때도 이 정도로 놀라진 않았다. 레인이 마른 침을 삼키며 침착하게 상황을 분석하려 했다.

"……누가 쫓아옵니까?"

"아뇨?"

혹시라도 자신이 발견하지 못한 미행이 있을 수도 있다는 가정하에 물었다.

젠장, 그 손바닥만 한 농장에서 미행이 붙으면 어디서 붙었겠는가. 스스로가 생각해도 멍청한 질문이었다.

계기판은 어느새 시속 125마일을 가뿐히 넘어가고 있었다.

비포장도로였기에 중간중간 울퉁불퉁한 길을 전혀 속도를 줄이지 않고 달려 나가자 한 번씩 마치 파도가 치는 바다에서 요트라도 탄 듯 차가 붕 떴다가 이내 비포장도로 위에 납작 붙었다.

"속도 좀……."

레인의 창백한 안색이 더 창백해졌다.

그래, 언젠가 독일의 아우토반을 간다면 이런 속도를 자신도 한 번쯤 내봐야지 싶긴 했다. 한 치 앞도 안 보이는 비포장도로에 구불구불한 커브길이 널려 있는 이런 숲길에서 대체 어떻게 이런 속도가 나온단 말인가.

"네?"

가브리엘이 레인의 말이 잘 안 들린다는 듯 고개를 돌려 그녀를 바라보았다. 그의 얼굴에 진 검은 음영을 보고서야 레인은 뒤늦게 한 가지 사실을 깨달았다.

"왜 라이트를! 라이트를 안 켜십니까!"

피를 토하는 심정으로 레인이 외쳤다.

"괜찮아요. 저 눈 좋아요. 그런데 그렇게 소리 지르면 목 아프지 않아요?"

여전히 고개는 레인 쪽을 향해 짐짓 걱정스럽다는 듯 가브리엘이 물었다.

앞을 봐! 앞을 보라고!

눈앞에 나타난 시커먼 숲에 비명이 터지려던 순간에 앞을 보지도 않고 가브리엘이 핸들을 확 틀었다.

이 거대한 차체가 기우뚱했던 건 너무 긴장한 자신의 착각이었을까? 왜 바퀴 한쪽이 들린 것 같은 기분이 드는 거지?

차는 순식간에 숲길을 빠져나왔다. 이제는 드문드문 가로등이 보이는, 뉴욕으로 향하는 인적 없는 2차선 도로가 눈앞에 펼쳐졌다.

"괜찮아요? 왜 그렇게 입술을 꽉 깨물고 있어요?"

레인의 눈이 본능적으로 백미러를 바라보았지만 뒤따르는 세단들이 보이지 않았다. 가브리엘이 여전히 앞을 보지 않은 상태로 걱정된다는 듯 핸들에서 한 손을 떼고 레인의 이마를 짚었다.

"쯧, 점점 창백해지네."

방탄복과 총 한 자루 없이 적진의 한복판에 발가벗고 걸어가도 이보단 나을 것 같다는 생각이 스쳤다.

가브리엘 대신 레인이 손을 쭉 뻗어 일단 운전대를 붙잡았다.

"속도 줄이세요. 당장!"

아직도 점점 올라가고 있는 계기판에 더 이상 시선을 주고 싶지 않았다. 비포장도로라 속도를 못 냈다는 것을 말해주듯 포장도로가 나오자 대답 대신 가브리엘이 액셀을 더 꾹 밟았다.

"이런 미친!"

한 시간을 걸려 빠져나왔던 뉴욕인데 차를 탄 지 15분도 되지 않았건만 그 화려한 불빛들이 점점 가까이 다가오고 있었다. 레인은 자신이 욕설을 내뱉었다는 것도 인지하지 못할 정도로 정신이 없었다. 정말로 그가 운전대를 잡고 있지만 않았다면 주먹을 날렸을 것이다.

"각하!"

"엘이라고 불러요, 레인."

레인은 왜 그의 수행비서격인 그레이가 그와 함께 절대 차를 타지 않는지 그 이유를 절실하게 알게 됐다. 본격적인 뉴욕 시내가 시작되는 그 시점부터 드문드문 차들이 보이기 시작했다.

그레이, 이 빌어먹을 자식!

눈앞의 가브리엘보다 이런 정신 나간 놈에 대해 일언반구도 해 주지 않고 자신을 사지로 몰아넣은 그레이에 대한 원망이 더 깊었다.

100미터 전방에서 뉴욕 시내의 첫 신호등에 걸려 대기하고 있는 차가 보이자 레인이 최대한 침착함을 가장하고 재빠르게 소리질렀다.

"브레이크, 브레이크 밟아요!"

"브레이크라…… 그레이가 내 차를 안 타는 이유는 내가 브레이크를 밟지 않아서가 아닐까요?"

제 사전에 브레이크란 단어는 없답니다. 하하하—.

그 말과 동시에 레인이 망설임 없이 안전벨트를 풀고는 두 손으로 가브리엘의 어깨를 감싸며 있는 힘껏 그를 껴안았다.

그리고 그가 레인의 행동에 브레이크를 밟으며 핸들을 튼 것은 얼마 지나지 않아서였다.

쿵―!

레인의 상체 절반 이상이 운전석으로 넘어간 상태에서 페라리가 가로수를 가볍게 들이박았다. 그 충격으로 운전대가 레인의 오른쪽 옆구리를 들이박는 동시에 에어백이 팡! 소리와 함께 터졌다.

운전대에 들이박은 옆구리보다 뒤통수를 때리는 에어백이 레인에겐 더 충격이었다. 고개가 앞으로 숙여진다 했더니 찡그린 눈 사이로 가브리엘의 얼굴이 밀어낼 수 없을 정도로 순식간에 다가왔다.

"으읏!"

얼굴에서 가장 연약한 입술이 가브리엘의 입술과 맞닿았다. 아니, 그건 짓이겨졌다는 표현이 더 옳았다. 벌리지 못한 치아 위로 입술이 찢어지는 것 같다고 생각했을 때 가브리엘의 무감한 눈과 시선이 마주쳤다.

정말 찰나였다.

자신의 기억으로는 눈이 마주쳤다 여겼지만 확실하지 않았다. 하지만 부딪친 서로의 입술 사이로 누구의 것인지 모를 피가 주르륵 흘렀을 때 그가 입을 벌렸다. 그리고 아직도 자신의 어깨를 껴안고 있는 레인의 허리를 두 손으로 꽉 붙잡고 그 피투성이 입술을 한입에 집어 삼켰다.

"ㅁ……."

마치 짐승에게 아작아작 씹어 삼켜지는 게 아닐까 하는 생각 뒤, 천천히 흐려지는 기억에 차마 레인이 말하고 싶었던 단어는 입 밖으로 나오지 못했다.

　이런 미친놈.

　공작은 대단히 미친놈이 분명했다.

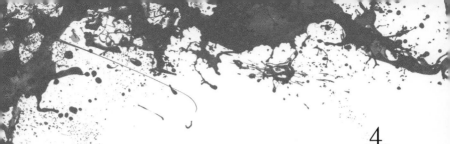

# 4.

천성에 호소하는 자는 인간의 깊은 곳에 호소하여
가장 즉각적인 반응을 얻는다.
— 에이버스 브론슨 올컷

"입술은 왜 또 그 모양이십니까?"

그레이가 현장에 도착했을 땐 이미 페라리는 가로수에 처박힌
상태였고 가브리엘은 레인을 안고 나오는 중이었다. 가브리엘이
페라리의 운전석에 탔을 때, 전화로 페라리를 한 대 더 주문하길
잘했다고 스스로를 칭찬하며 그레이는 가브리엘의 품에 늘어져
있는 레인을 바라보았다.

"나를 구하겠다고 온몸을 내던지지 뭐야."

"차에 바른 돈이 얼만데 쓸데없는 짓을 했군요."

그레이는 레인이 일단 명목상 그의 경호원이란 사실을 이해하
지 못하고 있었다. 세상에 경호원이 필요 없는 존재가 있다면 바
로 눈앞의 대단하신 공작 각하일 것이다. 레인이 굳이 몸을 날려

그를 덮치지 않았다 해도 저 안에서 상처 하나 없이 살아나올 사람임을 그레이는 알고 있었다.

자신의 몸을 얼마나 위하는 분인데, 고작 이런 교통사고로 죽을 사람이 아니었다.

"기절한 겁니까? 구급차를 부르겠습니다."

"아냐. 자는 거야."

레인은 꽤 고른 숨을 내쉬고 있었다. 그녀를 내려놓을 생각도 하지 않고 품에 안고 있는 가브리엘이 곧 그레이가 열어준 세단의 뒷좌석에 올라탔다. 그레이는 자신이 받아들겠다고 손을 내밀었으나 가브리엘은 품에서 레인을 놓지 않았다.

윗입술과 아랫입술이 모두 찢어졌다. 아마 며칠간 뭔가를 먹을 때 굉장히 아플 거라 생각하며 가브리엘이 아직도 자신의 입술에 남아 있는 핏물을 혀로 핥았다. 그리고 이내 짐승이 상처 입은 다른 짐승을 핥아주듯 고개를 내려 레인의 입가에 묻은 핏자국을 샅샅이 핥아 올렸다.

"자는 사람에게 그런 짓을 한다면 보통 파렴치한이란 소릴 듣습니다."

두 달간의 임무를 끝내고 어제 막 아프간에서 돌아온 사람이었다. 그리고 바로 자신에게 왔으니 굳이 묻지 않아도 강행군이었음을 가브리엘도 알고 있었다. 언제나처럼 레인에게 다정하게 지어주었던 악동 같은 미소가 사라졌다. 지그시 레인을 바라보는 눈동자는 그레이가 알고 있는 여느 때와 마찬가지로 무슨 생각을 하는지 알 수 없었다.

그저 얼굴에 웃음기 하나 지웠을 뿐이건만, 차 안의 공기는 냉 랭하기만 했다.

그레이가 모시는 주군, 즉 공작 각하는 본디 타인에게 관심이 없는 사람이었다. 아마 그를 10년 넘게 보필한 자신이 눈앞에서 피를 토하고 죽어도 눈 하나 깜짝하지 않을 거라고, 그레이는 장 담할 수 있었다.

가브리엘의 어머니인 공작 부인은 냉랭한 가브리엘을 어려워만 하는 어린 시절의 그레이에게 그것을 아주 천천히 잘 설명을 해 줬다.

사람의 마음은 퍼즐 같아서 슬픔과 기쁨, 아픔, 분노, 고통, 사랑, 희열 등을 느끼는 각각의 조각들이 있다고 했다. 가브리엘 은 그 조각들 중 몇 개가 빠진 아픈 아이라며 그레이가 이해를 해줘야 한다고 말했다.

그 마음의 퍼즐 조각들을 언젠가는 찾을 수 있냐고 묻자 '글 쎄……' 하며 곤란한 표정으로 웃던 공작 부인의 얼굴이 떠올랐 다. 백미러로 보이는 가브리엘은 여전히 스스로밖에 모르는 무 감한 얼굴로 백금의 짙은 속눈썹을 내리깔고 레인을 바라보고 있었다.

"못 찾으면 어떻게 되나요?"
"그레이, 세상에는 그 감정들만 있는 게 아니란다. 저 성격이 라면 우리가 알지 못하는 다른 감정들을 찾아 그 비어 있는 조각에 억지로 끼워 맞출 애가 아니니?"

문득 마지막으로 나눴던 대화가 떠오르자 그레이는 차가운 것이 등줄기를 훑고 지나가는 느낌에 흠칫 미세하게 어깨를 떨었다. 그는 시간이 가고 나이를 먹을수록 마음의 퍼즐 몇 개를 잃어버린 '아픈 아이'가 아닌 정신병자에 가까운 어린 공작이 되었다.

　나이가 들고 그를 부르는 사교계, 그가 참석해야 될 수많은 회의, 그리고 정재계의 인사들을 상대하며 어린 공작은 자신을 감추는 방법을 배웠다. 상대방에겐 항상 우호적으로, 사교계에서 유일하게 배운 웃는 낯으로 타인을 대하기 시작했다. 그게 그를 오래 보아온 그레이의 눈에는 어설프기 짝이 없는 것이었으나 저 천사 같은 외모 덕분인지 많은 사람들은 그 미소를 좋아했다.

　그래도 한 번씩 뇌를 거치지 않고 나오는 상큼한 언변들은 그걸 처리해야 하는 그레이를 뒷목 잡게 했다.

　처음부터 마음의 퍼즐 같은 건 없었을지도 모른다. 어린 공작의 마음엔 퍼즐 따위가 아닌 복수, 분노 같은 극단적인 감정만이 있을지도 모른다고 지금도 종종 생각하곤 했다. 그래도 자신 외의 상대를 옆 좌석에 태우고 차를 박살낸 적은 처음이라 그레이의 눈이 조금 오묘하게 가브리엘에게 안겨 잠들어 있는 레인을 응시했다.

　"참으로……."

　가브리엘의 입술이 천천히, 아주 느릿하게 열렸다. 버릇처럼 혀로 상처 난 입술을 핥아 올리면서 그의 고개가 영문을 알 수 없단 듯 살짝 기울어졌다.

"무심하게 달려들더란 말이야."

내내 그 시선이 거슬렸다. 처음엔 거슬린다는 감정이 오랜만이라 적으로 간주할까 싶을 정도였다. 자신을 바라보는 그 새카만 시선이 내내 얼마나 사무적이고 무심한지 스스로가 공기처럼 여겨질 정도였다.

자신이 그렇게 존재감 없는 인물은 아니건만, 흔한 호의조차도 이 작은 여자의 얼굴에서는 찾아볼 수 없었다. 그가 읽을 수 있는 건 얼굴 전체에 나타나 있는 지독한 피로감과 귀찮음, 그리고 상대가 무엇을 하든 관심 없음 정도였다.

사람이라는 생물은 누구나 자신에게 기본 이상의 호감을 가졌다. 그것이 제 외모 덕분이라는 걸 누구보다 잘 알고 이용할 수 있는 사람이 가브리엘이었다. 하지만, 그가 그 무심한 눈이 거슬려 아슬아슬한 발언을 해도 상대는 그저 픽 웃고 말았다. 부러 곤란한 말을 할 때마다 난감하다는 얼굴을 했으나 그 부탁을 거절하진 않는다.

그것은 단순히 자신이 경호 대상이기 때문일까?

아니, 물에 물 탄 듯, 술에 술 탄 듯 그저 조용히 녹아든다. 수면 위에 살짝 발을 딛고 언제라도 깊은 물구덩이에서 발을 뺄 수 있도록 준비되어 있는 자였다.

심지어 충돌 직전에는 망설임 없이 안전벨트를 풀고 온몸으로 자신을 감쌌다. 그때 가브리엘이 보고 있었던 건 운전 내내 경악으로 물들었던 레인의 표정이 그 순간 위험을 앞둔 공포가 아닌 처음 마주했을 때의 그 무심함으로 순식간에 바뀌는 것이었다.

"'옛다, 구해줄게'란 느낌이었달까."

서걱서걱, 그의 예민한 신경 끝을 뭔가가 갉아먹고 있었다. 그 느낌이 꼭 손톱 밑에 박힌 가시처럼 날카로워서 당장이라도 뽑아 던지고 싶을 정도로 뭉근한 화가 치밀어 올랐다.

그저 새하얗기만 한 레인의 얼굴을 가브리엘이 손가락으로 이 마부터 턱까지 죽 쓸어 내렸다. 그러다 입술의 상처에 잠시 손이 머물렀다.

손톱 밑의 가시라······.

그의 손톱이 정확히 상처 난 레인의 입술 아래를 꾹 눌렀다. 아픈 건지 자면서도 인상을 찌푸린 레인이 고개를 돌리려는 것을 가브리엘의 손이 턱을 움켜잡고 고정시켰다. 창백한 얼굴에서 유 일하게 색이 있는 것은 상처 난 입술뿐이었다. 그 입술에서 흐르 는 붉은 피가 아니었다면 입술의 색소 또한 엷어서 파리한 병자 처럼 보였다.

레인 크로포트.

당장이라도 한입에 삼켜버릴 수 있었다. 그저 필요에 의한 도 구라 내버려두는 것 뿐, 언제라도 그녀의 모든 것을 스스로도 깨 닫지 못할 정도로 잘게 부숴 한입에 털어 넣는 것은 가브리엘에 겐 일도 아니었다.

"어떻게 하지."

"네?"

혼자서 작게 중얼거리고 있는 가브리엘의 물음에 그레이가 대답했다.

"조금 더 짓궂게 굴고 싶어졌어."

그래도 여전히 이 검은 눈동자엔 감정이 없을까.

어느샌가 레인의 턱을 부드럽게 쓰다듬으며 자신이 웃고 있다는 사실을 깨닫지 못한 가브리엘이 백미러 사이로 그레이와 시선이 마주쳤다.

"왜?"

"……왜 그녀를 곁에 두고 있는지 잊지 않으셨죠?"

"나의 소중한 인질님."

그 말을 잇새로 씹어뱉는 푸른 눈동자에 음습한 광기가 어렸다. 제어를 잃은 광기가 금방이라도 튀어나와 자신의 품에 안긴 레인을 갈기갈기 찢어버리기 전에 천천히 호흡을 내뱉었다. 어서 이 들끓는 피가 잠자코 가라앉길 바라며 그가 레인을 좀 더 바싹 당겨 안았다.

그녀와 부딪쳤던 입술의 상처가 아려왔다.

타액이 아닌, 좀 더 짭짤하고 비릿한 냄새가 나는 순간 이성을 잃고 저 핏기 없는 입술을 집어삼켰다. 그가 빨아들일수록 누구의 입술에서 나는지 알 수 없는 핏물이 울컥울컥 넘어왔더랬다.

그것이 묘하게 달콤해 입술을 뗄 수 없었다.

자신의 피는 분명 아니었다. 그 달콤함 뒤에 진저리나는 피비린내. 그것이 자신의 피의 맛이었다. 자신의 입에서 터진 구역질나는 쇳내와 섞여 그의 입안으로 넘어온 달큰한 피의 주인은 그의 두 손 안에 있었다.

가브리엘이 천천히 고개를 내려 레인의 상처로 다시 입술을 가져갔다. 그의 혀가 상처를 헤집고 다시 툭 터트렸다. 혀끝으로 올라오는 그녀의 피는 여전히 단맛이 나는 것 같았다.

사람의 피가 달다니. 정말 미친 건가 싶어서 레인의 입술을 물고 큭큭 웃음을 삼키자 '꿀꺽' 하고 그레이의 침 넘어가는 소리가 들렸다.

어느샌가 투둑투둑 비가 내리기 시작했다.


눈을 뜨자마자 엄습한 것은 오른쪽 옆구리를 파고드는 통증이었다. 이 통증이 어디에서 왔는지 잠시 생각하다 운전대에 세게 부딪쳤던 기억이 떠올랐다. 아마 굳이 눈으로 확인하지 않아도 시커먼 멍이 들어 있으리라.

몸이 아픈 건 좀 싫은데.

남들이 들으면 '세상에서 가장 위험한 용병 일을 하면서 아픈 게 싫어?' 하며 박장대소할 거라 생각하며 몸을 일으키던 레인은 또다시 쑤셔오는 옆구리 통증에 인상을 찌푸렸다. 그러자 고통은 옆구리가 아닌 입술에서 올라왔다. 입술이 두 동강난 건 아닌가 싶을 정도로 엄청난 통증이었다.

마지막 순간을 자신은 잊고 싶었던 걸까.

운전석에 오른쪽 옆구리를 부딪치고 에어백이 연달아 뒤통수를 강하게 내려쳤다. 밀려난 상체가 덮친 것은…….

그래, 저 남자였지.

자신이 누워 있는 침대 오른쪽에 앉아 희미하게 웃고 있는 가브리엘을 사실 눈을 떴을 때부터 발견했다. 그저 눈앞에 있는 이 일의 당사자를 외면하고 싶어 잠시 다른 생각을 했으나 언제까지 무시할 수는 없는 일이었다.

"일어났어요?"

"제가 얼마나 정신을 잃었습니까?"

그렇게 묻는 레인은 시선이 저절로 가브리엘의 입술로 가는 것을 멈출 수 없었다. 윗입술과 아랫입술이 짓이겨진 상처. 저 완벽한 얼굴의 유일한 오점이 된 상처는 분명 제 입술의 상처와 무관하지 않으리라.

"한 시간쯤? 생각보다 빨리 일어났네요."

밖은 여전히 어두웠다. 기절한 김에 잠을 잔 게 분명했다. 정신을 차려야 한다는 건 알고 있었지만 그 입술이 맞닿은 순간 본능적으로 반드시 기절을 해야겠구나 싶었다. 본능의 경고를 무시하지 말라는 건 사선을 넘나들 때의 필수불가결한 요소였다.

"옆구리는 그저 멍이 든 것뿐이라 병원으로 가진 않았어요. 지금 주치의가 오고 있긴 한데."

"괜찮습니다."

끙, 앓는 소리와 함께 레인이 침대에서 몸을 일으켰다.

"괜찮아요? 정말?"

다시 확인을 하듯 천천히 물어보는 얼굴이 아이처럼 순진해 보였다. 일단은 어디 부러진 데도 없고 정말 괜찮아서 고개를 끄덕이다 레인은 알 수 없는 위화감에 멈칫했다.

뭐지? 이 벼랑 끝에 서 있는 듯한 위화감은?

"감이 좋은 건지."

붉은 혀를 살짝 내밀어 상처 난 입술을 핥아 올린 가브리엘이 한 손으로 레인이 침대 위에서 내려오려던 걸 막았다.

"감이 좋다는 말은 자주 듣습니다."

분위기가 달라졌다. 지금껏 내내 대화를 주도하던 그 이상스러울 만큼 친절하고 어디로 튈지 모르던 철없는 도련님의 느낌이 깨끗하게 사라져 있었다. 이 위화감의 정체는 그거였던 건가. 그게 좋은 일인지 나쁜 일인지 알 수 없었지만 일단은 자신에게 이렇게 얼굴을 들이대는 걸 보니 좋은 쪽은 아닌 것 같았다.

"괜찮다니 계속 할까요, 그럼?"

"뭘요?"

그 순간 번개가 번쩍 쳤다. 전면 창을 가르고 순식간에 방 안이 하얗게 점멸될 정도로 강한 번개였다. 그리고 코앞으로 다가온 얼굴이 정신을 잃기 전, 어쩔 수 없이 했던 행동을 반복이라도 할 것처럼 다가와 있었다.

"나는 ……스였어요."

어느새 그것을 피하려고 도망치던 레인의 몸이 다시 침대에 반쯤 누웠다. 그러면 그럴수록 점점 다가온 얼굴이 마치 키스라도 할 것처럼 비스듬히 고개를 틀고 있었다. 그녀의 뒤통수로 딱딱한 침대 헤드가 닿을 때까지 정말 거침없이 다가왔다.

"네?"

목이 아플 정도로 입안이 바싹 말랐다. 가브리엘이 입을 열 때마다 습기를 머금은 숨결이 입술의 상처를 훑고 지나갔다. 레인은 의뢰인을 한 번도 때려본 적은 없었지만 여기서 벗어나려면 어쩔 수 없이 눈앞에 보이는 천사 같은 얼굴의 공작 각하 목젖에 손을 대야 할 것 같았다.

"나는 첫 키스였다고요."

그와 동시에 레인의 손이 그의 목덜미를 쥐고 강하게 비틀며 바닥으로 내리눌렀다.

그리고 거짓말처럼 어두운 방의 문이 열렸다. 거실의 환한 빛이 방 안으로 쏟아져 들어왔다. 열린 문을 바라봤을 땐 장신의 그레이가 표정을 굳힌 채로 레인을 쳐다보고 있었다.

침대 바깥의 모서리에 상체를 뉘이고 머리를 쓸어 넘기고 있는 가브리엘과 그 위에 올라타 위협적으로 그의 목을 조르다시피 하고 있는 레인.

순간 레인은 그레이가 총을 빼들지도 모른다고 생각했다. 이건 누가 봐도 위협이 분명한 상황이었다. 하지만 그레이는 침착하게 레인의 아래 깔려 있는 자신의 주군을 한번 바라보곤 정중하게 입을 열었다.

"주치의가 왔습니다만."

"돌려보내. 레인이 괜찮대."

갑작스런 상황 반전에 전혀 놀라지 않은 얼굴로 가브리엘이 말했다.

"죄송합니다. 놀라서 저도 모르게 그만."

놀란 건 사실이었지만 의도적으로 그를 제압한 건 놀라서 한 일이 아니었다. 굳이 그레이에게 주군인 공작이 변태라는 걸 말해줄 필요는 없겠지 싶어 레인이 천천히 가브리엘의 목에서 손을 떼면서 변명처럼 말했다.

"여자한테 급소가 눌린 건 처음인데, 방금 두근거렸어요."

여전히 침대에서 일어날 생각이 없는 듯 널브러진 가브리엘이 심장께를 손으로 꾹 누르며 입을 열었다.

기가 찬 표정으로 레인이 가브리엘의 배 위에서 내려왔다. 가브리엘은 잠시 따뜻했던 자신의 배를 한 손으로 쓰다듬었다. 정말 누군가 자신의 위에 올라탄 적은 처음 있는 일이라 그 감각이 매우 생소했다.

"흐응……."

몸을 뒤집어 거꾸로 보이던 그레이를 바로 본 가브리엘의 한쪽 입꼬리가 비스듬히 올라갔다.

"계속 거기에 그렇게 서 있을 거야?"

툭툭 셔츠 단추를 아무렇게나 풀며 묻는 가브리엘을 보고 그레이가 어색한 미소를 지어 보였다. 또 저 망나니 같은 주군이 무슨 짓을 하려는 거지. 그레이는 불쌍하단 눈으로 레인을 바라보고 명백한 나가란 소리에 고개를 잠시 숙여 보였다.

"좋은 시간 보내시길."

저기, 내가 그쪽이 모시는 공작 각하의 멱살을 잡아 내리 눌렀다고요. 거기에 대해 진지하게 토론을 해보자고 레인이 말하려는 순간 문이 완전히 닫혔다.

방 안은 다시 어둠이 찾아왔다. 어둡다고 해도 커튼 없이 활짝 열린 전면 창을 통해 뉴욕의 환한 야경의 빛이 스며들어 새카만 어둠은 아니었다.

"각하는 절 정말 곤란하게 하시는군요."

평소에 레인은 무신경하단 소리를 밥 먹듯이 듣는 사람이었다. 대표적인 예로 존이 자신에게 그랬고, 리도 가끔 무신경하단 소리를 했고, 어쨌든 팀원들 전부가 입을 모아 하는 말이었다. 그런 자신의 무신경을 아무렇지도 않게 경악스럽게 건드리는 사람이 있었으니, 바로 눈앞에 누워서 셔츠를 벗고 있는 가브리엘이었다.

저 작은 머리로 무슨 생각을 하고 있는 걸까.

종잡을 수 없는 사람이었다. 아직도 자신의 사전에 브레이크란 단어는 없다고 웃으면서 앞을 향해 돌진하던 그 선득한 모습을 잊을 수 없었다. 오늘 하루가 지금껏 살아온 날 중 가장 긴 하루인 것 같았다. 그럼에도 불구하고 아직 날이 밝아오지 않아 조금 불행해졌다.

날이 밝으면 계약 기간이 하루 줄어드는 거고 그렇다면 조금 행복해질 것 같았다.

"곤란한 건 전데요."

벗은 셔츠를 두 손가락으로 바닥에 툭 던지며 가브리엘이 나른하게 대꾸했다. 세상만사 전부 자신과는 상관없다는 듯한 그 목소리가 왜 이 어두운 방 안에서 음험하게 들리는 걸까.

셔츠를 벗어 던진 그의 벗은 몸보다 목에 걸려 있는, 그와는 어울리지 않는 낡은 나무로 된 십자가 목걸이가 먼저 보였다. 남자의 벗은 몸을 보는 건 처음이 아니었다. 같이 있으면 항상 덥다고 웃통부터 벗어던지는 녀석들과 함께 먹고 잤으니까. 하지만 분명한 의도를 가지고 눈앞에서 벗는 남자는 처음이라 레인은 시선을 돌렸다.

신경을 너무 썼더니 머리가 지끈지끈 아파왔다. 싸구려 술을 먹고 난 다음 날 머리를 강타당하는 것과 비슷한 수준의 두통이었다.

"저, 섰거든요."

콰과과광─!

머릿속에서 베토벤의 교향곡이 흐른다 생각했을 때, 때마침 아주 적절하게도 천둥이 우레와 같은 소리를 내뱉었다. 그리고 뽑아버리고 싶은 자신의 눈은 반사적으로 가브리엘의 하체를 향했다.

"제가 지금 뭘 들은 겁니까?"

바지 앞섶이 불룩하게 튀어나와 있었다. 천천히 바지 버클을 내리는 가브리엘을 보면서 레인이 후다닥 침대 밖으로 나갔다.

도망가야 했다. 빌어먹을. 그때 책상에서 서류는 하나만 들고 나왔어야 했다. 왜 멍청하게 두 개의 서류를 들고 나왔던 걸까. 아리아란 이름에 이성이 마비됐었다. 진지하게 때려치우기로 결심했을 때 마지막 미션이 아리아란 것에, 그 뜻이 정말로 이 일의 마지막 빚을 갚으라는 것 같아서 이성을 잃었었다.

그리고 눈앞에 이성을 잃은 것 같은 짐승이 하나 더 있었다.

방을 빠져나가야 된다는 생각에 레인이 그레이가 닫고 나간 유일한 출구로 달려가 문을 열었다. 스위트룸 거실의 불빛이 다시 방 안에 새어 들어왔을 때 머리 위에서 어느새 나타난 손이 그 문을 단호하게 밀었다.

"뭐가 그렇게 급해요?"

"그러는 각하는 뭐가 그렇게 급해서 바지를 벗는 건데요?"

그는 더 이상 웃지 않았다. 레인을 돌려세운 그는 정염이 번들거리는 푸른 눈동자로 내려다보고 있을 뿐이었다. 그 시선을 레인은 피하지 않았다. 오히려 똑바로 바라보았다. 자신에게 손을 댄다면 이쪽도 넋 놓고 있을 수만은 없었다.

경호 대상을 노리는 킬러에게 손을 쓰는 게 아니라 지켜야 될 상대에게 손을 쓰는 건 경호원으로서 해선 안 될 일이었지만 미친놈에겐 매가 약이었다.

"약혼녀까지 있는 분이 이러지 마시죠."

"약혼녀?"

그의 고개가 한쪽으로 갸웃했다. 그리고 이내 생각났다는 듯 눈꼬리가 휘었다. 재미있다는 듯 쿡쿡대며 웃는 그의 고개가 레인을 향했다.

"레인은 정말 올바른 분이군요. 내게 약혼녀가 있어서 밀어내는 거였어요?"

"제가 올바른 사람이라면 각하는 굉장히 비열한 사람입니다."

레인은 손을 등 뒤로 돌려 다시 천천히 문손잡이를 돌렸다. 둘뿐인 이 공간을 벗어나야 한다. 지금 레인의 머릿속은 온통 그 생각뿐이었다.

"도망가지 마세요."

사냥하고 싶어지니까. 가브리엘이 웃음기 어린 목소리로 그 뒷말은 집어 삼키며 경고했다.

"안녕히 주무십시오, 각하."

레인이 완전히 손잡이를 돌려 문을 열고 성큼 밖으로 뒷걸음질 쳤다. 맹수를 앞에 두고 등을 돌리는 어리석은 짓은 하지 않았다. 등 뒤로 환한 빛이 쏟아져 눈앞의 가브리엘이 좀 더 잘 보였다. 왜 고작해야 이 밝은 빛 하나에 안도의 한숨까지 나오는지, 이 상황을 냉철하게 판단해야겠다고 생각하며 이제는 맹수의 사정권에서 벗어났다는 안도감에 숨을 돌렸다. 그리고 뒤돌아 재빠르게 벗어나려 했을 때였다.

어느새 가브리엘의 차가운 손가락이 레인의 목과 얼굴을 한꺼번에 감쌌다.

"굿나잇 키스는 해주셔야죠."

말이 끝나기 무섭게 남자의 아름다운 얼굴이 레인의 얼굴 위를 덮쳤다. 마치 입술을 잡아 뜯어먹기라도 하듯 아랫입술의 상처를 이로 건드리는 고통에 레인은 반사적으로 입술을 벌렸다. 그 틈 사이로 뜨거운 혀가 가르고 들어왔다. 치열을 더듬어 혀뿌리까지 단숨에 빨아들였다. 아까부터 바싹 메말라 있던 입안에 진득한 타인의 타액이 스며들었다.

투둑하는 소리와 함께 레인은 입술이 또다시 찢어졌다는 것을 깨달았다. 타액과 뒤섞여 비린 피가 입안을 정신없이 헤집었다. 고통과 뒤섞여 경악으로 물든 레인의 눈이 가브리엘의 눈과 마주쳤다.

누구도 이 입맞춤에 눈을 감지 않았다. 입맞춤이라고 할 수도 없었다. 그가 잡아먹듯 아프게 레인의 혀에 엉켜들고 있었다. 눈을 감을 수조차 없었다. 자신을 바라보는 그 시선은 토악질이 치밀 정도로 강렬하게 온몸을 옭아매고 있었다.

지금 난잡스럽게 엉키고 있는 것은 서로의 입술이 아니라, 누구도 눈을 감을 수조차 없는, 피하지 않는 시선이었다.

영혼의 뿌리 끝까지 단숨에 꿰뚫렸다. 자신의 가장 깊은 곳을 들여다보는 그 짙푸른 눈동자에 등골이 쭈뼛 섰다.

그리고 자신 또한 보았다. 가브리엘의 가장 어두운 부분을 피할 수도 없이 목도했다. 속이 드러나도록 발기발기 찢겨져 있는 어둠 속. 어떻게 손 써볼 수도 없이 그 헤집어진 수천, 수만 갈래의 검은 발톱 자국을, 시커먼 공포를 보았다.

……왜?

그것을 마주한 레인에게 공포가 순식간에 전이되어 왔다. 이 소름끼치도록 익숙한 느낌을 레인의 가장 음울한 밑바닥은 기억하고 있었다. 그 기억이 완전히 깨어나기 전에 손을 써야했다.

퍽!

레인의 주먹이 정확히 가브리엘의 명치를 가격했다. 그가 낮은 신음과 함께 허리를 숙였을 때를 놓치지 않았다. 아직 밖으로 한 발도 나오지 않은 그의 면전에서 문을 쾅 닫은 뒤 금방이라도 다시 문이 열릴 것 같아 손잡이를 꽉 쥐고 있었다.

"뭐지?"

지금 뭘 본 거지?

"괜찮습니까?"

문에 기대 반쯤 허리를 숙이고 있는 레인의 앞에 단정한 구두가 보였다. 눈앞에 손수건을 들이미는 그레이가 처음부터 이 상황을 모두 봤다는 얼굴로 서 있었다. 그 손수건을 받아드는 레인의 손이 파르르 떨렸다.

그제야 떨고 있다는 것을 인식했다.

"잠깐 괜찮으시면 이야기 좀 할까요?"

"그러죠."

레인은 자신이 가브리엘의 계약직 경호원이 된 것이 우연이 아님을 알아차렸다. 지금까지 들은 말이 그저 사탕발림이라는 것을 처음부터 본능은 알고 있었다. 그저 그것을 캐묻기 귀찮았고, 계약기간은 눈 깜짝할 정도로 짧았기에 모른 척했을 뿐이었다.

가브리엘, 그레이, 그리고 레인 자신은 서로가 알면서 속고 속아주는 거짓된 하루를 보냈다.

손수건으로 아직도 피가 흐르는 입가를 누르며 레인이 허리를 꼿꼿이 폈다.


욕실에서 대충 입가에 맺힌 핏자국을 닦고 거실로 돌아온 레인의 앞에 따뜻한 차가 준비됐다. 그레이가 무표정한 얼굴로 이미 반쯤 마신 차를 테이블에 내려놓으며 아직 서 있는 그녀에게 맞은편의 소파를 권했다.

"이 상황이 이해가 안 가는 건 저뿐인가요?"

"이해하지 마세요. 저도 처음 몇 년은 이해하려고 노력했지만 쓸데없는 짓이었습니다."

절레절레 고개를 저으며 그레이가 레인의 상황을 정리해 주었다.

"그럼 원래 저런 분입니까?"

그 말에 그레이의 입에 웃음이 걸렸다. '분'이라니. 자신에게 그런 짓을 한 가브리엘을 그런 고아한 단어로 부르는 레인의 인내심에 마음속으로 박수를 보냈다. 얼굴은 '원래 저런 새낍니까?'라고 묻고 싶은 게 분명한데 '분'이라니. 생각보다 인내심이 강한 여자인 것 같았다.

"아뇨. 원래 저런 분은 아닙니다."

그럼 자신에게만 저런 짓을 했단 말인가. 레인이 인상을 찌푸리며 생각했을 때 그 생각을 손바닥 뒤집듯 그레이가 이어 말했다.

"저렇게 적극적이고 다정한 모습은 저도 처음 봅니다."

"……다정이라는 말의 정의가 어떻게 되죠?"

"조금 과격하긴 하셨습니다만……."

조금?

불현듯 머릿속에 아침에 처음 봤을 때 '조금 성격이 못돼서요'라고 말하던 그레이가 생각났다.

브레이크란 단어는 사전에 없다고 웃던 가브리엘이나 '조금'이나 '다정한'이라는 단어를 모르는 것 같은 그레이나, 그 공작에 그 비서였다.

"이 일, 못 할 것 같습니다."

용병 인생 6년 만에 처음으로 하루도 안 지난 시점에서 못 하겠다는 말이 튀어나왔다.

"저도 매일 그렇게 생각하지만 벌써 10년이 넘었군요."

레인에게서 그 말이 나올 걸 알았다는 듯 그레이가 대수롭지 않게 답했다. 천천히 다시 찻잔을 들어 향을 음미하며 마시는 모습에선 여유가 묻어 나왔다.

"위약금은 제 전 재산을 털어서라도 지불하죠."

여전히 머릿속에 뒤엉킨 것은 서류를 두 개 다 들고 나오는 게 아니었다는 생각과 아직까지 착각이라고 믿고 싶은 가브리엘의 마음이었다. 분명 마주친 건 눈동자였건만, 어째서 그의 마음을 들여다본 걸까.

"레인 크로포트 씨."

그렇게 입을 여는 그레이의 눈에 안쓰러운 감정이 담겼다. 자신을 동정하는 그의 시선을 느끼며 레인이 미간을 찌푸렸을 때였다.

"정말로 유감입니다만, 계약을 파기하실 순 없습니다."

왜냐고 묻는 레인의 물음을 예상한 듯 그가 말을 이었다.

"각하는 제너그사의 최대주주십니다. 여기까지 말해도 아시겠죠? 레인 크로포트 씨는 비록 사표를 던져 마지막 미션을 앞두고 있다 해도 부양할 가정이 있는 팀원들은 우수수 죽을 게 분명한 사지에 데려가지 않는 인간적인 면모를 갖추고 계신 분이시니까요."

이 계약을 파기한다면 팀원들 또한 우수수 잘라 직장을 잃게 하겠다는 협박이었다. 그리고 무엇보다 바로 어제 회의실에서 있었던 일을 그레이는 눈앞에서 본 것처럼 잘 알고 있었다.

"사기꾼들."

머릿속이 차분하게 정리됐다. 레인은 차갑게 입꼬리를 올려 비웃으며 가브리엘과 그레이를 싸잡아 한마디로 정의했다.

"여기까지가 제가 준비한 협박이었습니다만, 사실 각하는 그런 협박을 하지 않으십니다. 이런 협박은 제 전문이라서요."

그 말투는 제법 간절했다. 자신이 다음 말을 하기 전, 협박에 넘어가 달라는 회유였고 권유였다.

"계속 이야기해 보세요. 어디 얼마나 정성들인 개소리인지 들어나 보죠."

이 이야기의 끝이 어디까지 갈지 궁금해졌다. 레인이 싸늘한 얼굴로 소파에 깊게 몸을 묻고 다리를 꼬았다.

"제가 내민 서류에 사인을 하셨을 때, 이미 레인 크로포트 씨는 늑대의 영역 안으로 들어오신 겁니다. 정확히는 아직 한 발만이지만."

"늑대의 영역이라……."

"저는 늑대라는 말을 들었을 때 세상에 이것처럼 각하에게 어울리는 단어는 없다고 확신했죠."

자신을 따라다니는 게 개과의 동물 같다고 생각하긴 했었다. 그러고 보니 늑대도 개과이긴 개과였다.

"사실 영국 귀족사회에서 각하의 위치는 좀 미묘합니다. 영국에서 태어나지 않았으나 영국인이고, 왕위 계승 서열을 가지고 있으나 허울뿐, 귀족사회의 아무도 그걸 인정하지 않습니다."

그레이의 이야기는 그렇게 시작했다.

가브리엘 서머셋이 태어난 곳은 시리아였다. 서머셋 공작 부인은 학자로서 이름이 드높은 사람이었고 본인의 프라이드 또한 높아서 남편인 공작의 반대에도 불구하고 임신한 상태로 시리아의 유적지 발굴 작업에 참여했다.

시리아에서 태어나 그곳에서 12년을 보낸 가브리엘이 영국으로 돌아왔을 땐 꽤 상황이 심각했다. 그는 복잡한 사교계를 이해하지 못했고 거기에 섞이지 못해 외따로 떨어져 나왔다. 지금에야 겉으로나마 웃으면서 사교계 생활을 한다지만 당시에는 그의 지위를 시기하고 질투하는 사람들로 하여금 모욕적이고 빈정거리는 소리를 꽤 들었다.

머리가 커지도록 예법을 배우지 못하고 12년을 시리아, 그 분쟁 지역에서 천둥벌거숭이처럼 지냈다는 소문이 퍼지자 따돌림은 꽤나 악랄해졌다. 그때 당시엔 사교계 전부가 갑자기 하늘에서 뚝 떨어진 것 같은 서머셋 공작의 유일한 아들인 가브리엘을 공격했다. 공작 부인이 공작의 반대에도 불구하고 임신한 상태로 시리아로 떠나 12년 동안 얼굴도 비추지 않자, 공작은 이혼은 하지 않았지만 그 보복으로 자신 없이 태어난 아들의 존재를 그가 영국으로 돌아올 때까지 부정했다.

12년 동안 아비가 부정한 아들을 사교계에서 고운 눈으로 바라볼 리 만무했다.

시리아에서 태어났다는 이유 하나로 사교계의 예법도 모르는 자신을 비웃었던 자들을 실제로 달려들어 물어뜯은 뒤로 가브리엘에겐 별명이 하나 생겼다.

'시리아의 늑대'

그를 맹렬하게 비웃기 위해 퍼진 그 별명은 이제 사교계에서 비밀 아닌 비밀이었다.

"뭐, 본인도 왕위 계승 서열 따위 개나 주라고 했고요."

말을 마친 그레이가 빙긋 웃었다.

"그렇다고 해서 그에게 상속된 어마어마한 재산이 어디로 가는 건 아니지만요."

"그래서요?"

이 지루한 이야기를 계속 듣고 있어야 하는 걸까. 어릴 때 따돌림을 좀 당했으니 이해해달라는 어이없는 소린가 싶어서 헛웃음이 나왔다.

"이제는 아무도 각하의 앞에서 '시리아의 늑대'라고 비웃지 못합니다. 물론 본인은 그 별명이 꽤 마음에 든 듯하지만, 그의 앞에서 그 말을 내뱉고 살아남은 사람은 없거든요."

그레이의 얼굴에서 표정이 사라졌다.

"물론, 목숨이 아니라 정치적으로 말입니다. 1년이 걸리든 2년이 걸리든 확실히 사교계에서도 정치적으로도 매장시켜 버리셨죠."

자신이 꼭 이런 말까지 해야 하냐고 묻는 얼굴로 그레이가 버릇처럼 쓰고 있던 안경을 올려 썼다.

"이런저런 이야기가 꽤 있지만 그건 제가 함부로 드릴 수 없는 이야기고, 결론부터 말씀드리자면 각하께서는 지금 아주 거대한 사냥을 하고 계십니다."

"제가 사냥감이란 소릴 하고 싶으신 건가요?"

"그럴 리가요. 레인 크로포트 씨는 아닙니다. 절대로요."

그녀는 가브리엘이 시작한 그 거대한 사냥의 사냥감이 될 수 없었다. 물론 그가 매장시킨 수많은 정적들 또한 그가 노리는 사냥감이 아니었다.

"하지만 레인 크로포트 씨가 아주 중요한 단서인 건 분명합니다."

정말 그녀가 단서인가?

아직도 그레이는 확신할 수 없었다. 그리고 주군이 그녀를 단서로 대하고 있다는 것조차도 이제는 모르겠다. 둘이 만난 건 겨우 반나절의 시간이었다. 반나절 만에 서로를 물어뜯는, 일방적으로 레인이 물어 뜯겼긴 것이나 마찬가지지만 아무튼 무시무시한 입맞춤을 눈앞에서 보고도 사실 믿기지 않았다.

그레이가 눈을 씻고 봐도 레인은 그저 작고 좀 마르고 하얄 뿐, 눈에 띄는 미인도 아니었고 그렇다고 글래머도 아니었다. 주군이 정신이 나간 것처럼 달려들 만한 이유가 전혀 없는 사람이었다.

"단서?"

"언젠가 아마도 조만간 각하께서 원하시는 것을 이야기하실 겁니다."

"그게 내 몸이라거나……."

방금 겪은 일을 떠올리며 레인이 인상을 찌푸렸다.

"아닙니다. 절대 그런 게 아닙니다. 아마도 레인 크로포트 씨에겐 별 대수롭지 않은 일일 겁니다. 그때가 온다면 고민하지 말고 미련 없이 쥐버리세요. ……몸은 말고요."

레인의 눈이 가늘어졌다. 그레이의 등 뒤에 있는 문이 지금이라도 벌컥 열릴 것 같았다.

"하지만 그 전에 여기서 지금 발을 빼신다면 정말 곤란해지실 겁니다. 그분은 아마 수단과 방법을 가리지 않고 레인 씨의 인생에 관여하실 테니까요."

'아마도 평생이요'라고 그레이의 얼굴이 말하고 있었다.

"내가 각하의 영역에서 발을 빼는 게 정말 계약 기간 내에 가능한 겁니까? 그 이후에도 날 귀찮게 하지 않는단 보장이 어디 있습니까?"

사실 그건 그레이가 묻고 싶은 질문이었다. 자신이 전혀 보지 못했던 생소한 얼굴로 레인을 내려다보던 모습을 본인은 자각하지 못하고 있기에 굳이 그레이도 입을 열어 상기시켜주지 않았다.

"……그렇게 무례한 분은 아닙니다."

본래 레인은 그리 깊이 생각하는 편이 아니었다. 그리고 지금 자신에 대해 아주 잘 알고 있다는 듯한 그레이도 간과하고 있는 것이 있었다.

그녀는 판을 짜던 사람이었다. 레인은 진입로와 퇴로를 확보하는 데 존의 말을 따르면 천부적인 재능을 가지고 있었다. 단 한 번도 자신이 맡았던 임무에서 퇴로를 확보하지 못한 적이 없었다. 그 상황에 감정을 대입하지 않고 불필요한 것들은 싹 치워 버리고 어떻게 해야 가장 짧은 시간 안에 완벽하게 일을 끝낼 수 있는지 알고 있는 사람이 바로 자신이었다.

"나는 전술장교였습니다, 그레이 씨."

"알고 있습니다."

아니, 그는 모른다. 지금 레인이 무슨 생각을 하는지.

"그래서 그런지 누가 짜놓은 판엔 익숙하지 않아요."

딱딱하게 경어를 쓰던 레인의 목소리가 부드럽게 풀렸다. 손끝으로 찻잔의 둥근 부분을 매만지던 레인의 손이 순식간에 그 찻잔을 그레이 앞에 뒤집었다.

파삭—

테이블 위를 감싸고 있는 유리와 찻잔이 부딪치면서 그녀의 손 안에서 잔이 깨졌다.

"판을 뒤집어야겠습니다."

정중하게, 하지만 완연한 경고조로 레인이 입을 열었다.

그녀는 지금 처음 그레이가 봤을 때, 그리고 가브리엘을 대할 때의 레인이 아니었다. 곤란한 듯, 하지만 귀찮은 상황을 피하고 싶어 무성의하게 물 흐르듯 대답하던 동양인 여자는 어디에도 없었다.

마음을 하나 바꿔 먹었을 뿐인데 온몸에서 귀찮음을 풀풀 풍기던 여자는 찻잔 하나를 뒤집듯 판을 뒤집어야겠다고 단호하고도 경우 바르게 내뱉었다.

"그게 쉬울까요?"

"강을 거슬러 헤엄치는 자가 강물의 세기를 아는 법이죠."

"월슨의 말이군요."

툭.

손바닥이 찢어졌는지 아직도 레인이 손을 치우지 않은 깨진 찻잔 아래로 떨어진 붉은 피가 찻물과 섞여 테이블을 타고 흘렀다.

분명 그 위험한 아프간에서도 상처 하나 없이 살아 돌아온 여자가 오늘따라 상처를 많이 입는다고 생각하며 그가 자리에서 일어났다.

"일단, 손부터 치료하죠."

아직도 하루가 채 지나지 않았다.

# 5.

나는 모든 것을 부정하는 영혼이다.
이 세상에 존재하는 모든 것은 파멸시킬 가치가 있다.

— 괴테, 〈파우스트〉_메피스토펠레스

 

판을 엎겠다고 선언한 뒤부터 마음이 편해졌는지 푹 자고 일어
났을 땐 아침 7시가 조금 넘어 있었다. 레인은 간단하게 샤워를
마치고 대충 어제 입었던 핫팬츠를 주워 입고 피가 묻은 흰 티셔
츠는 쓰레기통에 넣었다. 거울로 본 입술은 말하기 처참할 정도
였다. 분명 상처는 그리 크지 않았을 텐데 얼마나 물고 빨았는지
퉁퉁 부어 있었다.

가브리엘의 입술도 이럴 거라 생각하니 그리 억울하진 않았다.
당연히 그런 짓을 했는데 자신의 입술만 이 지경이라면 억울하지
않겠는가.

아직 덜 마른 머리를 대충 털어내며 당연히 그레이가 기다리고
있을 것 같았던 거실로 나갔을 때 보인 것은 별로 보고 싶지 않은

인물이었다.

어제 마지막으로 보았던 모습 그대로, 청바지 하나만 골반에 걸쳐 입은 남자가 여름 아침임에도 불구하고 태풍주의보로 인해 어둑어둑한 뉴욕의 하늘을 배경으로 서 있었다. 자신이 침실로 들어가기 전까지 밝았던 거실은 희미한 등 하나만 켜진 채였다. 미약한 어둠 속에서 가브리엘의 뒤에 그레이가 레인에게서 등을 돌린 채 그 자리를 지키고 있었다.

차가운 유리에 이마를 대고 미약한 목소리로 무언가를 말하고 있는 가브리엘의 목소리는 잘 들리지 않았다.

"……겁니다. 내가…… 죄가…… 되어 찾겠습니다. 그들을…… 하겠습니다."

뭐라고 하는 걸까.

레인이 천천히 그들에게 다가갔다. 그 순간 가브리엘이 허물어지듯 그 자리에 주저앉았다.

어젯밤엔 잘 보지 못했지만 그의 벗은 등이 적나라하게 레인의 눈앞에 나타났다. 마른 몸이라 생각했는데 잔 근육들이 유려하게 등 전체를 감싸고 있었다. 하얀 피부 위로 곳곳에 보이는 심상치 않은 상처들이 무엇인지 전쟁터에서 오래 살아남은 레인은 짐작했다.

그의 고개가 툭 떨어졌다. 비스듬히 보이는 얼굴은 완전히 눈을 감고 있었다. 한 손으로 목에 걸린 낡은 나무 십자가를 들어 찢어진 입술로 그 위에 입을 맞췄다. 실버블론드의 머리칼이 그가 고개를 숙이자 공중으로 사르르 흩어져 내렸다.

레인은 쉽사리 입을 열 수 없었다. 자신이 이 공간에 있다는 사실을 그들에게 알려선 안 된다는 걸 깨달았다. 다가가던 걸음이 멈췄다.

도드라진 날개 뼈 사이로 금방이라도 은빛 날개가 펼쳐질 것 같은 환상이 보였다.

방 안의 공기가 이렇게 탁했던가.

"······맹세하겠습니다."

몇 번이고 십자가에 입을 맞추던 가브리엘이 젖어드는 목소리로 말했다. 굳어진 혀를 억지로 움직여 나오지 않는 소리를 쥐어짜듯 깊게 침체된 목소리는 그의 목소리가 아니었다. 자신이 들었던 장난기 있고 가벼운, 낮지만 부드러운 그 소리는 존재조차 없이 사라져 있었다.

움직이지 않고 그것을 보던 그레이의 손이 무릎을 꿇고 있는 가브리엘의 머리 위에 얹어졌다.

천천히 가브리엘이 눈을 떴다. 반쯤 허공을 올려다보며 은빛에 가까운 속눈썹이 파르르 떨며 그 안에 감춰진 눈동자를 세상 밖으로 꺼냈다.

레인은 숨소리조차 죽이고 그 모습을 바라봤다.

풀려 있는 동공. 푸른 눈동자는 어둠을 머금어 제 색을 잃어버렸다. 그의 이지는 돌아오지 않았다.

저도 모르게 찢어지고 부어오른 입술을 깨물었다.

자신의 것과 마찬가지로 부어오른 가브리엘의 도톰한 입술이 한숨을 내쉬었을 때 공기가 나른해졌다. 그 한숨 하나에, 허공을 바라보는 그 텅 빈 눈동자 가득 퇴폐적인 향락의 기운이 감돌았다.

지상으로, 더 깊은 지옥 끝까지 타락한 날개를 찢긴 천사가 그곳에 있었다. 그 모습은 신을 모시는 사제보다도 금욕적이었고, 거리의 창부보다 더 음란해 보였다.

그가 다시 한 번 깊은 한숨을 토해냈다. 그리고 검게 물들었던 푸른 눈이 천천히 제 빛을 찾아갔다.

"잘 잤어요?"

그 둘은 이미 자신이 이 자리에 있다는 것을 알고 있는 듯 굴었다. 답답한 공기는 순식간에 사라졌다. 자신에게 잘 잤냐고 묻는 목소리에 청량함이 묻어 나왔다. 가브리엘이 천천히 일어나자 그레이가 언제 그랬냐는 듯 그의 머리에서 손을 치우고 뒤로 물러났다.

"좋은 아침입니다, 레인 크로포트 씨."

마치 어제 저녁의 대화는 아무것도 없었던 것처럼 그레이가 부드럽게 웃었다.

"좋은 아침이에요. 안녕히 주무셨습니까, 각하."

"둘 다 입에 발린 거짓말은. 하늘이 이렇게 흐린데 좋은 아침이라뇨."

가브리엘이 정말 거짓말쟁이를 보는 얼굴로 장난스럽게 웃으며 소파에 앉았다. 테이블 위에 가지런히 놓인 오늘자 신문을 펴고 그것을 읽기 시작했다.

곧 그레이가 머신에서 내린 에스프레소를 그와 레인 앞에 가져다 놓았다.

"으웩—."

아무렇지도 않게 마시는 레인과 달리 한 모금 마시고 그대로 뱉어버린 그가 신문을 탁 접고 미간을 찌푸렸다.

"이걸 어떻게 마셔요?"

기다렸단 듯 옆에서 그레이가 생수를 병째로 주자 가브리엘은 그것을 꿀꺽꿀꺽 마셨다. 오만상을 다 찌푸리고 몇 번이나 입을 헹궈내는 것을 보며 레인이 묵묵히 에스프레소 한 잔을 비웠다.

"레인과 같은 건 취소야. 난 항상 마시던 걸로 줘."

곧이어 바리스타 뺨치는 솜씨로 제조된 달달한 아이스 바닐라 라떼가 그레이의 손에서 가브리엘 앞으로 대령됐다. 저 남자가 못 하는 건 대체 뭘까, 레인은 아주 조금 존경스러운 얼굴로 그레이를 쳐다봤다.

"한입 줄까요?"

"아뇨."

"너무 간절하게 쳐다보길래."

가브리엘이 큭큭 웃음을 삼켰다. 암묵적으로 어제의 일은 누구도 꺼내지 않았다. 하지만 서로의 입술에 있는 상처가 결코 어제 일이 없었던 일이 아님을 일깨우고 있었다.

"그 가방 마음에 들어요?"

어제와 같은 빨간 가방을 그가 눈짓으로 가리키며 물었다.

"저기 있는 가방들 중 그나마 이게 제일 커서요."

곧이어 테이블 위에 간단한 아침식사로 토스트와 각종 잼, 베이컨과 스크램블에그 등이 차곡차곡 쌓였다. 거기에는 손도 대지 않고 에스프레소만 한 잔 더 마신 레인이 조용히 그의 식사가 끝나길 기다렸다.

식빵 다섯 쪽과 레인 몫이었던 스크램블에그와 베이컨을 전부 먹고도 바닐라 라떼는 두 잔을 연달아 마셨다. 식빵 다섯 쪽도 보기만 해도 질릴 정도로 땅콩버터와 잼을 발라먹는 것이, 먹지도 않은 레인이 보는 것만으로 달다고 느낄 정도였다.

"오늘은 데이트를 하고 싶어요."

여섯 번째 식빵을 입에 넣으며 신문에서 시선을 떼지 않고 가브리엘이 말했다. 레인 역시 타블로이드지를 뒤적이며 대꾸했다.

"제가 진짜 약혼녀처럼 여겨지시나 보죠?"

"아뇨. 우린 어제 키스한 사이잖아요. 그럼 오늘 데이트를 해야죠."

암묵적으로 어제의 일을 꺼내지 않은 건 그레이와 레인뿐이었던 모양이다. 이럴 때는 무시하자 싶어 레인은 아무 말도 하지 않은 채 어제 스캔들이 터진 상원의원 크레이브의 기사를 대충 눈으로 훑었다.

꽤 치명적인 스캔들이었다. 이제 열일곱 살인 미성년자와의 스캔들. 게다가 그 미성년자가 딸의 친구라니. 미성년자와의 성추문은 그게 진실이건 거짓이건 그의 의원 인생이 끝이라는 것과 마찬가지였다.

정치엔 전혀 관심이 없었지만 이런 성추문 스캔들은 레인의 눈살을 찌푸리게 만들었다. 세상에 열일곱 살이면 이 크레이브 상원의원과 무려 서른여덟 살 차이였다.

"흠흠……."

세 잔째 에스프레소를 마시고 있는 레인은 어느샌가 조용해진 주변에 타블로이드지에서 고개를 들었다. 헛기침을 내뱉은 그레이가 가브리엘을 쳐다보라는 시선을 레인에게 보냈다. 그레이의 시선을 따라 가브리엘을 쳐다보니 그는 신문을 반으로 접은 채 다리를 꼬고 소파의 팔걸이에 몸을 기댄 채 자신을 빤히 응시하고 있었다.

"왜 그런 눈으로 보십니까?"

"내게 집중해요. 장담하건데 그런 타블로이드지의 가십보다 내가 더 볼 만할 거예요."

볼 만하기는 했다. 레인은 살아생전 이렇게 아름다운 남자는 처음 봤으니까. 입만 다물고 있으면 정말 완벽한, 신이 내린 단 하나의 창조물이라고 스스럼없이 말할 수 있을 정도로 그의 외모는 찬란했다.

실버블론드의 머리칼부터 시작해서 눈송이처럼 하얀 피부와 블루홀을 닮은 짙푸른 눈동자. 처음 봤을 때부터 그의 이름과 얼굴이 완벽하게 매치된다고 생각했을 정도로 눈앞의 남자는 바티칸 성당의 어느 벽화에서 방금 빠져나온 것 같이 생겼다.

"글쎄요."

천천히 레인 또한 타블로이드지를 접으며 입꼬리를 올렸다. 소파의 한쪽 귀퉁이에 내려놓고 가브리엘의 시선을 흘리며 에스프레소 잔을 들었다. 그가 문제를 일으키고 싶어 하지 않는 레인의 성격을 파악했다면 레인 또한 하루라는 시간에 몇 가지 알아낸 것이 있었다.

자신의 완벽한 관심.

그는 자신의 시선이 떨어지는 걸 원하지 않았다. 그것을 그저 개과의 동물로만 인식했으니 스스로가 다시 무심하다는 걸 깨달으며 눈을 마주치지 않았다.

"그렇다면 저를 즐겁게 해보세요, 각하."

레인의 말에 놀란 것은 가브리엘이 아니라 그 뒤에 서서 식사 시중까지 들고 있는 그레이였다. 판을 뒤집어야겠다고 선언했을 때도 짓지 않았던 경악스러운 표정으로 보는 그와 시선이 마주쳤다.

레인은 기꺼이 즐거운 마음으로 한쪽 손을 그레이에게 흔들며 말했다.

"그레이 씨, 저도 에스프레소 한 잔 더 부탁해요."

판을 뒤집겠다고 분명히 선언했건만 아침 댓바람부터 정말 뒤집을 줄은 몰랐다는 얼굴이었다.

소심하시긴. 레인이 다시 픽 웃고는 그제야 가브리엘을 쳐다보았다.

그의 얼굴에서 표정이 사라졌다. 만들어낸 웃는 얼굴도 아니었으며, 짜증스럽거나 당황한 얼굴도 아니었다. 그저 표정을 지웠을 뿐이건만 서늘한 예기가 흘렀다. 심혈을 기울여 무딘 칼처럼 보이려 노력하다 이내 그 가면이 필요 없어지자 단숨에 벗어던진, 잘 벼려진 명검처럼 보였다.

표정이 없는 그의 고개가 살짝 모로 돌아갔다.

마치 레인의 돌변한 행동을 머릿속에 입력하고 있는 안드로이드처럼 보이기도 했다.

"오늘 하루쯤은 더 피할 거라고 생각했는데, 전면전인가요?"

그의 입술에서 나온 말에는 그저 순수한 물음만 들어 있었다.

"그럴 리가요, 엘. 오늘까지는 탐색전이라고 하죠."

엘이란 이름에 레인의 앞에 에스프레소 잔을 놓아주던 그레이의 손이 떨렸다. 찰랑, 밖으로 넘쳐 흐른 진한 커피 원액이 그걸 말해주고 있었다. 다시 한 번 그레이가 생각보다 소심한 남자일지도 모른다고 생각하며 레인이 만족스럽게 웃었다.

무딘 심장에 일순간 혈액이 공급되는 그 뜨거운 느낌은 오랜만이었다. 두근두근하고 빠르게 펌프질하는 그 익숙하고도 낯선 느낌은 항상 판을 짜기 전에, 팀원들이 현장에 투입되기 전에 느끼던 감정이었다. 손바닥 안쪽의 근육이 바싹 당기고 심장은 평소의 배 이상으로 뛰며 머리의 솜털 하나까지도 바싹 곤두선 기분이 지금이 그 상황이란 것을 인지시켜 주었다.

살이 떨렸다.

지독한 흥분으로 일을 그르치지 않기 위해 천천히 숨을 골랐다. 순식간에 폭발적으로 공급된 아드레날린을 분출하고 싶은 욕구를 꾹 눌러 참으며 레인은 자신의 판 안에 걸어 들어올 남자를 기대의 눈으로 바라보았다.

"엘."

레인이 부른 엘이란 이름을 가브리엘이 천천히 곱씹었다. 마치 자신의 이름이 맞나 생소한 부름에 확인하는 사람처럼 몇 번이고 혀를 굴려 스스로의 이름을 내뱉었다. 어제 저녁 페라리에서 그녀에게 그는 저를 엘이라 부르라 했다. 더 이상 레인은 가브리엘을 각하라 부르지 않았다.

"내 이름이 그토록 달콤하게 들릴 줄이야."

순식간에 봉우리가 툭 터지며 꽃이 피듯 그가 화사하게 웃어 보였다. 그의 얼굴 위에 빛이 내려앉았다. 만들어진 미소가 아니었다. 그녀의 반응을 보려고 내뱉은 말도 아니었다. 정말로 즐거워 못 견디겠다는 듯 웃는 그 해사한 미소는 마치 물정 모르는 어린 소년의 때 묻지 않은 그것과 닮았다.

자신을 보며 웃는 가브리엘에게 레인은 마주 웃어줄 수 없었다. 정신을 다잡고 있는데도, 이 타이밍에 웃어 보여야 한다는 걸 아는데도 지금은 도저히 웃을 수 없었다. 결국 한 박자 늦게 레인이 웃어 보였다.

왜 자신의 웃음이 조금 죄스러워지는 걸까. 아마도 저 웃음에 진심으로 마주 웃을 수 없기에 그랬을 것이다.

지금 이 자리에서 만들어진 가면을 뒤집어 쓴 건 그녀였다.

"그 애칭을 들은 순간 예쁜 이름이라고 생각했어요, 엘."

의도적으로 다시 그 이름을 내뱉었다. 그저 도발하는 대사가 분명하건대 그는 다시 곰곰이 엘이란 이름을 곱씹고 키들대며 웃음을 터트렸다. 마치 자신을 이렇게 불러준 사람이 아무도 없었던 것처럼.

"진짜로 불러줄 줄은 몰랐어요. 레인은 끝까지 날 각하라고 부를 줄 알았거든."

그의 미소만큼 다디단 바닐라 라떼를 마시며 가브리엘이 말했다.

"그렇게 부르라고 하셨으니까요."

"자신을 즐겁게 해보라면서 레인이 나를 즐겁게 해주는군요."

"저런, 그럼 이제 제가 즐거울 차례군요."

쿵— 쿵—

평소보다 더 빠르게 심장이 뛰는 소리가 낯설었다.

버릇처럼 새로운 에스프레소 잔을 입가에 가져다 대며 서로 엉킨 시선은 피하지 않고 바라봤다.

"엘."

"네, 레인."

말 잘 듣는 아이처럼 순순히 가브리엘이 대답했다.

"내게 원하는 게 뭐죠?"

가브리엘의 눈빛이 가라앉았다. 사르르한 미소는 어디에도 없었다. 푸른 눈동자에 그 색보다 더 짙은 거대한 침전물 덩어리가 가라앉았다.

"내 충실한 비서 그레이가 함부로 입을 열었군요."

가브리엘은 앉아서 나른하게 다리를 꼰 그 자세로 하얀 손을 들어 올렸다. 그레이가 천천히 안경을 벗어 품에 갈무리했다. 그리고 허리를 숙여 자신의 얼굴을 그의 손바닥 위에 가져다 댔다. 레인에게 시선을 못박아놓고 그의 손이 망설임 없이 그레이의 목줄을 움켜쥐었다.

가녀리기만 할 것 같던 손가락이 그레이의 두터운 목을 망설임 없이 감싸고 기도를 눌렀다.

"큭……."

한 손으로 190센티미터가 넘는 성인 남자의 목을 조를 수 있을 정도의 악력.

벗어나려면 얼마든지 벗어날 수 있을 것이 분명한데 그레이는 소파의 등받이를 두 손으로 꽉 쥘지언정 가브리엘의 손아귀에서 벗어나려 몸부림치지 않았다. 이 고통이 언젠가는 끝날 걸 아는 사람처럼.

"판단은 내가 한다고 했잖아, 그레이."

"죄…… ㅅ……."

여전히 레인에게서 시선을 떼지 않고 고개만 살짝 돌려 그레이의 얼굴에 제 얼굴을 댄 가브리엘의 붉은 입술이 선정적으로 열렸다. 비스듬히 서로가 이마를 맞댔다. 그제야 레인에게서 시선을 완전히 뗀 가브리엘이 목이 조여 고통스러워하는 그레이의 얼굴을 코앞에 대고 한숨을 내뱉었다.

"네가 없으면 조금 귀찮아지지만, 가끔 그 조금 귀찮은 걸 감수할까 싶을 때가 있어."

레인은 이 상황에 끼어들지 않았다.

겨우 하루 가브리엘이란 남자를 겪은 자신이 10년 동안 가브리엘을 보필해 온 그레이와 그의 사이에 끼어드는 건 멍청한 짓이었다.

"두 번 다시 내 등 뒤에서 입 열지 마."

그 말과 동시에 가브리엘이 손을 놓았다.

"큽……."

갑작스레 유입된 공기에 그레이의 커다란 상체가 한껏 오르락내리락했다. 그리고 이내 아무 일도 없었던 것처럼 품 안의 안경을 다시 쓰고 등을 쭉 편 뒤 아까와 같이 가브리엘의 등 뒤에 못 박힌 듯 섰다. 마치 아무 일도 일어나지 않은 것처럼.

"내가 원하는 걸 이야기하면 당신은 미련 없이 그걸 주고 가버릴 거죠?"

"뭘 원하는 건가요?"

그레이가 죽을 뻔했단 사실을 배제한 채 이야기가 이어졌다.

"내가 맡은 기밀에 대해서는 입을 열지 못합니다."

눈앞의 남자는 굉장히 돈이 많았다. 그가 레인이 가진 재산을 탐낸다는 건 애초에 말이 되지 않았다. 그렇다면 유일하게 자신이 갖고 있는 것. 머릿속에 든 어떤 정보를 원한다는 것이 된다.

"당신이 지금껏 해왔던 기밀 임무들을 내가 모를 거라고 생각하진 않겠죠?"

그렇다면 이 남자는 무엇을 알아내고 싶은 걸까.

"궁금하죠? 사실 나도 궁금해요."

"제가 인지하고 있는 일인가요?"

그 말에 가브리엘의 눈이 가늘어졌다.

"그럴 수도 있고, 아닐 수도 있고."

반반이라는 얘기로군. 레인이 궁금증을 덮었다.

"내기를 하죠, 엘."

심상하게 레인이 말했다. 궁금하지 않은 게 아니었다. 하지만 굳이 캐물을 생각도 없었다.

"계속해 봐요."

"소원을 들어줄게요. 그게 무엇이라 해도 무조건."

"그 소원에 함정이 있을 것 같은데요."

하지만 그 제안이 못내 즐겁다는 듯 가브리엘이 나른하게 웃었다.

"남은 계약 기간 내에 언제라도 이야기해요, 엘. 작은 장치라고 하자면 당신이 내게 소원을 말하는 순간 계약은 끝나는 겁니다. 무슨 일이 있어도 계약 기간이 끝난 뒤 나를 위협하지 마세요."

"내가 기간 내에 소원을 이야기하지 않으면요?"

"그래도 마지막 조건은 동일하죠. 그리고 만약 내가 당신의 소원을 먼저 알아낸다면 역시 그 순간 계약은 종료됩니다. 물론 당신의 그 소원은 최선을 다해 내가 할 수 있는 한도 내에서 들어줄 겁니다."

사실 이건 가능성이 별로 없었다. 그래도 혹시나 하는 마음에 던지는 딜이었다.

"퇴로는 문제없다 이건가요?"

"제겐 돈과 권력 무엇도 없어서요."

돈과 권력. 그 말을 가브리엘이 되씹었다.

"좋아요, 받아들이죠. 하지만 소원은 가장 마지막에 빌 거예요. 나는 당신이 정말로 궁금하거든요. 레인도 아마 내가 궁금할 거예요."

그가 아무렇지도 않게 레인의 제안을 받아들였다.

레인은 가장 마지막에 소원을 빈다는 말에 잠시 실망했으나 일단 원하는 바는 모두 얻었다. 그가 자신에게 알고 싶은 건 반반의 확률에 달려 있었다. 자신이 알 수도 있고 모를 수도 있는 일. 그래서 무조건적으로 그의 소원을 들어준다고 약속했다. 그것은 자신이 아는 일이라면 얼마든지 대답하겠다고 말한 거나 다름없었다.

레인이 원한 것은 어차피 이 계약이 끝난 뒤의 안온한 생활이었다. 그만둘 거지만 그래도 자신의 팀이 무사했으면 했다. 그리고 눈앞의 거침없는 남자가 언제라도 자신의 인생을 사냥할 거란 경고에 대해 그러지 않겠다는 가브리엘 스스로의 대답이 필요했다.

"그럼, 이제 데이트 가죠."

"잠시만요."

레인이 손목에 찬 밋밋한 전자시계를 쳐다봤다.

9시에 가까운 시각이었다. 그리고 동시에 테이블에 있는 호텔 전화기가 울렸다.

"제 변호사일 겁니다. 이 내기를 문서로 남겨 공증 받죠."

비록 찢으면 힘없이 찢겨지는 종잇조각이라도 레인은 어떤 갑옷보다 그게 필요했다.

"하."

먼저 일어났던 가브리엘의 기가 막히던 웃음이 머리 위에서 들렸다. 그레이가 잠시 레인과 가브리엘을 번갈아 쳐다보다 뒤를 돌아보았다. 그의 강직한 어깨가 가늘게 떨리고 있었다.

이게 대단히 모욕적인 일이란 것을 레인도 알고 있었다.

그는 서머셋 공작이다. 미국에도 몇 개의 잘나가는 사업체를 가지고 있고, 영국에서는 작위가 있는, 그것도 모자라 왕위 계승 서열까지 가지고 있는 남자였다. 그가 직접 한 말을 믿지 못하고 공증까지 남긴다는 건 그가 지금껏 일구어놓은 것들을 우습게 여긴단 소리였다.

그것도 그가 갖고 있는 사업체 중의 하나에 속해 일하는 일개 직원이.

하지만 레인에게 가브리엘은 신뢰도 제로인 남자였다. 이런 식으로 감정적으로나 육체적으로 자신을 극한까지 몰아가는 남자는 처음이었다. 단 하루가 지났을 뿐이건만 사실 심적으로 레인은 지금 너덜너덜한 상태였다.

"앉아요, 엘. 사인만 하고 저를 즐.겁.게 해줄 데이트 가요."

반드시 즐거워야 했다. 반드시.

이 계약에서 레인 자신이 얻을 건 아무것도 없었다. 계약 기간이 끝난 뒤 자신을 놓아주지 않을지도 모른단 위기감이 들지 않았다면 판을 엎을 생각도 하지 않고 순순히 남은 기간을 다 채웠으리라. 하지만 이미 판은 뒤집혔고 자신은 패를 모두 내보였다.

처음부터 거짓으로 점철된 판에서 재미라도 찾지 못하면 너무 억울했다.

오랜만의 승부욕을 다지며 반드시 오늘 하루를 즐겁게 보내겠다고 레인이 이를 갈며 다짐에 다짐을 거듭했다.


 데이트를 하기에 좋은 날씨는 아니었다. 물론 이게 데이트가
맞는지 의심스러웠지만. 뒤를 따르는 시커먼 사내들과 자신의 손
을 붙잡고 먼저 앞서고 있는 가브리엘은 레인의 변호사를 보고
지었던 기가 막힌 표정 따위 어딘가로 던져버린 채 콧노래까지 흥
얼거리고 있었다.

 호텔의 로비를 나서자 어제 분명히 갖다 박았던 페라리와 같은
모델, 같은 색의 차가 그대로 멀쩡하게 준비되어 있었다.

 그제야 어제 농장에서 그레이가 어딘가로 전화를 걸었던 것이
생각난 레인이 분노로 인해 잠시 손을 꽉 쥐었다. 그러자 더 꽉
레인의 손을 쥔 가브리엘이 해실거렸다.

 "손 안 놓을게요, 걱정 마요."

 분노로 인해 손을 꽉 쥔 걸 이 남자는 뭐라고 하고 있는 걸까.

 레인이 대답 대신 뒤를 따라오고 있는 그레이를 날카롭게 노려
보았다. 정말로 저 남자가 아무렇지도 않게 자신을 사지로 떠민
남자인가 확인하듯 쳐다봤다. 자신이 따진다면 '그러니까 제가
뭐랬습니까'라고 말할 게 뻔한 얼굴로 사무적인 미소를 지으며
그가 언제 챙겼는지 태블릿으로 시선을 내렸다.

 그의 목줄기를 자신이 내리 눌렀어야 했다고 생각하며 레인이
다시 한 번 맞잡은 손에 힘을 주었다.

 "손은 좀 놓아주세요, 엘. 약혼녀도 있는 분께서."

 스위스에 있다는 그의 약혼녀가 갑자기 불쌍해졌다.

"괜찮아요, 그녀는 신경도 안 쓸걸요."

귀족들의 사회는 그런 건가. 어떻게든 손을 뺄 구실을 만들려 했던 레인은 당연히 조수석 문을 열고 그녀를 태우려는 가브리엘의 행동에 있는 힘껏 손을 뿌리쳐 뒤로 물러났다.

"운전은 절대로 제가 할 겁니다. 절대로요."

페라리의 '페'도 보고 싶지 않았다. 저 새빨간 색은 당분간 꼴도 보기 싫었다. 어제 그런 일이 있었는데도 뻔뻔하게 똑같은 페라리를 한 대 더 구해 눈앞에 가져다 놓은 그레이나 멀쩡하게 그 페라리를 다시 운전하려는 가브리엘이나 둘 다 정상으로 보이지 않았다.

"내 약혼녀 때문에 마음이 상해서 지금 내 손을 뿌리친 거예요?"

아…… 어찌하면 좋단 말인가. 레인은 그 계약서에 운전 조항도 넣었어야 했다고 뒤늦게 후회했다. 똑똑한 척해봤자 엉뚱한데서 허당인 헛똑똑이라고 가끔 클레이가 혀를 차며 말했던 걸 진지하게 수용했어야 했는데.

"제가 모르는 각하의 약혼녀가 있을 리가요."

그레이가 어림도 없다는 듯 말했다.

"어느 집안 아가씨가 제 팔자 제가 꼬는 짓을 하겠습니까."

그 생각을 하자 진심으로 우울해진 얼굴을 한 그레이는 이미 회한에 젖어 있었다.

"그러니까 약혼녀가 있단 말이 거짓말이었단 거군요."

자신의 손을 다시 붙잡으려는 가브리엘에게서 한 발 더 물러나며 레인이 그레이에게 물었다.

"6년 전쯤 약혼녀가 될 뻔한 분이 있긴 했었죠. 무려 로렌느 후작 부인의 주선이었는데 그 아가씨께서 각하와 30분 동안 독대하며 차를 마신 뒤 이 약혼을 진행시킨다면 목매달아 죽어버릴 거라고 울부짖었습니다. 그 이후로 각하께선 사교계에선 가장 기피하는 신랑감 1위로 등극하셨죠."

30분 동안 어떤 말을 했기에 목매달아 죽어버린단 말까지 나왔을까.

예상이 될 것도 같고, 예상을 하는 자신이 싫어지는 것 같기도 하고 이상한 마음이 들었다. 벌써 저 행동을 예상할 수 있다면 자신도 미쳐가는 게 분명했다.

"들었죠? 난 아직 순결해요, 레인."

순결. 자신이 아는 순결과 그가 말하는 순결은 다른 걸까.

그 말에 벙해 있을 때 가브리엘이 레인의 손을 다시 붙잡았다. 단단히 깍지를 끼곤 늘씬하게 잘 빠진 페라리로 한 발 한 발 다가갔다.

"걷죠!"

충동적인 말이 튀어나왔다.

"곧 비가 올 텐데요?"

"비 오는 날 걷는 거 좋아해요. 오늘은 걷고 싶은 날이네요."

"뭐, 레인이 좋다면야."

비 오는 날 걷는 걸 좋아하긴 개풀, 비 오는 날 움직이는 것 자체를 싫어한다.

레인은 본래 천성이 게으른 사람이다. 임무가 아니면 움직이는 것 자체를 싫어했다. 그냥 조용한 곳 어디 틀어박혀 시간이 지나길 기다리는 게 성격에 맞았다. 그 성격을 바꿔야 해서 가끔 여기저기 놀러다니기도 했지만 기본적으론 혼자 있는 걸 좋아했다. 걷는 것도 사실 별로 좋아하지 않았다. 편리한 대중교통이나 차가 있는데 왜 굳이 발품을 팔아야 된단 말인가.

하지만 목숨이 걸린 일에는 좀 달랐다. 이번에야말로 저 차를 탔다간 정말 죽을지도 모른다는 생각이 들었다.

"그 전에 이거."

그의 경호원 중 한사람이 다가와 레인의 앞에 샌들 하나를 놓아 주었다. 보기에도 10센티미터는 가뿐히 넘을 것 같은 아슬아슬한 킬힐이었다.

"이게 뭐죠?"

"신어요. 이거 신고 돌아다녀요."

"싫은데요."

"왜요?"

"발이 불편하잖아요. 이걸 신고 뛸 수가 없잖아요."

하지만 가끔 이걸 신고 뛰는 여자들을 도로에서 볼 때가 있었다. 그 모습이 정말로 박수라도 쳐주고 싶을 정도로 대단해 보였었다.

"뛸 일이 생기면 내가 안고 뛰어줄게요."

그게 진심으로 들려서 걱정이다. 그레이가 뒤에서 '그냥 신어요'라고 입모양으로 말했고 벌써부터 진이 빠지기 시작한 레인이 스니커즈를 벗고 높은 샌들을 신었다.

"또네."

가브리엘이 이해가 안 된다는 표정으로 고개를 갸웃했다.

"뭐가요?"

"왜 그렇게 쉽게 포기해요? 아까는 굉장히 강했는데."

"그래서 부러 내가 곤란할 일만 하는 건가요?"

"그래 보여요?"

"엘."

그 말에 가브리엘의 두 눈이 초승달처럼 휘어졌다. 그리고 레인을 잡아끌었다. 샌들에 적응되지 않아 약간 비틀거리는 걸음으로 그를 따라 걷기 시작했다. 조금 떨어져서 뒤를 따르는 사람들의 기척이 느껴졌다.

"내가 곤란하게 할 때마다 이름 불러줘요."

"내가 부르면?"

"기분이 좋아져서 아마 심술을 조금 덜 부릴걸요."

그렇게 말하면서 웃는 얼굴은 영락없는 어린아이의 그것이었다.

그의 눈이 반짝였다. 빛 한 점 없는 흐린 하늘이건만, 푸른 창공을 닮은 눈동자는 온전히 맑은 하늘만 보여주고 있었다.

"새삼 반하면 곤란한데."

그 시선을 느꼈는지 그가 천연덕스럽게 말했다. 레인은 그가 저 입만 다물면 정말 완벽한 남자일지도 모른다고 생각했다.

"그러게요. 나도 질척대는 건 싫은데."

은근한 경고였다. 이 어이없는 계약 기간이 끝나면 서로 질척거리지 말자는.

"정말요? 질척대는 남자 싫어요?"

"네. 질색이에요."

깍지 낀 손을 레인이 힐끗 보고 말했다. 누군가와 손을 잡아본 기억이 없었다. 아주 어릴 때 어머니가 자신을 데리고 밖으로 나갈 때만 가끔 손을 잡았던 기억이 있었다. 그것도 이렇게 깍지 끼고 잡았던 건 아니었다. 손가락이 단단히 얽혔다.

"그럼 곤란한데."

"뭐가요?"

"저는 꽤 질척질척하거든요."

웃음기 섞인 가브리엘의 말에 농담이라는 기색은 전혀 없었다. 그것 참 재미있는 조크네요, 말을 흘려야 하는데 차마 입이 안 떨어지는 건 절대로 그게 농담이 아니라는 걸 본능이 알고 있기 때문이다.

"하하하……."

"오늘 주말이라 호텔 뒤 공원에서 벼룩시장을 한대요. 비가 오면 안 하겠지만."

아직 비는 떨어지지 않았다. 손목에 걸린 시계를 보니 10시가 좀 넘은 시간이었다.

레인은 어느새 조금 적응된 샌들에 의지해 그와 함께 걸었다. 비가 온 뒤의 뉴욕 공기는 상쾌했다. 부유하던 더위도 먼지도 어딘가로 가라앉아 텁텁하지 않았다.

호텔 뒤 공원이라지만, 호텔과는 꽤 거리가 있었다. 지하철로 세 정거장 거리를 내리 걸어온 레인은 벌써 피로가 몰려오고 있었다. 발목에 힘이 들어가고 몸 전체가 뻣뻣하게 굳는 기분에 이런 샌들 따위 당장 벗어 던지고 싶어질 만큼 진저리가 났다. 슬쩍 그들을 스쳐 지나가며, 레인은 자신보다 더 높은 힐을 신고 아무렇지도 않게 걷는 여자들에게 같은 여자로서 존경스러운 마음마저 들었다.

"뭘 그렇게 부럽게 봐요?"

허리를 숙여 레인과 눈높이를 맞춘 가브리엘이 오른쪽 귀 바로 옆에서 속삭였다.

"존경스러워서요."

나도 편한 신발…….

"다리 아프죠?"

"바꿔 신어 볼래요?"

레인은 지금이라면 가브리엘의 웃는 얼굴에 침도 뱉을 수 있을 것 같았다.

"내가요? 왜요?"

저 잘난 얼굴을 한 대만 때려도 될까. 눈을 동그랗게 뜨며 영문을 모르겠단 얼굴로 쳐다보는 가브리엘에게 애써 웃어 보이며 레인이 참을 인을 새겼다.

"전 여기에 있을 테니, 벼룩시장 구경하고 오세요."

아침나절부터 한창인 벼룩시장이었다. 비가 오기 전에 얼른 열고 끝내려는 듯 공원의 한쪽을 차지한 벼룩시장은 사람들로 북적여 발 디딜 틈도 없어보였다. 이 샌들을 신고 저 안을 헤집을 자신이 없었다. 자신이 이토록 나약한 사람이었나 고민할 정도였다.

질렸다는 얼굴로 레인이 사람들의 틈바구니를 바라보는 걸 가브리엘이 관찰하는 시선으로 내려다보았다. 희미하게 검은 눈동자에 어려 있는 짜증스러움이 읽혔다. 핏기 없는 상처 난 입술이 잠시 벌어졌다 다물어지는 것을 조금도 놓치지 않았다.

창백한 유령 같은 여자. 그녀는 금방이라도 사그라질 것 같은, 부는 바람에 금방이라도 꺼질 것 같은 촛불을 생각나게 했다.

그의 신경은 항상 날카로운 상태였다. 스스로를 한계까지 몰아붙이는 데 천부적인 재능이 있는 것 같다고 그레이가 말했다. 그저 작은 심술. 의도치 않게 부딪쳐 오던 창백한 입술.

핏기 하나 없는 저 입술은 불이 붙은 것 마냥 뜨거웠다. 몇 번을 집어삼켜도 그것은 바뀌지 않았다. 저렇게 파리하게 질린 입술이 주던 화염 같은 통증을 가브리엘은 기억하고 있었다.

갈증이 났다. 입안이 메말랐다. 한 손에 움켜잡았던 가는 목덜미는 숨을 내쉴 때마다 머리칼 사이로 슬쩍슬쩍 맨살을 보여주었다.

이렇게 높은 힐은 처음 신었다는 걸 온몸으로 말하면서도 자세가 흐트러지지 않고 꼿꼿한 게 그녀가 군인임을 알게 했다.

고지식하고 고리타분하지만 재미있는 여자. 그리고, 입술의 체온이 유독 높은 여자.

손톱 밑의 가시가 하루 사이에 한 뼘 더 커졌다.

"왜요?"

거기에 조금 둔한가 싶을 정도로 느지막하게 그의 시선을 알아차린 레인의 물음은 여상했다. 궁금하지 않지만 눈이 마주쳐서 예의상 한다는 게 여실한 표정으로 그렇게 물어온다. 진이 빠진 얼굴로 가브리엘의 손에서 레인이 손을 빼내려고 하는 찰나 그가 먼저 손을 놓았다. 그러더니 레인의 허리를 껴안고 위로 들어 올렸다.

"아⋯⋯."

레인은 아무리 아프간에서 살이 빠졌다지만 민망할 정도로 가볍게 자신을 들어 올린 가브리엘의 어깨를 양손으로 짚었다. 이제는 당황스럽지도 않았다. 두 시선이 물끄러미 서로를 응시했다. 그의 팔뚝에 엉덩이를 붙이고 안겨 있는 자세가 됐다. 그의 다른 손이 자신의 허리를 단단하게 감싸고 있었다.

휘익―

누군가 휘파람을 불며 지나갔다. 누군가 보기 좋다고 외쳤고, 보는 사람마다 만면에 웃음을 가득 띄우고 가브리엘과 자신을 바라보았다.

어느새 자신보다 머리 하나가 내려가 있는 가브리엘을 내려다보며 레인이 그의 어깨를 짚었던 손을 떼고 그대로 그의 목 뒤로 둘렀다.

"어제부터 묻고 싶었는데 왜 이렇게 가벼워요?"

어제도 이런 기분이 들었다. 왜 그녀가 가벼운데 자신이 불쾌한 걸까.

레인이 두 팔로 그를 껴안는 자세가 되자 드러난 쇄골에 가브리엘의 입술이 스쳤다. 몸을 완전히 숙이고 레인이 만면에 웃음 가득한 얼굴로 그의 귓가에 속삭였다.

"스트레스 받으면 살이 빠지거든요."

"아하."

"어제 명치 얻어맞고 숨도 못 쉬던데, 오늘은 하루 종일 못 일어나게 해줄까요?"

가만가만 웃는 낯으로, 하지만 난 지금 매우 열이 받아 있다는 걸 알 수 있게 잇새로 그의 귓가에 내뱉었다.

말하고 나서도 그것 참 좋은 아이디어라고 생각했다. 며칠 못 일어날 정도로 때려서 누워만 있게 하면 일이 참 편해질 텐데.

레인은 용병 생활을 하면서도 때려죽이고 싶을 정도의 안하무인 고용주들을 많이 만나왔으나 가브리엘은 그중 탑클래스였다. 적어도 그 때려죽이고 싶은 고용주는 일적인 면에서 투덜투덜 까다로운 거였지, 이런 식으로 자신을 당황시킨 적은 없었다.

"하루 종일 못 일어나는 건 다른 방법도 있죠."

성적인 뉘앙스가 물씬 풍겼다.

기승전침대냐, 이 자식아!

목을 졸라서라도 내려와야겠다고 생각하며 레인이 그를 끌어안았던 상체를 다시 일으키려 했다. 하지만 허리를 감싸고 있던 손이 자연스럽게 올라와 오히려 그녀의 목덜미를 꾹 누르더니 어깨에 다시 기대게 만들었다.

"다리 아프잖아요."

쇄골이 간지러웠다. 그가 입을 열 때마다 오른쪽 어깨가 움찔했다.

휘익—

또다시 누군가가 둘을 보며 휘파람을 불고 지나갔다. 어떤 여자 무리는 대놓고 가브리엘의 외모를 보고 감탄하고 그에게 안겨 있는 레인의 외모를 보고 고개를 저으며 가기도 했다. 굳이 대로변에서 여자를 껴안고 있지 않아도 참 눈에 띄는 외모를 갖고 있는 남자였다.

그에 반해 누군가의 시선 따위 돌아다녀도 잘 느껴본 적 없는 레인은 이 상황이 토하고 싶을 정도로 부담스러웠다.

왜 부끄러움은 혼자만의 몫인가.

"내려주면 나 때릴 거죠?"

"네."

"그럼 안 내려줘야지."

"한 대 맞을 거 두 대 맞고, 두 대 맞을 거 세 대 맞고. 그건 선택의 자유죠."

"지금 몇 대예요?"

"서른아홉 대요."

그 말을 내뱉으며 그의 뒷머리를 목이 꺾이게 잡아당기는 것도 좋은 생각일 거라 여겼을 때였다.

"맞는단 건 똑같네요. 어차피 맞을 거 안 내려줄까요?"

느물느물 능구렁이를 한 열 마리쯤 뱃속에 넣고 다니는지 한

마디도 지지 않았다. 유수처럼 내뱉는 말에 말싸움엔 별로 소질 없는 레인이 입을 다물었다.

다행히 자신의 부끄러움은 오래가지 않았다. 그가 벼룩시장이 시작하는 입구 벤치에 레인을 가만히 내려놓았던 것이다.

"또 왜 이러는 거죠?"

벤치에는 레인 혼자 앉았다. 가브리엘이 한쪽 무릎을 바닥에 꿇고 레인의 샌들을 벗겼다. 그리고 부어오른 발을 조심히 주무르기 시작했다.

"엘."

"네, 레인."

말은 안 들으면서 대답은 잘한다.

"내 발 놔요."

"보통 샌들을 신는다고 이렇게 발이 붓지는 않는데. 쯧, 뒤꿈치는 까졌네요."

"발병신이라 그래요."

"발병신?"

"내 친구가 그러더라고요. 발병신이라고. 무슨 신발을 신어도 상처 나는 특수한 발이에요."

운동화 종류나 슬리퍼가 아니면 그랬다. 무슨 가죽 알레르기도 아닌데 어떤 새 신발이라도 발에 물집이 잡히고 상처가 났다. 오죽했으면 군화를 처음 신을 땐 정말 군화 때문에 군대를 중도 포기해야 하나 생각했을 정도이니 말이다. 군화는 길이 들면 괜찮아졌지만 새로 배급받고 또다시 몇 주에서 몇 달은 괴롭게 보내야 했다. 악순환이었다.

모든 쇼핑은 온라인으로 대충 하지만 신발만큼은 직접 가서 신어보고 만져보고 까다롭게 골랐다. 어서 빨리 뒤꿈치나 발가락에 굳은살이 박였으면 싶었다. 아무리 까지고 물집이 잡혀도 발은 굳은살조차 잘 박이지 않았다.

"내 몸 중 제일 싫은 부분이에요."

"이런 의도는 아니었는데."

가브리엘이 손 전체로 레인의 작은 발을 감쌌다. 차가운 손이 조물조물 발을 마사지했다.

"내게 샌들을 신긴 의도?"

"이렇게 마주볼 수 있잖아요. 높은 굽을 신으면 여자들은 자주 쉬어줘야 하니까. 안 그러면 나와 절대 마주 안 볼 거잖아요."

다른 쪽 샌들을 벗기고 부드럽게 발목부터 마사지하며 가브리엘이 말을 이었다. 그 차가운 손이 아픈 부분을 꾹꾹 주무르는 게 마음에 들어서 당장 일어나란 소리를 어물쩍 미뤘다. 5~6미터쯤 떨어진 곳에서 그레이가 웃음을 참는 게 보였고 선글라스를 쓴 다른 경호원들이 포커페이스로 가브리엘과 자신을 주시하는 게 보였다.

"하지만 발병신인 줄 몰랐으니까 이건 안 되겠네요."

발병신을 진지하게 중얼거리며 가브리엘이 샌들을 옆에 있는 쓰레기통에 처박았다.

발병신은 맞지만 반쯤 농담으로 한 소린데 그림 같이 생긴 남자가 저렇게 진지하게 내뱉으니 좀 부끄러워졌다.

"여기 있어요. 벼룩시장이니까 운동화도 있겠죠. 편하게 신을 만한 걸로 하나 사올게요.”

레인이 고개를 끄덕였다.

“안고 가고 싶지만, 서른아홉 대에서 더 늘어나는 건 곤란해서.”

가브리엘이 피식 웃으며 흩어진 머리를 쓸어 넘기자 어느샌가 주변에 모여 있던 사람들 사이에서 숨넘어가는 소리가 들렸다. 대부분이 여자들이었다. ‘모델인가 봐’, ‘영화에서 본 것 같아’ 등등의 말이 들려왔다.

이 말들이 분명 레인에게만 들리는 게 아닐 텐데 가브리엘은 눈 하나 깜짝하지 않았다. 그는 이런 시선이 매우 익숙한 듯 굴었다.

“제가 사오겠습니다.”

가브리엘이 시장으로 가려 하자 그레이가 끼어들었다.

“레인에게 이걸 신기면 데이트가 술술 풀릴 거라고 조언한 멍청이에게 맡기고 싶지 않아.”

상큼하게 웃고 있었지만 목소리는 평소보다 더 낮았다. 마치 ‘너 집에 가서 보자’ 같아서 레인은 그레이가 조금 불쌍해졌다. 조언을 한 놈이나 조언을 받아들인 놈이나 거기서 거기였다. 그 장단에 같이 말려든 자신까지 셋 다 얼간이 같아서 레인이 한숨을 내뱉었다. 이제는 이상한 건 이상하다고 말해야겠다고 생각하면서.

가브리엘이 움직이자 어깨가 축 처진 그레이가 그 뒤를 따랐다. 그리고 서너 명의 경호원이 다시 그 뒤를 따랐으며 나머지는 레인이 앉아 있는 벤치 옆에 가만히 서 있었다.

"왜 안 따라갑니까?"

레인은 경호 대상이 움직이는데 자신의 옆에서 붙박이처럼 서 있는 여섯 명의 경호원들에게 물었다.

"명령입니다."

"하……."

경호원에게 경호원을 지키라고 명령하다니. 누군가가 자신을 지키는 꼴은 난생 처음이라 기가 막힌 웃음이 터졌다.

"저기……."

레인보다 키가 한 뼘이나 큰 여자 둘이었다. 뭔가 머뭇거리면서 용기를 낸 듯 다가와 말을 걸자 옆에 서있던 흑인 경호원 하나가 위압적으로 레인과 그 여자 둘 사이에 끼어들었다.

딱 봐도 일반인인데 심하게 오버스러웠다.

"좀 비켜 봐요."

"아직 안전히 확인되지 않았습니다. 무기가 있는지부터……."

"무기가 있었으면 '저기요'가 아니라 총으로 쐈겠죠!"

답답해서 소리를 치자 그가 못마땅한 표정으로 다시 레인의 옆으로 물러났다. 허리춤에 언제라도 총을 뽑아들 수 있게 손을 가져가면서. 그의 위협적인 태도에 여자 둘의 얼굴이 창백하게 질렸으나 그녀들도 물러나지 않았다.

"저 샌들 버리는 건가요?"

꽉 차 있는 쓰레기통에 미처 다 들어가지 못하고 굽만 삐죽 내밀고 있는 샌들을 떨리는 손가락으로 가리키며 묻는다.

"네."

"정말요?"

반색하며 다른 여자 하나가 쓰레기통으로 날듯이 달려가 샌들을 두 손으로 꽉 쥐고 품에 안았다.

"진짜야. 진짜 크리스찬 루부탱 S/S 한정 컬렉션이야."

"사이즈는?"

"230."

"헐…… 난 235인데."

"난 240……."

"이런 건 뒤꿈치를 잘라서라도 신어야 돼. 이리 줘 봐."

그나마 사이즈가 가까운 여자가 억지로 샌들에 발을 밀어 넣었다.

"그거 비싼 건가요?"

"그럼요! 3,890달러요. 근데 한정판이라 매장마다 사이즈별로 오로지 하나씩만 들어왔어요."

3,890달러를 쓰레기통에 처박은 남자는 사람들 틈 사이로 사라져 보이지도 않았다. 새삼 그 비싼 샌들도 소용없는 자신의 발을 처량하게 내려다보며 레인이 조금 조이는 것 같은데도 만족스럽게 샌들을 신는 여자에게 존경의 마음을 담아 말했다.

"그럼 바꿔요."

"네?"

"그쪽 운동화랑 바꾸자고요."

이미 버린 거라 팔 거라는 소린 차마 못 하고 물물교환을 외쳐

보았다.

"그래요."

자신의 40달러짜리 운동화를 한번 내려다본 여자가 미련 없이 레인의 발 앞에 운동화를 놓아주었다.

조금 크긴 한데 줄만 꽉 조여 매면 신을 만할 것 같았다. 세상을 다 가진 얼굴로 여자 둘이 레인의 마음이 변할까 봐 서둘러 고맙다고 인사하며 자리를 떴다.

벤치에 앉아 신발 끈을 꽉 조여 매며 우글거리는 시장 입구를 바라보았지만 아직 가브리엘은 보이지 않았다. 어차피 직진으로 난 길이니 쭉 가다보면 찾을 수 있겠지 싶어 자리에서 일어났다.

"어디 가십니까?"

"시장이요."

레인은 경호를 받는다는 건 하는 것보다 더 귀찮은 일이구나 싶었다. 그리고 경호가 아니라 일단은 감시로 느껴졌다.

일단 쇼핑은 뒤로 하고 가브리엘을 찾아 세 번째 신발가게를 지나쳤을 때였다.

"돈 놓고 돈 먹기!"

굳이 시커먼 사내들을 찾을 필요도 없었다. 실버블론드의 머리칼이 가장 먼저 보였다. 그리고 그의 옆에서 그레이가 세상 다시없을 심각한 얼굴로 서 있었고 따라갔던 세 명의 경호원들도 모두 한 곳을 쳐다보고 있었다.

"분명히 3번이었는데……."

"이번에도 틀리셨습니다! 헤헤, 눈을 떼면 안 된다니까요."

콧수염이 도드라진 히스패닉계 남자가 비열한 웃음을 지으며 3번과 1번 앞에 있는 100달러짜리 지폐를 쓰윽 가져갔다.

"자자, 너무 많이 잃어서 이번에는 보너스타임으로 좀 쉽게 섞습니다? 거실 거죠?"

"당연히 걸어야지. 본전은 찾아야지!"

"그럼! 잃은 돈이 얼만데 당연히 본전은 찾고 가야지!"

여기저기서 바람 잡는 소리가 들렸다. 그 소리가 들리지 않는 건 아마도 눈앞에 있는 얼간이들뿐이리라.

"멍청이들."

야바위였다.

레인이 손바닥으로 이마를 짚었다. 호구 둘이서 나란히 지갑에서 100달러짜리를 꺼냈고, 그 모습을 보며 주변에 있는 몇몇이 씨익 웃는 게 보였다.

어이구, 호구 왔는교.

얼굴에 나타난 표정들은 하나같이 똑같았다. 그리고 두 호구는 레인이 뒤에 와 있는지도 모른 채 열심히 눈을 굴리고 있었다.

"뭐해요?"

"아!"

레인의 물음에 시선을 돌린 그레이의 안타까운 한숨 소리가 들렸다. 그에 비해 시선조차 돌리지 않은 가브리엘이 자신만만하게 1번에 300달러를 걸었다.

"그럼 나도 1번!"

가브리엘을 믿는 건지 그레이도 1번에 걸었다.

"더 거실 분 없어요?"

야바위꾼이 3번의 패를 먼저 뒤집었다. 그곳에 아무것도 없자 가브리엘이 '역시'라고 중얼거렸고, 1번과 2번의 패가 남자 1번의 패를 먼저 뒤집었다.

물론 거기에도 구슬은 없었다.

"그럴 리 없어!"

"그럴 리 있습니다."

덥석 가브리엘의 뒷덜미를 잡아끌며 레인이 말했다.

"잠깐만요, 한 판만 더."

모든 도박꾼들이 하는 뻔한 말을 하며 그가 버텼다.

"승률이 어떻게 되는 것 같아요?"

한숨을 쉬며 그녀가 물었다.

"33.3%."

"0%에요. 0%."

설사 돈을 건 숫자에 구슬이 있다고 쳐도 그걸 마술 솜씨 못지 않게 빼돌리는 게 야바위꾼들의 술수였다. 절대 돈을 딸 수 없는 게임.

"차라리 카지노 가서 블랙잭이나 룰렛을 하세요."

"아, 아가씨는 뭔데 자꾸 끼어들어? 하겠다는 사람 괜히 말리지 말고 본전은 찾아가야지."

그놈의 본전 소리만 몇 번을 듣는지 모르겠다.

"엘, 눈먼 돈이란 없어요."

"아— 그러니까 지금 이 사람들이 내 뒤통수를 까고 있다 그 말이죠?"

"말하자면 그렇죠."

"정정당당한 게 아니었구나."

새삼 깨달았단 듯 가브리엘이 고개를 끄덕이며 손에 든 지갑을 공중에서 한 바퀴 돌렸다. 왠지 웃고 있는 얼굴이 서늘해 보였다.

"······얼마나 잃었어요?"

"1,200달러 정도? 초반에 200달러 땄는데 미끼였군요. 어쩐지 좀 이상하다 싶었어요."

"전 2천달러······."

그레이가 우울하게 중얼거렸다.

"이거 다 걸고 마지막으로 한 판 하죠."

아직도 100달러 지폐가 두둑한 지갑을 내보이며 가브리엘이 말했다. 대단한 호구가 하나 납셨다는 얼굴로 야바위꾼의 얼굴에 함박 미소가 맺혔다. 더 말릴까 하다 어쨌든 내 돈 들어가는 게 아니기에 레인이 더 이상 말리지 않고 손을 털었다.

"자! 그럼 돈 놓고 돈 먹기!"

야바위꾼이 실실 웃으며 2번 종이컵에 유리구슬을 넣고 현란한 손놀림을 보이기 시작했다. 구슬은 2번 종이컵으로 갔다가 1번, 3번, 다시 2번으로 눈이 돌아갈 정도로 빠르게 움직였다.

"내가 질 것 같아요?"

어느새 구슬에서 시선을 뗀 가브리엘이 인상을 찌푸리고 종이컵을 보고 있는 레인에게 물었다.

"승률은 0%라니까요."

"정말 그럴까요?"

그가 보지도 않고 다시 1번 종이컵에 지갑을 통째로 놓았다.

"뭐해? 안 걸어?"

그리고 여유 있게 그레이를 향해 턱짓까지 해 보인다.

"전 그만하겠습니다."

"걸어봐. 본전은 찾아야지."

본인만 늪에 빠지면 될 걸 늪에서 나오려는 그레이를 알아서 부추기는 가브리엘이었다.

"그레이."

"……전 2번이요."

그레이가 잠시 고민한 뒤 역시 지갑을 통째로 2번에 걸었다. 야바위꾼이 오랜만에 보는 진정한 호구들을 향해 함빡 미소를 지어보였다.

"누가 5배의 주인공이 되실깝쇼. 2번 열어보겠습니다!"

그리고 2번의 종이컵이 열리는 순간 가브리엘의 손이 텅! 하고 야바위꾼 앞의 테이블 위를 쳤다.

"아이고, 깜짝이야! 손님, 이게 무슨!"

가브리엘이 웃으면서 손바닥을 치우자 구슬이 도로록 굴러 야바위꾼의 바지 사이로 떨어졌다.

"손목, 잘리고 싶어요?"

"이, 이게……."

"2번 종이컵에 있는 구슬은 바짓가랑이 사이로 떨어뜨리고 3번에 손바닥 사이에 있는 구슬을 넣으려고 했죠?"

"하하하, 이 구슬이 왜 여기에 있지?"

"목숨이 두 개쯤 돼요? 하나는 내가 가져가도 되나?"

발뺌하는 야바위꾼의 목덜미를 한 손에 움켜쥔 가브리엘이 그를 탁자 위로 내리눌렀다.

"큭!"

그러자 주먹 좀 쓴다는 그 동료들이 자리에서 일어나 위협적으로 다가왔다. 지금껏 부추겼던 바람잡이들이 순식간에 깡패가 되어 주변을 감싸자 기다렸단 듯 가브리엘의 경호원들이 더 위협적으로 한 발 앞으로 나섰다.

"살고 싶죠? 사람인데 살고 싶을 거야. 대답해 봐요."

"이, 이 자식!"

야바위꾼은 더 이상 말을 잇지 못했다. 가브리엘이 냉담한 얼굴로 손에 힘을 주기 시작했다. 사람의 얼굴이 붉어지다 이내 푸르게 질렸다. 이러다 정말 죽을지도 모른다는 생각에 레인이 나서려던 찰나 그레이가 가로막았다.

"사람이 아닌가?"

여상하게 읊조리는 이의 푸른 눈이 파충류의 그것처럼 보였다. 그는 정말 자신이 목을 조르고 있는 야바위꾼이 사람으로 보이지 않는 게 분명했다.

"엘."

그 한마디에 가브리엘이 손을 풀었다.

"불렀어요?"

"일반인이에요."

"……저도 일반인이었는데 제가 목 졸릴 땐 가만히 계시다가 여기선 말리시다니. 서운하네요."

끼어든 건 그레이였다. 입까지 좀 내밀면서 서운하다고 말하는 그에게 레인이 빙긋 웃으면서 대꾸했다.

"그땐 목격자가 저밖에 없었잖아요. 지금은 보는 눈이 많아서."

"아…… 그런 거라면 제가 이해를 하겠습니다."

내가 지금 왜 이 남자를 이해시키고 있어야 하지? 회의감이 든 레인이 씁쓸하게 고개를 저었다. 야바위꾼 패거리들은 섣불리 덤비지 못하고 있었다. 딱 봐도 뒷골목에서 주먹 좀 쓴다는 비열한 놈들과 프로 경호원들은 게임이 되지 않았다. 게다가 이 정도로 경호원을 데리고 다니는 상대라면 뒷배경도 어마어마할 거라는 걸 그들 역시 짐작한 듯했다.

"여, 여기 있습니다."

얌전히 그동안 가브리엘과 그레이에게 딴 돈을 돌려주며 죽을 뻔했던 야바위꾼이 눈치를 살폈다.

"어, 계산이 틀린데. 속임수 썼잖아요. 그러니 내가 이긴 거 아닌가? 다섯 배요. 지갑에…… 2,800달러가 들어 있었으니 14,000달러네요."

"제 지갑엔 800달러가 들어있었으니 4,000달럽니다."

그레이가 빙긋 웃으며 덧붙였다.

잠깐 이게 뭐하는 상황인가 정리할 필요도 없이 답이 나왔다.

지금 가브리엘은 야바위꾼을 등쳐먹고 있었다.

"힉! 그, 그런 돈은 지금 없습니다."

절대 죽어도 그 큰돈은 없다고 야바위꾼이 하얗게 질려서 도리질을 쳤다.

"데이트 중이라 마음 넓은 내가 참을게요. 딱 한 판만 하죠. 그쪽이 이기면 이 지갑 가져요. 내가 이기면, 음…….."

가브리엘의 눈이 야바위꾼을 천천히 훑었다. 어디가 좋을까, 어떤 부위가 괜찮을까 고민을 안은 가느다랗게 뜬 눈에 이미 자비 따윈 찾아볼 수 없었다. 지금까지 등쳐먹은 수많은 사람들을 생각하면 결코 야바위꾼이 불쌍해선 안 되건만, 왜 불쌍해지는 걸까.

"아무래도 난 그쪽 손이 별로 마음에 안 들어요."

진심으로 경멸하는 눈초리였다.

하지만 야바위꾼은 욕심을 버리지 못했다. 아마 그가 어제 자신이 겪었던 것처럼 하루만 가브리엘을 겪었다면 통장에 예치해 둔 돈을 전부 빼내서라도 14,000달러를 갚았으리라. 아, 정말 조언을 해주고 싶다. 레인은 저 말에 넘어가지 말고 당장 부하를 시켜 현금서비스라도 받아서 갚으라고 말해주고 싶어 입이 근질거렸다.

주제넘게 참견 말자. 남의 일. 남의 일이다. 머릿속에 몇 번이나 그 말을 되새기며 레인은 가브리엘에게서 한 걸음 떨어졌다. 이미 벼룩시장은 안중에도 없이 무슨 일인가 싶어 사람들이 몰려든 상태였다.

어딜 가나 주목받는 남자는 평범한 그녀와 달라도 너무 달랐다.

이 시선을 즐기는 걸지도 모른다고 생각하며 좀 말려 보란 의미로 그레이의 어깨를 툭 쳤다.

"여기서 말리면 제 손모가지가 지갑 대신 걸릴 겁니다."

가끔 그의 비서일까, 안티일까 싶을 정도로 그레이는 냉정했다. 그만큼 가브리엘을 치가 떨리게 잘 안다는 투였다.

"헤헤, 그럼 다시 한 번."

이번에야 말로 속임수를 걸리지 않겠다고 심혈을 다해 다짐하는 얼굴로 야바위꾼이 종이컵 위에 두 손을 가져다 댔다.

"패 섞다가 손목이 삐끗하기라도 하면 어떻게 해요. 난 내 물건에 흠집 나는 거 싫어서. 패는 내가 섞죠."

"네?"

역야바위였다.

확실했다. 이미 가브리엘은 '내 물건'이라고 칭하고 있었다. 시커먼 사내놈 손목을.

반드시 저 손모가지를 어떻게 해서든, 어떤 꼬투리를 잡아서든 기필코 분지를 셈이구나. 그렇구나.

"저런 진지한 모습은 오랜만이군요."

뭔가 대견하다는 듯 그레이가 감탄했다. 다른 의미로 레인은 가브리엘에게 감탄했다. 정말 바늘 하나 들어가지 않을 것 같은 빈틈없는 얼굴로 천천히 종이컵 하나에 구슬을 넣고 그가 최후의 한판을 시작하고 있었다.

진지한 또라이.

가브리엘과 야바위꾼을 번갈아 보는 레인의 눈빛이 아련해졌다.

정말 어떻게 해서든 끝을 보는 남자였다. 그레이의 충고를 적절히 받아들여 저 남자와 협상을 시도한 자신에게 박수가 아니라 갈채를 보내고 싶었다. 마음 같아선 지금 당장 '네놈이 원하는 걸 줄 테니 이 계약을 그만 끝내!' 하고 성질대로 안 한 게 천만다행이었다. 약간만 치대도 저렇게 삐뚤어지는 남잔데 곧이곧대로 계약 파기부터 운운했다간 두고두고 괴로울 뻔했다.

작은 일도 크게 만드는 이 기막힌 재주라니.

"이건 사기야."

그 말은 레인과 야바위꾼의 입에서 동시에 터져 나왔다.

가브리엘의 손이 야바위꾼은 명함도 못 내밀 정도로 현란하게 종이컵을 이리저리 교란시키고 있었다.

"자, 어느 쪽에 걸래요?"

야바위꾼의 얼굴은 울상이 되었다. 주변에서 킥킥대는 소리들이 들려왔다.

"……속임수를 쓰진 않았겠죠?"

웃음소리가 좀 더 커졌다. 속임수를 써서 사람들을 속여 먹은 게 누군데, 그렇게 묻는 야바위꾼에게 야유가 쏟아졌다.

"눈으로 못 잡아내면 안 쓴 거 아닌가?"

썼다는 말인지 안 썼다는 말인지 애매하게 말하며 가브리엘이 별안간 뒤돌아 레인을 바라보았다.

"레인도 걸어 봐요."

"사양할게요."

걸었다가 몇 배로 덤터기를 쓸 것 같으냐.

"왜요? 내가 인생이라도 걸라고 할까 봐?"

그가 장난스럽게 웃으며 물었다. 순진한 처녀를 꾀어내는 악마처럼 달콤하고 느릿한 물음이었다. 미소는 장난스러웠지만 그 목소리는 진지하기 이를 데 없었다. 흠칫해야 될 사람은 자신인데 옆에 있는 그레이의 커다란 몸뚱이가 떨리는 게 느껴졌다.

"사, 사, 3번……."

애처로울 정도로 덜덜 떨며 야바위꾼이 3번 종이컵을 손가락으로 가리켰다.

"장담할 수 있겠어요?"

"2……번?"

가브리엘이 2번이라 쓰인 종이컵을 들췄다. 당연히 구슬은 거기에 없었다.

"안 돼!"

단말마의 비명소리가 울렸다. 자신의 오른쪽 손목을 왼손으로 감싸 쥐고 사사삭 뒤로 물러서는 모습이 가히 절망적이었다.

"내가 이겼네요? 걱정 말아요. 설마 내가 이렇게 목격자가 많은데 손목을 잘라갈까."

……부러뜨리는 게 아니라 자르려고 했구나.

왠지 그게 가브리엘에게 더 어울리는 것 같아서 묘하게 공감해 버린 레인이 벌써 저 남자가 파악된 건가 싶어 픽 웃었다.

아이 같기도 하고, 악마 같기도 하고, 미친놈 같기도 하고, 진지한 또라이 같기도 하고, 도무지 종잡을 수 없는 사람이었다.

"나 때문에 즐거우면 좀 더 활짝 웃어야죠, 레인."

"그럴 리가요. 아직 전 하나도 안 즐거운데요. 언제 절 즐겁게 해주실 건지."

한심스럽단 얼굴로 과장스럽게 한숨까지 내쉬며 레인이 콧방귀를 꼈다. 가브리엘이 1번 종이컵을 뒤집었다. 구슬은 거기에 있었다. 그리고 그가 손에 구슬을 쥐고 자신에게서 다섯 걸음쯤 물러나 있는 야바위꾼에게 내밀었다.

"뭐해요? 안 받고?"

"내 손은 안 됩니다!"

금방이라도 가브리엘의 등 뒤에 있는 경호원들이 달려들 것 같은지 그가 파르르 떨며 비장하게 외쳤다.

"그 손 가져다 내가 어디에 써요? 농담이에요, 농담. 여기 밥 줄 안 받아갈 거예요?"

설마 겁을 먹은 거냐고 고개를 절레절레 흔들며 가브리엘이 어깨를 으쓱하자 주변에서 비웃음 소리가 함께 터졌다. 그제야 자신이 이상할 정도로 쉽게 겁을 집어 먹었다는 것을 깨달아 얼굴이 붉어진 야바위꾼이 큼큼 헛기침을 하며 가브리엘에게 다가왔다. 그리고 그가 구슬을 받아가려 손을 내밀자 가브리엘이 그 손목을 끌어 당겼다.

다 큰 성인 남자 둘이 얼굴이 부딪칠 정도로 가까이 마주했다. 일방적으로 가브리엘 쪽으로 상체가 끌어당겨진 야바위꾼의 눈이 커다랗게 뜨였다.

"이 손목은 이제 내 거. 애먼 데 쓰지 말아요. 잘 때 꼭 불은 켜놓고 자고요. 어두울 때 무슨 일이 일어날지 모르니까."

그가 속삭이는 소리는 등 뒤에 있는 레인과 그레이, 그리고 야바위꾼 당사자에게만 들렸다. 조곤조곤한 목소리가 물 흐르듯 자연스러워 마치 노래라도 부르는 듯한 어투였다.

"픕…… 하하하하!"

왜 거기서 웃음이 터졌을까? 정말 쓸데없이 진지하고 경건하기까지 한 그 진심 어린 경고에 레인의 웃음이 터졌다. 그레이의 한쪽 팔을 잡고 허리까지 반쯤 숙인 그녀가 결국 멍든 오른쪽 옆구리가 결려 '아이고' 하는 신음성도 함께 터트리며 웃었다.

"거봐요. 나랑 있으면 즐거울 거라고 했잖아요."

레인의 웃는 얼굴을 잠시 표정 없이 뚫어져라 보던 가브리엘이 상냥하게 웃었다. 그리고 그가 손을 내밀었다. 저 손을 잡아야 뒤탈이 없다는 걸 깨달은 레인이 그의 손을 맞잡았다. 오른손 손바닥에 붙어 있는 작은 밴드에 그가 가볍게 입을 맞췄다.

"스킨십 금지 조항 추가해도 되나요?"

"돼요."

그가 의외로 순순히 물러나자 약간 놀랐다.

"변호사에게 전화해서 당장 오라고 해요. 여기까지 오는데 얼마나 걸릴까요? 점심시간엔 변호사도 쉬니까 한 시간 뒤? 두 시간?"

그레이가 눈을 게슴츠레 뜨곤 아직도 파악이 안 되냔 얼굴로 그녀를 불쌍하게 보고 있었다.

왜? 된다잖아?

정말로 핫팬츠 주머니에 넣어둔 핸드폰을 레인이 꺼내려 했다. 그가 순순히 된다고 대답했을 때 변호사에게 문자를 넣어두는 게 확실할 거라 여겼다.

"스킨십의 끝을 보여줄게요. 아마 오늘 아침 레인이 재미있게 읽고 있었던 타블로이드지에 내일 본인의 얼굴이 모자이크로 실려 있을걸요. 아, 내 얼굴은 가리지 말라고 해야지."

그의 눈동자에 이채가 어렸다. 상상만 해도 즐겁다는 듯 목소리는 들떠 있었다. 뒷말을 듣기 무서워 레인이 고개를 막 저으려던 찰나였다.

"아마 헤드라인은 공연 음란죄, 이 정도가 아닐까요? 그러고 보니 나란히 유치장에도 들어가겠네요. 유치장은 처음이라 좀 떨리는데."

몇 번이고 회사에 낸 사표가 반송돼도 이런 감정은 느껴본 적 없었다. 심지어 가슴이 떨리기까지 했다. 그가 '떨리는데'라고 내뱉은 순간 레인의 가슴도 정말로 덜덜덜 떨려오기 시작했다.

그가 천천히 입고 있는 티셔츠를 벗어던지려 하는 걸 두 손으로 덥석 붙잡았다.

"엘, 당신의 손은 차가워서 기분이 좋아요."

레인은 상관인 존 앞에서도 한 번도 굽혀보지 않았던 대쪽 같은 성격이라고 스스로 자부하고 있었다. 어떤 일에 있어서도 리더인 자신은 포커페이스를 흔들려선 안 된다고 몇 번이나 다짐하고 냉철하게 상황을 판단해 왔던 그녀였다.

처음이었다. 이런 기분은. 31년 인생에 무릎을 꿇고 싶은 상대를 만난 것은.

이런 비굴함이 내면 어디에 잠재되어 있던 것인가를 나중에 호텔로 돌아가 혼자서 조용히 고민해보기로 결심한 레인이 필사적으로 그의 손을 생명줄처럼 부여잡았다.

"나도 레인의 손이 따뜻해서 기분 좋아요."

그의 배꼽 언저리에서 아슬아슬 다시 내려간 티셔츠에 안도의 한숨을 내쉬었다. 이 자리를 어서 벗어나고 싶었다.

그레이의 모든 걸 다 이해한다는 눈동자가 머리 뒤 어딘가에 박히는 것을 느끼며 레인이 뻣뻣하게 걸음을 옮겼다.


"호구……."

머리로만 생각하던 게 저도 모르게 입 밖으로 튀어나왔다. 가브리엘의 어깨에 반쯤 기대 그가 흥정하는 모습을 바라보다가 나온 말이었다.

"나 호구예요?"

그가 막 500달러를 지불하려 지갑을 열던 참이었다.

낡은 액자였다. 그 안에 든 사진은 오래된 사진이었다. 이 물건을 팔기 위해 가지고 나온 젊은 여자는 자신의 아버지가 20년 전 프랑스의 고흐의 밀밭에 가서 찍은 사진이라 했다. 무성한 밀밭 사이로 나있는 단 하나의 길. 그 길의 끝에는 오로지 흐린 하늘뿐이었다. 마치 하늘과 길이 맞닿아 있는 듯 보였다. 가브리엘은 그 손바닥만 한 사진 앞에서 한참을 움직이지 않다가 이내 그 것을 사겠다고 했다.

그가 한참을 움직이지 않고 있었던 걸 보던 여자는 다짜고짜 500달러를 제시했다. 그녀로서도 그냥 집에 있는 잡동사니를 모아 온 것에 불과했다. 대단한 사진작가가 찍은 것도 아니었고, 그저 액자가 오래돼 보여 골동품을 취미로 모으는 사람들이 좋아하겠다 싶어 가지고 나온 것이었다.

하지만 어떤 지나가던 아름다운 남자가, 게다가 경호원도 줄줄이 달고 다니는 있어 보이는 그가 사진을 한참 보더니 사겠다고 나서자 무리수를 두었다. 하지만 그 흔한 흥정도 하지 않고 지갑을 열길래 좀 더 높게 부를걸 그랬나 양심에 털 난 생각을 했을 즘 그의 옆에 기대 있던 레인이 불쑥 말했다.

모두가 생각하고 있었으나 차마 입에 담지 못했던 한 마디를.

"많이 봐줘야 50달러 정도죠."

"이건 아버지의 유품이에요. 그 가격엔 팔 수 없어요."

"정말 중요한 유품이라면 이런 데 가지고 안 나왔겠죠. 액자도 앤티크가 아니라 그냥 나무 액자잖아요. 칠도 다 벗겨져 남아 있지도 않네. 사진이야 유명한 작가가 찍은 것도 아니고 인터넷에 뒤져보면 같은 사진 얼마든지 있어요."

반박할 말이 아무것도 없었다. 파는 본인도 그렇게 생각하고 있었으니까.

"100달러!"

"70에 하죠."

더 이상의 양보는 없다는 듯 레인이 단호하게 말했다. 결국 사진의 주인인 여자가 고개를 끄덕였고 그 작은 액자는 70달러에 가브리엘의 손 안에 들어왔다.

"나 지금 또 뒤통수 까인 거예요?"

여기서 그렇다고 하면 이 남자가 어떤 진심 어린 표정이 될지 무서워진 레인이 대답했다.

"아뇨. 그냥 흥정이에요."

"어떻게 500달러가 70달러가 되는 게 흥정이에요?"

그가 가늘게 눈을 떴다.

"어쨌든 적당한 가격에 마음에 드는 물건을 샀으니 그만 가요."

"흐응……."

"……배가 고픈데."

배가 고프긴 무슨. 그의 얼굴을 마주보고 밥을 먹으면 위경련으로 응급실 예약이었다.

"레인은 아침도 걸러서 배가 많이 고프겠군요. 그래요, 밥 먹으러 가요."

하지만 이내 이해했다는 듯 가브리엘이 자신이 호구가 된 사실을 뒤로 했다.

"그런데 그 사진은 왜 산 거예요?"

어디로 봐도 흥미를 끌 만한 사진은 아니었다. 레인이 이 사진을 판 여자에게 말한 것처럼 인터넷을 뒤지면 이런 사진은 얼마든지 구할 수 있었다.

그가 액자에 관심이 있나 싶었는데 시선은 사진에 가 있었다. 잠시 못 박혀 그 사진을 바라보았던 시선을 기억하고 지나가듯 물었다.

"아아⋯⋯."

그가 한 손으로 레인의 손을 잡고 다른 한 손에 들고 있던 액자를 들어 올렸다.

"이 사진 속 길 끝에 서면 정말로 하늘과 닿을 수 있나 그게 궁금해서요."

말도 안 되는 이야기였다. 그게 그저 착시 효과라는 걸 모를 남자가 아니었다. 어린아이나 할 법한 생각이었다. 라스베이거스의 사막 도로를 달리다 보면 아무 생각 없이 차가 곧장 하늘을 향해 가고 있다는 느낌이 들 때가 있었다. 그것과 비슷한 걸 지금 그는 느끼고 있는 걸까.

"여기에 서면 난 하늘과 닿아 있는 걸까요, 땅과 닿아 있는 걸까요?"

사진 속 길 끝에 가브리엘이 서 있는 상상이 들었다. 그의 몸 전체가 하늘에 닿아 있는 느낌이리라. 그의 두 다리만이 길의 끝에 선 모습.

"글쎄요. 나도 잘 모르겠어요."

그의 말에 이렇다 할 대답을 내놓지 못했다.

정말 쓸데없이 진지하게 고민을 해보게 된다. 둘이서 사람들 사이에 서서 뚫어지게 액자를 바라보다 누가 먼저랄 것도 없이 쓸데없다 생각하며 허탈하게 웃었다.

곧 가브리엘이 더 이상 관심 없단 듯 그 액자를 뒤에 있는 그레이에게 넘겼다.

"다운타운에 100년 된 피자집이 있다던데, 가봤어요?"

길거리의 핫도그, 다디단 팬케이크와 바닐라 라떼, 그리고 이제는 피자. 애들이 좋아할 만한 걸 좋아하는 가브리엘의 입맛은 대중적이었다. 레인은 단 건 질색이지만 피자는 좀 당겼다. 아프간에서 피자의 'P'도 구경을 못했다.

"포장해서 공원에서 먹을까요?"

꾸물꾸물한 하늘에서 언제 비가 내릴지 한 번 올려다본 레인이 제안했다.

"거긴 항상 매장이 꽉 차 있어서 포장해서 다른 데서 먹는 게 나아요."

클레이가 그 집 피자를 참 좋아하던 게 기억나서 가장 빠르게 먹을 수 있는 방법을 제안하자 가브리엘이 두말 않고 고개를 끄덕였다.

# 6.

언제 다시 비가 내릴지 모를 날씨라서 그런지 공원 안쪽으로 들어갈수록 사람은 거의 찾아볼 수 없었다. 벼룩시장이 열리던 곳과는 정반대의 분위기에 커다란 피자 두 판을 사들고 둘이 나란히 벤치에 앉아서 각자 취향에 맞게 고른 피자를 집어 들었다.

치즈피자를 입 안 가득 미어터지게 집어넣은 레인은 음식을 먹는 것이 아니라 음식과 전투를 치르는 것 같은 모양새였다.

"천천히 먹어요."

오랜만에 먹으니 자제가 안 됐다. 여기 피자는 두 달에 한 번 정도 먹어줘야 맛있나 보다. 자신이 이토록 피자를 그리워했나 싶을 정도로 가브리엘의 말에 대충 고개를 끄덕이며 레인은 입안의 음식을 다 삼키지 않았는데도 다시 한입 베어 물었다.

173

입이 짧은 편이었는데 피자가 미친 듯 맛있었다. 이 남자랑 먹는다면 분명 체할 거라 생각했는데 잘만 들어간다. 그만큼 이 남자 옆에 있는 게 엄청난 칼로리를 소모시키고 있는 거라 생각하며 한입 더 베어 물었다.

쿡. 그의 손가락이 빵빵하게 부풀어 오른 레인의 볼을 찔렀다.

"먹는데 건드리지 마요."

내뱉는 말조차 음식물로 인해 불분명했다. 그러자 가브리엘이 자신의 손에 들린 피자를 한입에 털어 넣고는 빵빵하게 부푼 볼을 레인의 얼굴 앞으로 가져다 댔다. 그의 눈빛이 '지금 당신이 이런 얼굴이에요'라고 말하고 있었다.

빵빵한 볼을 하고 서로 전투적으로 마주했다.

"피자 좋아해요?"

겨우 입안에 남아 있는 피자를 삼킨 가브리엘이 물었다.

"아뇨. 근데 좋아했었던 것 같기도 하고."

레인이 고개를 갸웃하며 답했다. 오랜만에 먹으니 맛있어서 한입 가득 넣었던 게 명치끝에 조금 얹힌 기분이었다.

"무슨 대답이 그래요."

입술 끝에 묻은 빵부스러기를 가브리엘이 엄지손가락으로 쓸었다. 그러거나 말거나 레인이 두 번째 피자조각을 뜯었다.

"어머니 때문에 식탐은 별로 없는 편이었는데."

"왜요?"

"내가 뭘 먹고 싶다고 하면 일주일이고 열흘이고 그 음식만 해주셨거든요. '먹고 질려서 다시는 해달라고 하지 마' 랄까."

어릴 때의 그녀는 식탐이 강한 편이었다. 자꾸 작고 말랐다고 또래의 덩치 큰 친구들이 놀려서 음식에 집착이 강했다. 많이 먹고 덩치도 키도 크려고 기를 쓰고 먹었었다. 그러자 내린 어머니의 특단의 조치가 생각나자 레인의 얼굴이 사르르 풀어졌다.

"우와, 우리 어머니는 가끔 요리할 때마다 피자나 팬케이크만 만들어주셨는데."

서로의 어머니가 닮았다.

"엘의 어머니는 왜요?"

"내 친구가 피자나 팬케이크를 아주 사랑했거든요. 난 정말 싫었지만."

친구. 레인이 낯선 얼굴로 가브리엘을 바라보았다. 그의 입에서 나오는 친구라는 단어가 이토록 생소하게 들릴 줄이야. 저 성격에 용케 친구가 있구나 싶었다. 그 친구는 아마 전생에 원죄가 깊어 죄를 참회하는 마음으로 살아가는 사람이 아닐까.

"와, 그런 얼굴 좀 상처예요."

"내 얼굴이 어떤데요?"

"너 같은 성격에 친구가 있다니! 이런 얼굴?"

그가 불쌍한 표정을 지었다. 그 표정이 정말 버림받은 강아지처럼 처량해 보여서 미안한 마음이 들 정도였다. 그리고 이내 레인은 그런 마음을 가진 자신에게 단단히 다짐했다. 저 얼굴에 속아선 안 된다고.

"그런데 단 거 좋아하고 피자도 좋아하는 것 같은데 크면서 입맛이 바뀌었나 봐요?"

레인이 슬며시 말을 돌렸다.

"그 친구는 이제 먹고 싶어도 못 먹으니까요. 내가 대신 먹어주는 거랄까. 아니, 정말 입맛이 바뀐 걸까. 흠."

언젠가부터 그의 입맛은 단 것에 길들여져 있었다. 패스트푸드가 낯설지 않았고 오히려 즐기게 됐다. 처음엔 버릇처럼 먹던 것이 언제부터 당연한 것이 됐을까. 레인의 물음에 단 한 번도 생각해보지 않았던 걸 가브리엘은 꽤 진지하게 기억을 거슬러 생각에 잠겼다.

"왜요?

적당히 물어주며 레인이 두 번째 피자 조각을 입에 넣었다. 사실 별 관심이 없었다.

"죽었거든요."

심상하게 그 말을 내뱉은 가브리엘은 반사적으로 레인의 얼굴을 살폈다. 피자조각을 입에 여전히 구겨 넣으며 그렇구나, 고개를 끄덕이는 그녀는 그 말에 동요조차 하지 않았다. 그 흔한 동정이나 어쩔 줄 모르는 시선 따위 찾아볼 수 없었다.

물 흐르듯 감정이 흔들리지 않고 지나간다.

"아니, 내가 죽인 거죠."

어떤 반응이 되돌아올까?

심장이 낮게 뛰어댔다. 피자를 먹고 있는 약간 기름진 입술이 움직일 때마다 오른쪽 눈꼬리가 입술의 통증 때문에 조금씩 움찔거리는 걸 가브리엘은 꼼꼼하게 살펴보았다. 누군가의 표정을 읽기 위해 자신이 이토록 심혈을 기울인다는 걸 스스로도 깨달지 못한 채 입이 열리길 기다렸다.

"아아……."

"그게 다예요?"

"뭘 기대했는데요?"

김이 빠진 가브리엘이 묻자 도리어 레인이 어이없다는 듯 되물었다.

"보통은 왜 죽였냐고 묻지 않나?"

"내가 상처를 들쑤시길 바라는 건가요?"

까만 머루 같은 눈동자에 자신의 모습이 고스란히 비치는 걸 가브리엘이 바라보았다.

"상처라고는 안 했는데."

"'친구'라고 했잖아요. 보통 원수한테 그 단어를 갖다 붙이진 않으니까."

의식하지 못하고 있었다. 눈앞의 작은 여자는 본질을 꿰뚫어 보고 있었다. 가브리엘의 얼굴에서 표정이 사라졌다.

"무슨 생각을 하는지 모르겠단 말이야."

알 수 없는 얼굴로 가브리엘이 혼잣말처럼 내뱉었다.

"아무 생각 없는데요."

레인은 정말로 아무 생각도 없었다. 본래 생각이 많은 편이 아니었다. 혼자만의 세계에 가끔 빠져 생각이 꼬리잡기처럼 이어질 때가 있었지만, 임무 외에는 본래 생각을 깊게 하는 편이 아니었다. 깊게 생각을 해봤자 머리만 아프다. 인생은 어차피 모 아니면 도였다. 단순한 생각과 결정이 살아가는 데 가장 필요하다는 것을 깨닫고 난 뒤론 정말 별다른 생각 없이 즉흥적으로 살았다.

"알아요. 아무 생각 없어 보여요."

"내가 생각이 좀 더 깊었다면, 좀 더 치사한 계약을 했겠죠."

군더더기 없는 깔끔한 계약서였다는 건 가브리엘도 인정했다. 자신의 모든 패를 보이다니. 게다가 순진한 구석도 있는 여자였다.

뭘 믿고 '무조건 소원을 들어 준다'라고 한 건지. 자신이 어떤 소원을 빌 줄 알고.

"전술장교치곤 퇴로만 확보한 단순한 계약이었죠. 본인이 덫에 걸릴 수도 있다는 건 별로 예상하지 않은."

"사실 전술도 간단하거든요. 지도를 보고 진입로와 퇴로와 중간에 몇몇 돌발 상황 예측하기와 상대방과 아군의 포인트 집어내기만 하면 되거든요. 아, 사실 나 정말 단순한 일 하나 봐요."

보통 사람에겐 별로 단순하지 않다고 말하려던 가브리엘이 입을 다물었다. 레인이 이렇게 길게 스스로에 대해 이야기하는데 굳이 그 흐름을 끊고 싶지 않았다.

"그리고 내가 꼼수를 부렸다면 당신이 더 치사하게 나왔을 테니까."

"내가 하루 만에 파악하기 쉬운 사람은 아닌데. 꽤 정확하게 나를 봤네요."

"그러니까 서로 깔끔하게 하자고요."

"누가 나한테 소원을 들어준다고 한 적은 처음이라 고민 중이에요."

소원.

그 깜찍한 단어에 가브리엘이 피식 웃었다. 정말 어느 누가 감히 자신의 '소원'을 들어준다니. 마치 '신'이라도 된 것처럼.

"그렇게 말하면 좀 두려우니까 고민하지 마세요."

"내가 두려워요?"

"예측불가능한 건 언제나 두렵죠."

매시간 매순간이 두려웠던 때가 있었다. 한순간의 판단력으로 팀원 전체를 잃을 수도 있다고 생각할 때마다 그 두려움은 공포가 되어 다가왔다.

그들의 앞으로 한 커플이 지나갔다. 여자가 든 커다란 꽃다발에서 꽃 한 송이가 툭, 레인의 발치에 떨어졌다. 레인이 손을 들어 여자를 부르려는 순간 좀 더 공원의 안쪽으로 들어간 커플은 곧 보이지 않았다.

"달리아네요."

가브리엘이 붉은 꽃을 들어 올렸다.

"아, 이 꽃이 달리아였군요."

주먹보다 더 커다랗고 탐스러운 꽃송이였다. 언젠가 동료의 결혼식에서 이 꽃으로 장식된 부케를 본 적이 있었다. 새하얀 신부의 드레스에 새빨간 달리아가 눈길을 끌었다. 그래서 이 꽃의 생김을 기억하고 있었다.

"꽃, 잘 아시나 봐요."

"어릴 때 이 꽃으로 뒤덮인 집에서 살았거든요. 어머니가 좋아하셔서."

그가 지냈던 시리아의 저택. 그 저택의 화원을 항상 뒤덮고 있던 새빨간 꽃송이들. 창문을 열어놓으면 달리아의 향에 코가 마비될 것 같아 그는 별로 이 꽃을 좋아하지 않았다. 이 꽃을 정말 좋아했던 사람은 따로 있었다. 저택에 심어놓곤 밖에 있는 날이 더 많았던 어머니가 아니라 달리아에 물을 주고 매일매일 그 꽃밭에서 열심히 땀을 흘려 일하던 아이였다.

"달리아라……."

손바닥 가득 탐스러운 꽃송이를 부드럽게 쥐었다. 감기는 꽃잎의 감촉이 사르르 부드럽기만 했다. 입 밖에 내어 말해본 달리아라는 어감도 좋았다. 부드럽게 혀가 굴러가 결국 그 이름 전체를 감싸는 것 같은 느낌이 들었다.

"나폴레옹의 연인 조제핀은 달리아를 독점하기 위해 아무에게도 품종을 알리지 않고 궁중 정원에서 키웠죠. 한데 그녀의 시녀가 달리아를 사랑했던 거예요. 그래서 달리아 한 송이를 몰래 훔쳤죠. 그걸 알게 된 조제핀은 그녀와 정원사를 추방하고 자신의 정원에 심은 달리아까지 모두 불태웠어요."

가브리엘이 레인의 손 위에 있는 달리아를 자신의 손바닥으로 덮으며 말을 이었다.

"이렇게 단 한 송이였는데 말이에요."

그의 손바닥에 가려 달리아는 보이지 않았다. 달리아를 쥐고 있는 레인의 손에 약간 힘이 들어갔다. 비스듬히 그녀를 내려다보는 그의 숨결이 귓가를 간질였다.

"나는 조제핀의 마음을 이해해요. 달리아를 보려면 자신의 정원에서만 봐야 하고, 달리아를 보며 갖고 싶어 하는 수많은 사람들의 부러움과 시샘을 즐겼던 겁니다. 달리아를 보기 위해 자신에게 고개를 숙이는 사람들을 보며 우월감을 느꼈던 거예요. 하지만 단 한 송이가 문제가 됐죠. 단 한 송이라 해도 더 이상 자신만의 달리아가 아니었으니까."

붉은 꽃들 사이로 붉게 피어올랐을 화염.

달리아의 향기보다 자신을 향해 짓는 가브리엘의 미소에서 풍기는 위험하고 짙은 향기가 레인은 더 신경 쓰였다.

"쫓아가서 그 한 송이의 달리아마저 망가뜨렸어야죠. 더 이상 그 누구도 이 꽃을 보지 못하게."

조용히 흘러나온 레인의 말에 가브리엘의 입가가 굳었다. 무심하게 던져진 한 마디에 날이 서 있었다. 레인의 대답을 들은 그의 눈빛이 날카롭게 빛났다. 꽃을 가린 손등 위를 바라보는 그녀의 시선을 파헤치고 싶은 욕망이 들었다.

보통 사람이라면 이렇게 생각하지 않는다.

천천히 인형처럼 한 곳에만 시선을 주고 있는 레인을 훑어 내렸다.

낯설지만 낯설지 않은, 그가 겪어본 적 없지만 이미 겪어본 것 같은 기시감. 그게 대체 뭘까.

가브리엘의 미간이 알게 모르게 찌푸려졌다.

"레인."

"네."

"큰일이에요. 당신이 점점 더 마음에 들어서."

"그거 정말 큰일이네요."

더 이상 그는 웃고 있지 않았다. 가브리엘이 천천히 손바닥을 치우자 시야에 다시 붉은 꽃송이가 드러났다. 약간의 물기를 머금어 더 빛나는 것 같은 살아 있는 꽃송이가 불어오는 습기 어린 바람에 파르르 꽃잎을 떨었다.

흐린 먹구름을 뚫고 잠깐 해가 반짝 모습을 드러냈다. 같이 먹으면 체할 것 같다는 예상을 뒤집고 제 몫의 피자 한 판씩을 전부 먹어치운 레인과 가브리엘은 나란히 손을 잡고 맨해튼의 시내를 활보하고 있었다.

"뉴욕은 런던 못지않게 재미없는 곳이라 여겼는데 생각보다 재미있네요."

아이스크림 트럭을 지나치다 사람들이 줄을 길게 서 있는 걸 보곤, 다시 되돌아가 기어이 줄을 서서 아이스크림 두 개를 사들고 온 가브리엘이 말했다. 한입 가득 초코 아이스크림을 베어 물고 나른하게 만족스러운 웃음을 지었다.

"전 아이스크림 싫어하는데요."

단 것은 질색이었다. 쌉싸래한 에스프레소 한 잔이 생각나서 근처 카페를 두리번거리자 가브리엘이 어림도 없다는 듯 말했다.

"그래서 레인의 아이스크림은 커피 맛으로 사왔잖아요."

"그렇다고 안 단 건 아니잖아요."

"덜 달죠. 내미는 손 무안한데……."

잠깐 해가 모습을 드러냈다고 금방 올라간 기온 탓에 그의 손등을 타고 녹은 커피 아이스크림이 주르륵 흘렀다. 결국 아이스크림을 받아 든 레인이 마지못해 한입 베어 물었다.

"……달아."

"달아야 아이스크림이죠!"

단 걸 좋아하는걸 보면 영락없는 어린아이였다. 그의 오른쪽 입가에 초코 아이스크림이 묻은 것을 발견한 레인이 말했다.

"입에 초코 묻었어요."

"어디요?"

싱글싱글 웃으면서 그 긴 허리를 굽히더니 레인의 얼굴 앞에 바싹 자신의 얼굴을 가져다 대곤 가브리엘이 물었다.

"오른쪽 입가에."

닦아달라는 듯 입술을 비죽 내민다.

"직접 닦아요."

새치름하게 뜬 푸른 눈에 장난기가 한가득했다. 오늘은 또 무슨 장난을 칠까 고뇌하는 어린아이처럼 반짝반짝 그의 두 눈동자가 심하게 빛나고 있었다.

바로 앞에 어른거리는 아름다운 조각 같은 얼굴에서 고개를 돌리려 했을 때였다. 가브리엘이 한 손에 들고 있던 초코 아이스크림을 본인의 얼굴에 짓이겼다. 코부터 시작해서 입술을 타고 턱까지 아이스크림 덩어리가 주르륵 떨어져 내렸다. 가뜩이나 그의 외모 때문에 어딜 가도 주목받는데 아예 이제는 대놓고 지나가던 사람도 서서 구경하기 시작했다.

아이스크림 트럭에서 얼마 떨어지지도 않은 곳이라 사람들도 많았다.

"닦아줘요."

그가 주머니에서 손수건을 꺼내 레인에게 건넸다.

"난 닦아줄 때까지 이러고 있을 텐데. 시선 끄는 거 싫어하잖 아요?"

이미 레인에 대해 파악이 끝난 듯한 말투였다. 사람의 시선을 끄는 건 있는 듯 없는 듯 살아가는 레인에겐 쥐약인 일이었다. 평생 받을 시선을 오늘 하루 다 받는구나 싶을 정도로 창피했다. 앞의 남자는 자신과는 다르게 아무도, 무엇도 신경 쓰지 않았다. 내키는 대로 하고 기분 가는 대로 내뱉었다.

레인의 가브리엘에게서 손수건을 받아 들었다.

이걸로 재갈을 만들어 저 입에 묶어버리고 싶은 충동이 일순 간 들었으나 자신은 프로였다. 억지로 입꼬리를 올려 씩 웃어 보였다. 가뜩이나 저번 건강검진에서 혈압이 조금 낮다고 주의를 받았는데 덕분에 이번엔 고혈압 주의를 받게 생겼다.

재갈이 아니라 이 손수건으로 목을 졸라 버릴까.

손가락 사이로 꽉 힘을 주며 진지하게 고민했다. 뉴욕 주는 사형제도가 폐지됐기에 사람을 죽여도 사형은 면한다. 올해 들어 가장 강력한 유혹이었다.

"이대로 다녀요? 하긴 좀 굳으면 초콜릿색이라 멀리선 수염으로 보일 거예요. 좀 찐득찐득하긴 할 테지만 보기보다 전 참을성이 좋아서."

그가 입술에 묻은 초코 아이스크림을 할짝거렸다.

재갈이냐, 교살이냐. 그것이 문제로다.

"와, 지금 레인 눈빛이 살인이라도 할 기센데요? 왜요? 내가 창피해요?"

"창피하고 말고를 떠나서 애도 아니고."

애면 벌써 엎어놓고 엉덩이를 두들겼다.

결국 유혹을 뿌리친 레인이 손수건으로 가브리엘의 입가를 닦아주었다. 굳기 시작한 아이스크림의 잔여물들을 사심을 담아 박박 문질렀다.

"무슨 귀족이 이런 짓을 해요?"

귀족을 많이 만나본 건 아니었지만, 일 때문에 다른 나라의 왕족과 귀족들은 볼 만큼 봤다. 그때마다 어찌나 다른 사람들 눈을 신경 쓰는지 손짓 하나도 계산하고 우아하게 행동하는 이들이 대부분이었다. 말도 얼마나 돌리고 돌려서 이죽대는지. 귀족들은 다 저렇게 돌려서 까냐며 한동안 팀원들 사이에서 돌려서 까는 '귀족 말투'가 유행이었던 적이 있었다.

이 남자는 귀족이라기보다는 그냥 야생의 들짐승이었다.

"예법이나 매너 따위 개나 주라죠."

손가락을 세워 꼼꼼하게 입 주변을 닦고 있을 때 그가 혀를 내밀어 레인의 손가락을 할짝 핥았다.

"개나 줬으면 다행이게요."

그 개의 목을 짤짤 흔들어 당장 이 남자가 갖다 버린 매너라든가 예의 따위를 뱉어내라고 소리쳐 되돌려 주고 싶었다.

"귀족사회의 상종 못할 망종이거든요, 내가."

"와……."

레인이 나지막하게 감탄사를 터트렸다.

"왜요?"

"……자기 자신을 이렇게 완벽한 단어로 판단한 사람은 처음이라. 감탄했어요."

볼 쪽에 묻은 초코가 잘 지워지지 않자 레인이 보란 듯 손수건에 침을 뱉어가며 그의 얼굴을 빡빡 문질렀다. 하얀 피부가 마찰로 인해 붉어지는 게 보였지만 신경 쓰지 않았다. 지금 사람들의 시선을 받고 있는 자신의 얼굴은 창백하게 질려 있을 테니까.

"지금 해보자는 거죠?"

"그럴 리가요. 제가 어떻게 감히 고용주이자 공작 각하 같은 높은 분과 뭘 해볼 수 있겠어요."

마지막으로 입술의 상처를 꽉 눌러주고 싶었지만 손을 뗐다.

한 손으로는 손수건을 들고, 한 손으론 커피 맛 아이스크림을 들고 있었던 탓에 아이스크림은 이미 녹아 아스팔트 위로 흘러내리고 있었다.

"그럼 감히 고용주이자 공작 각하와 뭘 해볼래요?"

"그래서 '제가 감히'라고 했잖아요."

"그러니까 하자고요."

"안 해요, 안 해."

"와…… 먼저 하자고 했으면서 이렇게 발을 빼다니."

대체 자신의 말 어디에서 뭘 하자고 했단 말인가. 오히려 피해자인 척 구는 천사 같은 얼굴이 금세 시무룩하게 변했다. 천의 얼굴이었다. 이게 그 유명한 중국의 변검술인가 싶을 정도로 휙휙 바뀌는 얼굴에 정신이 없을 정도였다.

"발뿐만 아니라 마음 같아서는 손발을 모두 빼고 싶은데 참는 거예요."

아직도 자신의 눈앞에서 얼굴을 치우지 않은 가브리엘의 코끝을 레인이 손가락으로 가볍게 튕겨 주었다.

"손."

"아이스크림 때문에 찐득거려요."

"그럼 안 떨어지고 좋겠네요."

지나치게 긍정적인 그가 레인이 마지못해 내민 손을 잡으며 만족스럽게 웃었다.

"우리 저거 타요."

붉은색 시티투어버스가 그들의 옆을 지나 정류장에 섰다. 검은 양복을 입은 열댓 명이 우르르 시티투어버스라니. 아마 버스에 타는 관광객들이 자신들을 관광하리라.

레인이 흘깃 뒤를 따라오고 있는 경호원들과 그레이를 바라보았다.

"떼놓고 갈까요?"

"경호원이잖아요."

레인의 시선을 먼저 눈치챈 가브리엘이 제안했으나 거절했다.

뉴욕에 살면서 시티투어버스를 타게 될 날이 올 줄은 꿈에도 몰랐으나 생각해 보니 나쁘지 않았다. 설마 버스운전기사를 내보내고 본인이 운전한다고 하진 않겠지. 걸어 다니며 시선을 끄나 앉아 있으면서 시선을 끄나 어차피 마찬가지였다. 그러느니 차라리 편하게 앉아서 시선을 끄는 게 나았다.

"경호원이 아니라 감시자죠."

가브리엘이 레인의 말을 정정했다.

"감시자요?"

"내가 감당 못 할 사고를 칠 것 같으면 온몸을 던져서 막을 사람들이요. 우리 어머니가 붙여놓은 거예요. 안전과는 좀 거리가 멀어요."

현명한 어머니였다. 마음속으로 얼굴 한 번 보지 못한 가브리엘의 어머니에게 엄지손가락을 척 올려준 레인이 희미하게 웃었다.

가브리엘이 레인의 손을 꽉 붙잡았다. 그리고 버스가 막 문을 닫고 출발하려는 찰나 그 안으로 그녀와 함께 뛰어들었다.

"표 없으시면 사오세요."

기사의 말에 가브리엘이 지갑에서 200달러를 꺼냈다. 떨어져 있던 경호원들이 뛰어오는 게 백미러로 보였다.

"지금 바로 출발하면 200달러 더."

버스기사가 어깨를 으쓱하더니 가브리엘의 말대로 버스 문을 닫고 출발했다. 기사에게 400달러를 지불한 가브리엘이 레인의 어깨를 끌어안고 2층으로 올라갔다. 지붕 없이 뻥 뚫린 2층 시티투어버스의 가장 명당이라는 앞자리에 둘이 앉았다.

또다시 비가 올 것처럼 하늘이 흐려졌기에 드문드문 앉아 있던 사람들이 1층으로 자리를 옮겼다. 뒤를 돌아보니 당황하는 경호원들 사이로 그레이가 여유롭게 택시를 잡는 게 보였다.

"자, 뉴욕 시민께서 설명해 줘요."

"뉴욕에 집 한 채 없이 월세 살고 있는 저보다 여러 개의 회사를 갖고 있는 엘이 좀 더 잘 알지 않을까요?"

다리를 꼬고 뉴욕의 명물을 소개하라는 말에 레인이 기가 차 대꾸했다.

"난 자유의 여신상밖에 몰라요."

순진한 얼굴로 그가 말했다. 얼굴처럼 반만 순진했어도 곧이 곧대로 저 얼굴을 믿었을 텐데 이미 속은 게 너무 많아서 레인은 꿈쩍도 하지 않았다.

의외로 누가 가이드를 해야 할지는 쉽게 결론이 났다. 버스 안에서 안내방송이 나오기 시작했기 때문이다.

서로가 네가 안내해야 된다고 우긴 게 민망스러워 눈이 마주치자 똑같이 픽 웃었다.

버스가 속도를 내기 시작하자 얼굴을 때리는 습한 바람에 레인이 눈을 찌푸렸다.

"여기 예뻐요."

단발 머리칼이 날리자 가브리엘이 말했다.

그의 말에 레인이 여기가 어딘지 안내방송에 귀를 기울이며 그가 예쁘다고 한 곳을 유심히 보자 옆에서 혀 차는 소리가 들렸다.

"여기, 목이랑 쇄골이 이어지는 이 부분 말한 건데."

차가운 손가락 하나가 드러난 목 부분을 미끄러지듯 쓸어내렸다. 그 서늘함에 그 부분만 도독하게 소름이 돋았다.

"왜 아무 말도 안 해요?"

"말했다가 여기서 스킨십의 끝을 볼 것 같아서요."

자신이 왜 아무 말도 하지 않는지 담담하게 레인이 설명하자 가브리엘이 배를 잡고 웃었다.

"진짜 이렇게 습득이 빠른 학생이라니. 하하하, 아이고 배야."

한참을 웃던 가브리엘이 창가에 턱을 괴며 어둑해지고 있는 뉴욕의 거리에 시선을 주었다.

바쁘게 오가는 사람들, 웃고 있는 연인들, 행복한 가족들, 호기심 가득한 눈으로 뉴욕의 거리를 바라보는 사람들.

레인은 그 사람들과 가브리엘을 번갈아 바라보고 있었다. 그의 시선은 관찰자의 것이었다. 뉴욕이 아닌 사람들의 표정을 관찰하고 있었다. 그는 눈에 닿는 모든 것을 기억이라도 하려는 눈앞의 풍경에 집중했다. 자신의 시선을 느꼈을 텐데도 가브리엘은 개의치 않았다.

"정말 이상하단 말이에요."

그가 천천히 시선을 레인에게 돌렸다.

레인은 그의 눈동자를 다시 마주하게 됐다. 오묘한 푸른 눈은 바다처럼 그 속이 비쳐 보이는 것 같았다. 사람의 눈동자가 이렇게 다채로운 빛을 띨 수 있을까.

"나를 곤란해 하면서도 내 눈은 안 피한단 말이죠."

그랬나. 그의 말을 듣고 보니 그런 것 같기도 했다. 그의 시선은 왠지 모르게 피할 수 없었다. 그 눈동자가 어떤 빛을 띠고 있느지 마주 응시하게 된다. 그의 그려 놓은 것 같은 미소로도 알 수 없는 감정을 눈을 통해 본다.

"절대, 당신은 내 시선을 피하지 않아."

마지막 말은 그녀에게 하는 말이라기 보단 스스로에게 하는 말과 같았다. 스스로 내뱉으면서 납득한 것 같은 말투.

"그런데 그게 나쁘지 않아요."

나쁘지 않다고 말하며 이번에는 그의 손이 레인의 눈꼬리에 닿았다. 흔들림 없는 시선은 고요하기만 했다. 폭풍이 치기 전, 잔잔한 바다를 닮은 그 색이 참 어여뻤다. 눈가에 닿아 있는 그의 손가락은 신경도 쓰이지 않을 정도로.

가브리엘의 얼굴이 점차 다가왔다. 흔들리는 버스 안에서 숨이 섞일 정도로 가까워졌다. 눈조차 깜박일 수 없었다. 시끄러운 도시의 소음들이 일순간 정지했다. 아무것도 없는 무의 세계에 온 것처럼 어떤 소리도 어떤 배경도 보이지 않았다. 그저 코앞까지 다가온 그의 푸른 눈만 보였다.

이상한 경험이었다. 시야에 온통 그밖에 없는 세상이라니.

"봤죠?"

입술 사이를 비집고 그의 숨이 섞여든다.

"어제, 봤잖아요."

오로지 웃음기를 머금은 가브리엘의 목소리만 들렸다. 하지만 마주하고 있는 그의 눈은 전혀 웃고 있지 않았다. 대답을 할 수 없었다. 그가 무엇을 묻는지 알 것도 같고, 모를 것도 같았다.

"내가 가장 깊이 숨겨둔 밑바닥."

형체조차 알아볼 수 없게 발기발기 찢겨진 그것.

흉포한 짐승의 눈동자.

"역시 봤구나."

이번에는 그의 목소리와 눈동자가 같이 웃고 있었다. 파도가 치듯 일렁이는 푸른 눈동자에 비친 레인 자신의 모습도 같이 일렁였다.

"엘."

"네."

"당신은 누구죠?"

왜 그런 질문이 나왔을까.

자신은 그가 누군지 이미 알고 있었다. 그는 영국의 서머셋 공작이고 고용주였다. 하지만 눈앞의 남자는 보이는 것이 다가 아닌 것 같았다. 가브리엘의 눈가에 손을 가져갔다. 차갑게 식은 그의 눈가에 그가 그랬던 것처럼 손가락을 대고 다시 물었다.

"당신은 누굽니까."

"……나는 '죄'."

그 순간 하늘에서 투둑투둑 비가 내리기 시작했다. 공교롭게도 가브리엘의 눈가에 닿아 있는 레인의 손가락을 타고 빗줄기가 흘렀다. 마치 그의 눈에서 흐른 것처럼. 가장 풍요로운 바다를 닮았음에도 그의 눈동자는 메말라 있었다.

"너희 죄가 너흴 찾을 것이다. 그래서 나는 '죄'가 되었습니다."

소름끼치도록 낮고 높낮이 없는 목소리는 사람의 것이라기엔 지나치게 담담했다. 마치 그에게 주어진 '의무'를 외워서 읊는 듯

했다.

명치끝이 시큰거렸다.

은빛의 속눈썹이 레인의 손톱 위를 덮었다. 빗줄기가 점점 거세지고 있었다. 가브리엘이 천천히 몸을 기울였다. 오른쪽 어깨가 묵직해졌다. 그녀의 어깨에 가브리엘이 파묻히듯 기대고 있었다. 그의 손이 어느새 레인의 허리를 끌어안았다. 레인은 두 손을 뻗을 수밖에 없었다. 그의 눈가에 닿았던 손으로 자신에게 기대는 어깨를 가만히 감쌌다.

"1층으로 내려가죠."

"가만히."

얇은 셔츠의 면을 뚫고 속삭이는 그의 숨결이 어깨를 간질였다.

"씻겨 내려가게 놔둬요."

손가락만큼 굵은 빗줄기가 한 치 앞도 보이지 않을 정도로 쏟아져 내렸다. 결 좋은 실버블론드의 머리칼이 비에 젖어 제 색을 잃고 축 늘어졌다. 그의 어깨를 감싸고 있던 레인의 손이 충동적으로 빛을 잃은 머리칼 위에 얹어졌다.

불쑥 나오려는 물음을 입술을 깨물며 참았다. 다시는 되돌릴 수 없을 거라고 본능이 경고했다. 이 남자에 대해 궁금해하면 안 된다. 그레이의 말대로 늑대의 영역에 발을 딛는 어리석음을 범해서는 안 된다.

하지만 당신은 무엇을 씻어내고 싶은 거지?

비에 젖은 생쥐 꼴로 버스에서 내리자 기다렸단 듯, 언제 택시에서 바꿔 탔는지 세단을 몰고 그 앞에 선 그레이 덕택에 호텔까지 더 이상 비를 맞지 않고 올 수 있었다.

"투어버스에는 비를 피할 1층도 분명 있는데 왜 이 비를 굳이 다 맞고 2층을 지키셨는지 모르겠네요."

'게다가 산성비일 텐데. 각하가 대머리가 되면 어쩌지'란 말로 끝맺음을 하며 그가 안경을 추켜올렸다. 차마 가브리엘에겐 뭐라고 투덜대지 못하고 그가 자신의 방으로 씻으러 들어가자 레인에게 하는 말이었다.

꽤 오랜 시간 비를 맞다가 에어컨이 돌아가는 호텔 안으로 들어오니 몸이 좀 으슬으슬했다. 아무리 여름이라도 이대로 방치했다간 감기를 피할 수 없을 거란 생각에 레인 역시 씻으러 들어가려다 생각나는 게 있어 멈췄다.

"그레이 씨."

"네."

"'너희 죄가 너흴 찾을 것이다'가 무슨 말이죠?"

그레이의 입가가 굳었다. 하지만 이내 아무렇지도 않게 대답했다.

"성경 구절입니다."

"그렇군요."

자신의 방으로 들어온 레인이 욕실로 바로 들어갔다. 뜨거운 물을 욕조에 가득 받으며 비에 젖어 달라붙은 옷을 벗었다.

뜨거운 물에 몸을 담그자 차갑게 떨어졌던 체온이 금세 돌아오는 느낌이었다.

나는 '죄'.

'나의 죄'도 아닌 스스로를 '죄'라 칭한 남자.

욕조 위를 톡톡 두드리던 손끝이 바르르 떨렸다. 의도치 않게 그의 밑바닥을 봤을 때와 비슷한 감정이었다.

그 말이 기억나자 레인이 크게 심호흡을 했다. 그리고 머리끝까지 완전히 물속으로 들어갔다. 호흡을 멈춘 채 생각하기 시작했다. 누구에게도 묻지 않고 스스로 알아내야 하는 것.

12년을 시리아에서 유년기를 보낸 남자. 영국인이면서 영국인이 아닌 남자. 시리아의 늑대라 불리는 남자. 스물두 살에 공작위를 계승받은 남자. 친구를 자신의 손으로 죽였다고 말하는 남자. 그의 목에 걸려 있던 낡은 십자가. 그리고 스스로가 '죄'인 남자.

단서가 너무 적었다. 이걸로는 그와 자신의 접점을 찾을 수 없었다.

"푸하―."

레인이 물 밖으로 고개를 내밀었다. 얼굴이 열로 인해 새빨갛게 달아올랐다. 뇌에 산소가 공급되자 또다시 생각이 느려졌다. 레인은 항상 생각을 정리할 게 생기면 욕조에 물을 받아놓고 그 안에 들어가서 정리했다. 숨도 쉬지 못하는 물속에 갇혀 있으면 머릿속에 이리저리 엉켜 있던 생각이 빠르게 정렬한다. 레인의 오래된 버릇이었다.

"시리아. 시리아라……."

왜 이 일의 시발점이 시리아란 생각이 드는 걸까. 그건 의혹이 아닌 확신이었다.

하지만 자신은 시리아와 어떤 접점도 없었다. 레인이 기억하는 한 시리아에서 그녀가 맡았던 임무는 없었다. 그리고 애초에 그가 시리아에 있었을 때는 레인 또한 학생이었다. 시기상으로 맞지 않았다.

"그럼에도 불구하고 시리아라……."

그때 문득 레인의 머릿속을 스쳐 지나가는 의문이 있었다.

그는 왜 12년 동안 살았던 시리아에서 갑자기 영국으로 돌아오게 된 걸까?

그레이는 지나가는 식으로 입을 열었지만 그가 왜 돌아왔는지에 대해선 말해주지 않았다. 레인이 욕실 바닥에 떨어져 있는 젖은 바지를 들어 올렸다. 주머니를 찾아 핸드폰을 꺼내는 손끝이 여전히 떨리고 있다는 걸 인지하지 못한 채 급하게 단축번호를 눌렀다.

"나야, 니콜."

[이 밤에 무슨 일이야?]

레인이 갑자기 밤에 전화를 걸자 무슨 일이 있나 싶어 당황한 니콜의 목소리가 핸드폰 너머로 들렸다.

"알아봐 줬으면 하는 게 있어."

[응? 내가 알아볼 거?]

"네가 제일 빠를 것 같아서."

사적인 부탁은 하지도, 받지도 않는 게 레인이 아니었던가. 니콜이 당황한 목소리로 물었다.

[뭐야? 무슨 일 있는 거야?]

"별일 아냐. 16년 전 시리아에서 있었던 일에 대한 기록이 필요해. 공식적인 기록과 비공식적인 기록 모두."

[16년 전?]

"영국의 가브리엘 서머셋 공작에 대해서도. 그의 어머니인 공작 부인이 고고학자라고 알고 있어. 16년 전 그녀가 시리아의 어디에서 발굴 작업에 참여했는지, 그 주변에서 무슨 일이 일어났는지 알아봐 줘."

[가브리엘 서머셋이라면…… 설마 어제 온 그 남자가 공작이었어? 영국의?]

"자세한 건 나중에 만나서 이야기해."

[시간이 좀 걸릴지도 몰라. 일단 알아보는 대로 연락할게.]

"고마워, 니콜."

[정말 괜찮은 거지, 레인?]

"난 괜찮아."

[그래, 그럼 됐어. 전화할게.]

전화를 끊고 레인이 숨을 몰아쉬었다. 또다시 명치끝이 시큰거렸다. 이를 질끈 물었다. 이 두근거림은 그의 소원을 먼저 찾을 수 있을지도 모른다는 희열일까? 반드시 그래야 했다. 그는 이틀 만에 레인의 삶을 휘저어놓았다. 문득문득 자신이 방심하고 있는 사이 그 좁은 틈을 파고들었다.

또다시 그가 말한 가장 밑바닥을 마주한다면 어떻게 될지 알 수 없었다.

　사흘, 나흘, 그리고 마지막 계약기간의 종료 날에는 무엇이 바꾸고, 자신은 무엇을 알게 되는 걸까.

# 7.

이성이 버린 환상은 믿을 수 없는 괴물들을 만들어낸다.
— 프란시스코 고야

새벽녘에야 겨우 잠이 들었다. 한 번 잠이 들면 깊은 숙면에 빠지건만 이날따라 일어날 시각이 아닌데 눈이 떠졌다. 몸을 뒤척이다 낯선 것을 껴안았다. 베개 같은 것이 아니었다. 레인은 가만히 눈을 뜨고 어둠에 어느 정도 익숙해지자 자신이 안고 있는 것을 내려다보았다. 시트에 둘둘 감싸져 있는 커다란 사람의 인영.

굳이 들춰보지 않아도 저 안에 뭐가 있는지 알 것 같은 기분은 뭐지.

시트를 걷었다. 어둠 속에서 봐도 뽀얀 뺨에 그의 머리칼이 흩어져 있었다. 죽은 게 아닐까 싶을 정도로 미동도 없이 몸을 웅크리고 그가 자신의 침대에 누워 있었다.

눈을 감고 있으니 정말 흠잡을 데 없는 인형이었다. 그가 사람이라는 걸 몰랐다면 손가락으로 숨 쉬는 걸 확인하고 싶을 정도로.

"눈알 굴러가는 거 보여요."

그의 귓가에 조용히 속삭여 준 뒤 시트와 함께 그대로 발로 차 버렸다.

쿵!

"왜 또 명치를……."

가브리엘이 반쯤 일어나다 이내 허리를 펴지 못하겠는지 침대에 상체만 털썩 엎드리며 원망스럽게 말했다.

"그래도 친절하게 시트를 걷어준 제 인격에게 고마워해요, 엘. 베개 아래 있는 글록으로 시트 채로 쏴버릴까 잠깐 고민했으니까."

침대에 얼굴을 파묻고 부비적거리다가 고통이 어느 정도 가셨는지 가브리엘이 얼굴만 빼꼼 들었다.

"설마……."

그가 말끝을 흐리며 고개를 갸웃했다.

"설마 같은 건 없어요. 당신 방으로 돌아가요."

"이런 플레이 좋아해요?"

새벽이라 평소보다 더 낮은 톤으로 그가 진지하게 물었다. 잠깐 잠이 덜 깨 저게 무슨 말인가 생각하다 깨닫고 나선 기가 막혀 말이 나오지 않았다.

"미안해요. 처음에 얻어맞았을 때 진작 눈치챘어야 했는데. 아, 정말 어쩌지."

그가 시무룩한 얼굴로 고개를 푹 숙이며 사과했다. 그리곤 가브리엘이 부끄러운 듯 다시 한 번 침대 위에 얼굴을 푹 파묻었다 벌떡 일어났다.

"심하게 취향 저격인데."

그가 벌떡 일어나자 반쯤 두르고 있던 시트가 바닥으로 툭 떨어졌다. 굳이 확인하지 않아도 건장한 남자의 나신이었다. 그가 쫄쫄이 타이즈를 입고 자는 취미가 있는 게 아니라면 보이는 실루엣은 누가 봐도 태초의 모습이 분명했다.

아래쪽으로 자신도 모르게 향하는 본능적인 시선을 필사적으로 붙들고 레인이 베개 머리맡을 한 손으로 뒤적였다. 그리고 그와 동시에 떨어진 시트를 주워든 가브리엘이 맨 손으로 쫙쫙 시트를 찢기 시작했다.

레인이 총을 겨눈 것과 그가 찢어진 시트조각을 내민 것은 거의 동시에 일어난 일이었다.

"묶어요. 꽉 묶어야 해요."

생각보다 매혹적인 제안이었다.

묶어놓고 때릴까.

"내가 풀면 레인이 묶이는 거예요."

때 묻지 않은 해맑은 얼굴로 그딴 저질스러운 말 내뱉지 마.

누군가 봤다면 사랑스러울 게 분명한 미소로 그가 환하게 눈 앞에서 웃고 있었다. 레인은 그가 두 손을 냉큼 내미는 걸 사양하지 않고 그가 찢어놓은 시트로 동여맸다.

"그냥 레인이 자는 모습만 보러 들어온 건데. 이럴 마음은 정말 없었는데."

묶이고 있는 주제에 입은 살아서 조잘댄다.

때릴 거다. 정말 때릴 거다. 이건 빼도 박도 못하는 성희롱하는 상사였다. 애초에 나체로 자신의 침대에 가랑비에 옷 젖듯 스며든 것 자체가 불순한 의도다.

"키스부터 시작하는 게 좋겠어요. 나는 처음이니까 살살 해주세요."

얼굴과 어울리지 않는 저 상스러운 입에 재갈부터 물려야겠다. 그가 찢어놓은 시트 조각을 하나 더 들고 다가오는 레인에게 수줍은 음성으로 말했다.

"어서요."

"……왜 내가 변태가 되는 분위기죠?"

그 사실을 문득 깨달은 레인이 얼어붙었다. 그는 교묘하게 자신을 변태로 몰아가고 있었다. 저 요망한 세 치 혀를 틀어막으려는 찰나였다.

똑똑—

그레이가 노크와 함께 방문을 벌컥 열어젖혔다. 그리고 이내 벽에 있는 전등의 스위치를 켜려는 순간 레인이 소리쳤다.

"몹쓸 물건을 보고 싶지 않으니까 켜지 마세요!"

"몹쓸 물건……?"

응접실에서 쏟아지는 빛이 불을 켜는 것 못지않게 방 안을 환하게 밝혔다. 그리고 그레이는 침대 위에 알몸으로 손이 묶인 채 누워 있는 가브리엘을 발견했다.

"……각하께서 방에 계시지 않길래 말리겠다는 일념 하나만으로 다급하게 뛰어들었건만."

그레이가 배신감이 물씬한 눈빛으로 레인을 바라보았다.

"각하의 정조가 위험한 겁니까?"

"아닙니다! 아니라고요!"

"농담입니다. 조―크. 각하께서 레인 씨가 미열이 있는 것 같다고 체온계를 가져오라고 하셨거든요."

그리고 이내 아무렇지도 않게 손에 들린 체온계를 내보였다.

"그런데 정말 이런 상황은 저도 조금 당황스럽군요."

"들었죠? 나는 정말 순수한 의도였어요."

천사 같은 얼굴로 자신은 피해자라고 중얼거리는 가브리엘로 인해 레인은 순식간에 가해자가 됐다.

"계속할 거예요?"

유일하게 이 자리에서 낯이 가장 두꺼운 사람이 레인의 아래에서 뻔뻔스레 입을 놀렸다.

힘겹게 지은 매듭을 풀어주자 그가 자리에서 일어나 바닥에 던져 놓은 나이트가운을 몸에 걸쳤다.

"잠시 체온을 재겠습니다."

그레이가 다가와 레인의 귓가에 체온계를 가져다 댔다.

"37.5도네요. 해열제도 같이 가져왔는데 지금 드시겠습니까?"

"열이 아니라 혈압 상승으로 인한 일시적인 현상이에요. 됐습니다."

묶여 있던 손목을 가볍게 돌려보며 가브리엘이 말했다.

"그럼 푹 자요, 레인."

시트조각들로 넝마가 된 침대 위에서 푹 자라니. 오늘 잠은 다 잤다.

그레이가 먼저 나가고 마지막으로 문을 닫고 나가려던 가브리엘이 이내 생각났다는 얼굴로 뒤를 돌아보며 물었다.

"그런데 몹쓸 물건이란 건 내 물건을 말하는 건가요?"

"제가 거기에 답하기 전에 왜 알몸으로 제 침대에 기어들어 왔는지부터 설명하셔야 될 것 같은데요."

짧은 침묵이 흐르는 가운데 레인의 손에서 글록이 장전되는 소리가 유독 크게 울렸다.

"계속 서 계실 거면 변명해 보세요. 아마 그 입보다 제 총알이 더 빠를 거라고 장담하죠."

"뭐, 서로 마지막 대화는 잊도록 해요."

그가 재빠르게 방문을 닫고 나갔다. 방 안이 다시 깜깜해지자 긴장이 탁 풀렸다. 레인은 푹신한 베개에 깊이 몸을 뉘이고 나서야 깨달았다.

지난 밤 내내 자신이 긴장하고 있었다는걸.


레인의 방을 나오자마자 가브리엘의 얼굴에서 표정이 사라졌다. 이미 응접실에서 그를 기다리고 있는 그레이의 얼굴도 딱딱하게 굳어 있었다. 이런 날에는 잠들지 못하는 가브리엘을 알고 있었다. 사실 요 며칠 레인 크로포트와 만나는 동안 가브리엘이 거의 잠들지 못했다는 사실을 아는 그레이는 입에서 나오는 한

숨을 애써 눌러 참았다.

그가 10년 넘게 봐 온 익숙한 모습이었다. 표정 하나 없는 인형 같은 얼굴로 소파에 앉아 등받이에 길게 몸을 뉘이며 눈을 감은 가브리엘의 모습은 이질적으로 보였다.

처음 그를 본 순간과 비슷했다. 대대로 서머셋가의 가신(家臣)인 그레이는 스무 살이 되었을 때 열여섯 살인 가브리엘과 처음 조우했다. 그때도 그는 지금처럼 누가 오든 말든 소파에 길게 누워 눈을 감고 있었다. 그 모습이 나이 차가 많이 나는 여동생이 가지고 놀던 단백질 인형과 너무 똑같아서 그레이는 저도 모르게 눈을 감고 있는 그 얼굴에 손을 댔다.

곧바로 눈을 뜬 인형의 얼굴이 사나워진 것은 순식간이었다. 손이 비틀리고 그가 방금까지 누워 있던 소파에 얼굴이 처박힌 채 들은 첫마디는 '목, 따줄까?'였다. 그게 진심이란 걸 깨달은 건 뒤늦게 온 공작 부인이 어쩔 수 없단 얼굴로 소파에 있는 쿠션을 집어 들고 가브리엘을 가격했을 때였다.

그래, 그때 공작 부인이 이렇게 말했었다.

"목은 자르면 안 돼. 앞으로 널 평생 동안 보좌할 아이니까."

그 말에 순순히 손목을 놓은 가브리엘의 뒤통수를 몇 번 더 쿠션으로 가격한 공작 부인을 보고 그레이는 다른 의미로 충격을 받았었다.

목 말고 보좌하는 데 필요 없는 다른 건 잘라도 되는 거냐고 묻고 싶었다.

어떻게 보면 서머셋 공작보다 공작 부인을 닮은 가브리엘이었다.

그레이가 천천히 불편한 자세로 늘어져 있는 가브리엘의 이마 위에 손바닥을 올려놓았다. 자는 것처럼 보여도 그 신경만큼은 날카롭게 세워져 있다는 것을 안다.

"사냥 준비가 끝났습니다, 각하."

그레이는 그저 가신으로서 가브리엘을 '돕는 자'였다. 그는 얼마든지 날뛰어도 된다. 그래서 그가 완전해질 수 있다면 뒤처리는 자신의 몫이었다.

"손 치워."

방금 전까지 레인에게 다정하게 말하던 모습이 흔적도 없이 사라진 싸늘한 목소리로 가브리엘이 말했다.

예전과 지금 바뀐 게 있다면 이거였다. 그땐 '목, 따줄까?'였지만 이제는 '손 치워'. 그 미묘한 변화가 즐거워진 그레이가 희미하게 웃었다.

"정말 보여주실 겁니까?"

그렇게 묻는 그레이의 시선이 레인의 방을 향해 있었다. 그레이에게 레인 크로포트라는 여자는 파악되지 않은, 신원은 확실하지만 미심쩍은 그런 여자였다. 가브리엘이 보내는 '호의'를 이상할 정도로 덤덤하게 받아들이는 여자.

그 '호의'는 일반인이 보기엔 정상적인 것이 아니었다. 그레이는 가브리엘이 누군가에게 그런 '호의'를 보이는 건 처음 봤다. 최소한의 신체 접촉 말고는 타인과 닿는 것을 결벽증에 걸린 것처럼 싫어하는 가브리엘이 레인이라는 여자에게 온몸을 던지고 있었다.

"나는 이미 탐색전을 끝냈어."

천천히 눈을 뜬 가브리엘이 나른한 사냥꾼의 눈빛을 했다.

그를 직시하던 레인의 검은 눈동자. 그 안에 도사리고 있는, 잔뜩 몸을 낮추고 소리 내는 것조차 잊은 채 수천 겹의 장막을 덮어쓴 그것.

"나는 그것을 깨워볼 생각이야."

방향이 어떻게 흘러갈지는 가브리엘도 예측할 수 없었다. 아마도 가장 높은 확률은 그녀가 자신을 죽이려 할지도 모른다는 것.

"제가 근처에 있겠습니다."

"넌 필요 없어."

그건 온전히 가브리엘과 레인의 시간이었다. 그 시간을 방해받고 싶지 않아 가브리엘이 인상을 찌푸렸다.

"무엇이 더 중요한지 알 수가 없군요."

가브리엘이 레인을 얻고자 한다면 그의 사냥을 포기해야 한다. 둘 다를 얻을 수는 없는 법이었다. 그걸 누구보다 잘 알고 있을 가브리엘이 처음으로 이성에게, 호감을 보여서는 안 될 상대에게 온 힘을 다해 호감을 보이고 있다. 이것이 잘된 일이라고 웃어야 할 일인지 그레이는 판단할 수 없었다.

"그래. 아직은 아무것도 알 수 없지."

가브리엘이 손바닥으로 천천히 자신의 왼쪽 가슴을 꾹 내리 눌렸다. 사냥을 앞둔 밤에는 항상 그랬다. 필요 이상으로 뛰어대는 심장을 진정시키기 어려웠다. 마치 가슴을 찢고 튀어나올 것 같은 심장을 내리누르며 한숨이 고통처럼 흘러나왔다.

"그녀가 각하의 기준에 미치지 못할지도 모릅니다. 경찰서에 증인으로 출석할지도 모르죠."

물론 그렇게 된다면 가브리엘이 나설 필요도 없이 자신이 그녀의 목숨을 거두겠지만 아무래도 그 최악의 수는 생각할수록 씁쓸했다.

"내가 기대하는 것 같아?"

"몹시요."

"아아……"

가브리엘의 목울대가 울리며 큭큭거리는 웃음소리가 비어져 나왔다. 눈은 전혀 웃지 않은 채로 싸늘하게 빛났다. 왼쪽 가슴을 쥐어뜯을 것처럼 움켜쥐고 낮게 웃는 소리는 마치 짐승이 울부짖는 것처럼 들렸다.

그레이가 결국 그 시선을 마주하지 못하고 테이블로 시선을 돌렸다. 레인이 아침에 보고 있었던, 미성년자인 딸의 친구와 성관계를 맺었다는 돌이킬 수 없는 추문에 휩싸인 크레이브 상원의원의 불륜 현장이 담긴 타블로이드지가 보였다.

레인은 새벽에 겪은 일로 인해 늦은 아침까지 늑장을 부리고 있었다. 아침은 건너뛰었고, 그레이도 오늘의 스케줄은 밤에 있는 자선파티 하나뿐이라고 해서 휴식 같지 않은 휴식을 자신의 방에서 만끽하고 있었다. 첫날 그가 말했던 파티가 오늘이었나 보다. 약혼녀 이야기는 거짓, 파티는 진실. 적절하게 거짓과 진실을 섞어 말하는 재주에 짧은 감탄을 보냈다.

있지도 않은 그의 약혼녀 역할이라니.

꼭 약혼녀 역할이 아니더라도 어쨌든 파트너가 필요한 자리라며 부탁하는 그레이의 표정은 복잡해 보였다.

레인이 베개 하나를 끌어안고 피식 웃었다.

며칠 전의 자신이 이런 감정 노동을 할 줄 알았다면 이 제안을 받는 순간 뒷걸음질로 도망가 100미터는 떨어졌으리라.

"하……."

의미를 알 수 없는 한숨이 터져 나왔다.

레인의 시선이 방문의 손잡이에 박혔다. 그 손잡이를 열고 누군가 들어오길 바라는 마음 반, 바라지 않는 마음 반으로.

편하다가도, 그렇게 생각한 스스로가 등신이라고 비웃을 정도로 사람이 뒤바뀐다. 세상에 이렇게 불편한 사람은 없을 거라는 듯.

머릿속이 복잡했다. 지난 이틀 동안 자신은 무엇을 본 걸까?

모든 면을 보았으나 또한 보지 못했다. 그는 낯설면서도 익숙하다. 한 번씩 그의 눈을 마주할 때마다 미처 방어하지 못한 내면의 깊숙한 부분을 날카로운 칼날로 깊게 찌르는 기분이 들었다. 심지어 자신의 내면이 무방비하게 공격당하면서도 어느 부분이 어떻게 찔리고 있는지 레인은 알 수 없었다.

모든 것을 끝내겠다 마음먹은 그 순간에 거짓말처럼 눈앞에 나타난 남자가 네 삶은 꿈이었다는 듯 그녀를 휘둘러 댔다.

위험한 남자.

어쩌면 자신이 지금까지 살아온 인생을 송두리째 뽑아 세상에 레인 크로포트라는 흔적 하나 남기지 않고 사라지게 할지도 모른다.

그런 생각이 자연스럽게 들 정도로 위험한 남자였다. 머릿속에서 경고등이 켜진 지는 오래 됐다. 그가 브레이크를 밟지 않은 그 순간부터였다. 이 남자는 어쩌면 모든 것을 걸고 있는지도 모르겠다고. 이 남자가 거는 것에 자신은 포함되어선 안 된다고.

가브리엘이 어떤 거대한 사냥을 하는지 레인은 짐작조차 할 수 없었다.

사냥을 하기 위해 스스로 늑대가 된 남자.

똑똑—

"네."

잠시 레인의 대답을 기다리다 응답이 들려오자 문을 연 것은 지금까지 자신이 생각하고 있던 남자였다. 새벽의 일은 이미 잊은 듯 당당한 걸음으로 들어와 그녀의 앞에서 빙글 한 바퀴 우아하게 발끝을 들어 돌아보였다. 이제 지금 무슨 상황인가 싶어 레인이 턱을 괴고 가브리엘을 바라보았다.

"어때요?"

"뭐가요?"

그는 뭔가 마음에 들지 않는지 미간을 찌푸렸다.

지금 그는 평소의 편한 옷차림이 아닌 검은 연미복을 입고 있었다. 흰색 실크 보타이에 검은 옥스퍼드화를 신고 다시 한 번 레인의 앞에서 천천히 돌았다.

"펭귄 같지 않아요?"

"연미복이니 어쩔 수 없죠."

보타이가 답답한 듯 신경질적으로 한 번 잡아당긴 가브리엘이 질렸다는 얼굴로 혀를 내둘렀다.

"이 날씨에 이렇게 차려입으라니 미친 거죠."

그 말에는 공감하는 레인이 고개를 끄덕였다.

첫 번째 태풍이 지나가고 밤부터는 두 번째 태풍의 영향권 안에 들어간다고 했다. 아마도 밖은 두 번째 태풍이 오기 전까지 엄청나게 습하고 더우리라.

그가 연미복을 벗어 한쪽에 던져 버리고 이내 베스트도 벗어 버렸다. 그리고 흰 셔츠 차림으로 레인의 침대 끝에 걸터앉았다. 두 팔로 등 뒤를 받치고 허리를 있는 대로 길게 뻗어 반쯤 눕다시피 앉은 그가 고개만 돌려 레인을 응시했다.

짙고 숱 많은 실버블론드의 속눈썹이 푸른 눈동자 사이로 드리워졌다.

"잠 못 잤어요?"

별로 묻고 싶지 않았는데 불쑥 튀어나온 질문이었다. 묘하게 그의 주변 공기가 가라앉아 있었다.

"잠들 수 없는 밤이 레인에게도 있지 않아요?"

잠이 오지 않는 밤이 아닌 잠들 수 없는 밤이라.

레인이 그 말뜻을 되새겼다. 깃털처럼 가벼운 어조였지만 그 말은 결코 가볍지 않았다.

그때 그가 불쑥 손을 내밀어 레인의 이마에 가져다 댔다. 전혀 놀라지 않고 그 자리에 가만히 있자 가브리엘이 입꼬리를 올렸다.

"이제 열은 없네요."

아침에 일어나니 밤새 있었던 미열은 깨끗하게 사라졌다. 그것을 확인했음에도 이마 위에 오른 차가운 손은 쉬이 떨어지지 않았다. 손가락이 살살 이마 위 머리끝을 쓸었다.

"나에 대해서는 알아봤어요?"

그는 이미 자신이 조사를 시작했다는 사실을 알고 있었다.

"아직요."

레인 역시 숨길 생각은 없었다.

손가락이 천천히 이마를 지나 콧등을 훑고 내려왔다. 코의 끝 부분에서 장난스럽게 꾹 한번 손가락으로 누른 그가 이내 입술로 관심을 옮겼다. 아직 아물지 않은 상처의 윗부분을 간지럽게 쓸고 지나친다.

"직접 물어봐요. 내가 대답해 줄지도 모르잖아요?"

"퍽이나."

레인이 피식 웃었다. 그 피식거리는 웃음에 입술이 올라가자 기다렸단 듯 얼굴에 머물러 있는 손가락이 다시 자신의 입술 위에 와 닿았다.

"세상에는 닮은 사람이 세 명은 있대요."

그가 속삭이듯 입을 열었다.

"도플갱어라고 하죠?"

그가 어떤 시선으로 자신을 보고 있는지 알 수 없었다. 그의 말을 듣자마자 레인은 눈을 감아버렸다. 여전히 가브리엘의 손가락이 입술 위에 있었다.

"나는 이제야 알겠는데."

새벽과는 다른 의미로 저 입을 막고 싶었다.

"너무 익숙해서 낯설었단 말이야. 거울을 보는 것 같아서 불쾌하고, 하지만 결국 다시 마주하고."

고저 없는 목소리의 마지막은 혼잣말이었다.

레인은 고집스럽게 눈을 감고 있었다. 눈을 뜨면 또다시 보지 않아도 될 것을 볼지도 모른다. 그런 기분이 들었다. 목소리 어디에도 찾아볼 수 없는 웃음기에 눈을 감아버리는 것을 택했다.

"거울은 마주봐야 하는 거잖아요. 안 그래요?"

선악과를 따라 종용하던 뱀의 목소리가 이처럼 달았을까 싶을 정도로 달콤했다. 굳이 눈을 떠 보지 않아도 가브리엘이 가까이 다가와 자신의 얼굴 위로 차가운 숨을 내뿜고 있다는 것을 알았다.

"눈 좀 떠봐요, 레인."

왜 이 남자에게 약해지는 걸까.

처음부터 그랬다. 그가 자신의 얼굴을 똑바로 마주보고 '제발요'라고 말했을 때부터 레인은 가브리엘에게 무너졌다.

처음엔 며칠 걸리지 않는 간단한 일이었기에 스스로가 초인적인 인내력으로 참아주고 있다고 여겼다. 하지만 이제는 그게 아님을 알고 있었다.

도플갱어.

레인이 천천히 눈을 떴다. 바로 앞에서 자신을 물끄러미 바라보는 그 청아한 눈과 마주했다.

"살면서 도플갱어를 만나면 죽는다고 하죠."

가브리엘과 자신이 닮았다니, 밖에 있는 그레이가 비웃을 일이었다. 절대 인정할 수 없었다.

"죽게 되는 건 그럼 어느 쪽일까요?"

가브리엘의 순수한 물음에 레인은 문득 이 임무 직후의 예멘의 일을 떠올렸다.

쉽사리 입을 열 수 없었다. 입을 열면 그게 현실이 될 것만 같았다.

"글쎄요."

"물어보고 싶은 게 있어요, 레인. 너무 궁금해서 잠이 오지 않았어요."

"말해요."

그렇게 대답하면서 레인은 저도 모르게 마른침을 삼켰다. 그가 무엇을 물어올지 짐작도 할 수 없었기에.

"당신의 세상도 고요한가요?"

가브리엘이 바로 눈앞에서 살짝 고개를 갸웃하며 무심히 물어왔다. 갑자기 숨이 턱 막혔다.

"내 세상은 너무 고요해요. 그 정적을 가끔 견딜 수가 없어."

그렇게 말하며 레인의 손을 들어 올린 가브리엘이 제 머리에 그 손을 툭 올려놓았다. 손바닥 사이로 실크보다 더 부드러운 머리칼이 만져졌다. 마치 그것을 쓰다듬어 달라는 듯 그가 레인의 손아래서 가볍게 고개를 흔들었다.

"고요한 세상이라……."

이럴 땐 영락없는 개였다. 가늘게 눈을 뜨고 그저 머리 위의 손길만 느끼고 있는 모습에 레인이 미미하게 웃었다.

"어떤 의미에선 그 세상이 부럽네요."

그가 내뱉은 고요한 세상이란 말을 너무도 잘 알아들었다. 알고 싶지 않아도 자연히 알게 되는 뜻하지 않은 사실. 정말로 이 남자와 자신은 닮은 걸까?

"부러우면 내 세상으로 올래요?"

은빛 머리칼을 기계적으로 쓸고 있는 레인의 손목을 다시 움켜쥔 그가 그 손바닥에 입술을 맞추며 물었다.

"당신은 꼭 개 같아요."

마음속에 있던 말을 불쑥 레인이 내뱉었다. 그래, 첫날에도 이런 생각을 했었다. 하지만 내뱉고 보니 어감이 이상해서 덧붙였다.

"큰 개."

"딴소리는. 그레이가 들으면 아마 크게 웃을걸요."

"저도 그 생각했어요. 개 같은 온순한 동물과 비교했다고 아마도 개에 대한 모욕이라고 하지 않을까요."

왠지 가브리엘이 들어오며 열어놓은 문 반대편에서 보이지 않는 그림자가 움찔한 것 같다고 느낀 건 착각이리라.

레인이 엷게 웃었다. 여전히 가브리엘은 그녀의 손바닥에 얼굴을 묻고 있었다. 그가 입을 열 때마다 손바닥 안쪽에서 움직이는 입술의 촉감이 고스란히 느껴졌다.

너무도 자연스럽게 스킨십을 해온다. 자신이 피해봤자 그는 하고자 하는 걸 기어이 할 사람이란 걸 알기에 어느 순간 익숙해져 버렸다. 이게 이 남자의 능력인 걸까?

"확실히 개는 아니죠."

레인이 의미 없이 그 말을 중얼거렸다. 부드러운 입술이 다시 한 번 손바닥 깊숙이 박혔다. 그리고 슬쩍 고개만 들어 그가 레인을 올려다보았다. 그가 표정 없이 조용히 눈을 빛낼 때마다 그레이가 말했던 동물이 연관돼 생각났다.

사냥을 시작한 늑대. 그 뜻을 생각하자 레인의 등줄기로 차가운 것이 훑고 지나갔다. 가브리엘은 지금 웃고 있었지만 그의 몸을 감싸고 있는 기류를 알아차릴 수 있었다. 그저 잠을 잘 못 잤냐고 물었던 자신이 어리석을 정도로 그 기류는 확실했다.

사냥의 전조(前兆)였다.

무엇을?

그는 지금 무슨 일에 자신을 끌고 들어가려고 하는 거지?

"그레이가 말해줬나 보군요. 괜찮아요, 레인. 늑대도 개과니까요."

"그레이 씨는 제게 당신의 영역에서 언제라도 발을 뺄 수 있다고 했어요."

그러니 날 끌고 들어가지 마.

"우습죠? 시리아의 늑대라니. 그 말을 듣고 정말 한참을 웃었다니까요. 하지만 나는 그 별명이 무척이나 마음에 들어요. 내가 어디에서 태어나 자랐고, 왜 시리아를 떠날 수밖에 없었는지 잊지 않게 해주거든요."

천천히 허리를 곧추세운 그가 길게 기지개를 켰다. 그것이 금방이라도 사냥을 시작할 생생한 늑대의 움직임 같아서 레인은 움직일 수 없었다. 주변의 공기가 나른해졌다. 하지만 관자놀이를 타고 식은땀이 툭 떨어졌다.

나른한 공기의 이면은 팽팽하게 당겨져 있는 활의 시위와도 같았다. 무자비한 화살이 사냥감을 잔인하게 꿰뚫기 위해 기다리고 있었다. 그 화살이 가리키는 게 자신이 아니라는 것은 안다.

가브리엘의 손바닥이 얼어있는 레인의 볼을 가볍게 어루만졌다.

"내 영역에서 발을 빼고 말고는 영역의 주인인 내가 결정하는 거 아닐까요?"

그레이가 잘못 알고 있는 게 있었다. 처음부터 그는 그의 영역에서 자신을 놔줄 생각이 없었다. 그의 목소리가 심장의 뒤편에가 박혔다. 눌러오고 외면해 오던 어떤 것에 찌적거리며 금이 갔다.

그리고 자신은 처음부터 눈앞의 남자를 결코 피할 수 없을 거라는 걸 알고 있었다.

그저 모른 척했을 뿐.

파티가 열리는 저택으로 향하는 리무진 안은 쥐죽은 듯 고요했다. 맞은편에 앉은 그레이는 이럴 때 입을 열지 않는 게 상책이란 걸 아는지 태블릿에서 시선을 떨어트리지 않고 있었다. 가브리엘과 레인은 나란히 앉아 서로 다른 창밖을 보고 있었지만 여전히 손은 마주 잡은 채였다. 보통 사람의 체온보다 낮은 서늘한 손. 마치 이 남자의 마음의 온도를 체온이 말해주고 있는 것 같았다.

"아……."

레인은 귓불이 간지러워 무의식적으로 손이 귓가에 가려다 그가 잡고 있는 걸 깨닫고 움찔했다. 창밖을 주시하던 가브리엘이 고개를 돌려 레인을 바라보았다.

"왜요?"

"귀가 간지러워서요."

오른쪽 귀가 간지러웠는데 잡고 있는 손 때문에 왼손으로 귀걸이 주변을 긁었다.

"귀가 부었어요."

필요 이상으로 가까이 다가온 가브리엘이 귓불을 살폈다.

점심을 먹자마자 폭풍 같은 오후를 보내느라 파티에 가기도 전에 녹초가 된 레인이었다. 가브리엘의 스타일리스트란 여자가 자신의 팀이라며 여섯 명을 우르르 끌고 와서는 페디큐어, 매니큐어, 전신 마사지, 피부 관리, 헤어, 메이크업, 드레스, 액세서리까지 머리끝부터 발끝까지 완벽하게 레인을 가브리엘에게 어울리는 파트너로 만들어 놓았다. 레인은 드레스룸을 채워 넣은 것도 자신이라며 뿌듯하게 말하는 스타일리스트의 프로페셔널한 직업 정신에 혀를 내둘렀다. 가브리엘이나 그레이에게 항의하려 했지만 그쪽도 그쪽 나름대로 스타일리스트가 붙어서 자신과 비슷한 상황을 경험 중이라 그러지 못했다.

귀도 뚫지 않았건만 그녀가 입은 드레스에서 귀걸이를 안 하는 건 있을 수 없다며 즉석에서 '엇' 하는 사이 귀까지 뚫렸다.

알레르기 반응인지 귀가 가려웠다. 가브리엘이 귀걸이를 빼주며 낮게 혀를 찼다.

"간지러워요?"

"조금."

왼쪽 귀의 귀걸이를 직접 빼며 레인이 대답했다. 그러자 비스듬히 고개를 숙인 가브리엘의 입술이 오른쪽 귓불을 삼켰다. 끈적거리는 소리와 함께 혀가 귓불의 앞뒤를 끈적하게 쓸었다.

어깨 위로 돋는 소름에 레인이 얼른 몸을 뒤로 뺐다.

"이 개변태가 진짜!"

손을 잡고, 갑자기 끌어안고, 손바닥에 입술을 묻고, 심지어 알몸으로 옆에 누워 있어도 참을 수 있었다. 하지만 이건, 이건! 아직도 그의 숨결이 남아 있는 것 같은 귓불을 손바닥으로 세게 문지르며 레인은 다른 한 손으론 가브리엘의 멱살을 잡았다. 실크 보타이를 잡아당기자 눈앞으로 딸려온 그의 상체에 레인이 고개를 숙였다.

그리고 그가 했던 것과 똑같이 숨을 불어넣으며 귓불을 입술로 잡아당겼다.

"느껴져요?"

레인이 물었다.

"날 또 세울 셈이에요?"

가브리엘이 웃음을 참으며 대답했다.

"이런 식으로 귓가를 자극하면 소름이 돋고 불쾌해요. 그걸 알란 말이에요."

직접 겪어보지 않으면 모른다. 말로 백 번 해도 이 남자는 알 수 없으니 그걸 알려주기 위해 홧김에 직접 저질렀다. 레인이 그에게로 반쯤 숙였던 상체를 다시 제자리로 돌려 앉으려 했을 때 가브리엘이 자연스럽게 허리를 잡아왔다.

"보통 성감대라고 하지 않나요? 불쾌할 리가."

"난 아니에요."

둘 다 반쯤 서로를 향해 상체를 돌리곤 이야기하고 있었다.

"한 번 더 해줘요."

"……."

"이번엔 확실히 레인이 말한 불쾌감을 느껴보도록 할게요."

가브리엘의 얼굴 전체에 참을 수 없는 웃음이 번졌다. 가늘게 떨리는 눈동자까지 완전히 웃는 것을 보고 레인은 전의를 상실했다.

"부탁이 있어요, 엘."

"무엇이든."

"계약기간이 끝나면 얼굴 한 대만 때려도 되나요? 내게 법적 책임을 묻지 않을 거라 말해줘요."

"얼마든지요. 그 말은 계약 기간이 끝나면 우리는 좀 더 편한 사이가 된다는 말이군요."

편한 사이?

레인이 코웃음 쳤다. 계약 기간이 끝나자마자 자신은 그날 아침 비행기로 예멘으로 갈 예정이다. 이 남자를 다시 볼 일은 없다. 마지막 일이 무사히 끝난다면 완벽히 잠적할 생각이었다.

"그렇다면 계약 기간이 끝나면 내가 조금 난잡해져도 상관없다는 말과 동의어죠? 나는 지금 아주 많이 참고 있거든요, 레인."

마지막 말에서 열기가 느껴졌다. 에어컨이 돌아가고 있는 차 안이 그가 내뿜는 열기로 인해 숨이 막히는 기분이었다. 결코 농담이 아니었다. 이 남자는 언제나 자신의 기분을 너무도 솔직하게 이야기했다.

"서로 난잡하게 놀아보죠."

그가 말하는 난잡과 자신이 말하는 난잡의 의미는 다를 게 분명했지만 레인은 피하지 않았다. 서로의 시선이 부딪혔다. 명백한 즐거움이 가득한 시선과 뒤늦게 후회하는 시선이었다. 가브리엘은 마주한 시선을 돌리지 않았다. 세상을 다 산 것 같은 무감한 시선이 이렇게 아이처럼 변할 때 레인은 당황스러웠다.

"……하하, 하하하하―."

먼저 웃음을 터트린 건 가브리엘이었다. 그 눈꼬리가 너무 예쁘게 휘어져 뒤늦게 그걸 보던 레인도 그의 어깨를 잡고 웃음을 터뜨렸다.

"나중에 분명히 레인 성격에 이불 뒤집어쓰고 하이킥 할 텐데, 안 그래도 돼요."

나름 위로라고 가브리엘이 슬쩍 허리를 잡은 손을 등으로 옮겨 토닥이며 말했다. 굳이 뒤를 보지 않아도 꺽꺽거리며 반쯤 허리를 접고 웃고 있을 그레이의 모습을 그려볼 수 있었다.

"드디어 내 스킨십의 성과가 이렇게 돌아오다니. 정말 가르치는 보람이 있는 학생이군요, 레인은."

"……언어를 가르쳤던 선생이 누구였는지 모르겠지만 지금이라도 꼭 보너스 주세요."

이 남자는 정말 당해낼 수가 없었다.

"어머니가 들으면 정말 기뻐하시겠군요. 그렇지 않아도 충분히 서머셋가의 재산을 누구보다 열심히 쓰고 계시는 분이라 따로 보너스는 필요 없을 거예요."

그를 가르친 게 그의 어머니란 사실이 좀 놀라웠다. 그게 얼굴에 나타났는지 가브리엘이 친절하게 덧붙였다.

"난 학교에 다녀본 적 없거든요."

"그럼 내내 어머니께 배운 건가요?"

"필요한 지식은 모두 어머니나 그레이가 알려줬어요."

이 남자는 보통 귀족과는 달랐다. 체면에 민감한 그들이 어떤 교육을 받는지는 레인도 대충 들어서 알고 있었다. 모든 교육을 그들의 틀에 맞춘 학교가 아닌 어머니와 그레이에게 배웠다는 그가 영국 귀족 사회에서 어떤 대접을 받았을지 보지 않아도 알 수 있었다.

그레이가 이야기했던 게 이런 의미였구나.

"공황장애가 있었어요. 덕분에 학교를 가지 않아도 됐죠."

별일 아니라는 듯 그가 웃으며 대꾸했다.

"지금은요?"

"사라졌어요. 스트레스 요인이 뭔지 정확히 알고 있었거든요."

레인은 아직도 잡고 있는 그의 보타이에서 천천히 손을 뗐다. 셔츠 아래 있는 딱딱한 것이 손가락에 닿아 있었다. 항상 그가 착용하는 낡은 목걸이였다.

어느새 리무진이 저택 앞에 멈췄다는 것도 인지하지 못했다. 레인이 막 그에게 허리에서 손을 떼라고 할 때였다. 리무진의 문이 열리면서 낯선 소리가 들렸다.

"오늘 이 파티의 주인공께서 오셨는데 제가 직접 모시는 영광을…… 제가 방해한 건가요?"

나이 지긋한 중년 남자가 직접 리무진의 문을 열다가 안의 상황을 보고 곤란한 웃음을 머금었다. 그 중년 남자 외에 파티에 참가하는 게 분명한 몇 사람이 덩달아 리무진 안을 보고 입가를 가리며 웃었다.

"다시 문을 닫아드릴까요, 각하?"

이미 그와 친분이 있는 모양인지 친근하게 부르는 게 낯설지 않았다.

"그래주면 고맙겠군요, 윌리엄 의원님."

농담을 농담으로 받아들이며 가브리엘이 그제야 레인의 허리에서 아쉬운 듯 손을 뗐다. 그리고 그가 먼저 밖으로 나가 정중

223

히 레인에게 오른 손을 내밀며 에스코트 의향을 밝혔다. 어차피 한 번 보고 말 사람들이었다. 레인은 이 정도 망신은 망신도 아니라 생각하며 그가 내민 손을 맞잡았다.

"어머, 너무 귀여운 동양 아가씨네요. 이분은……?"

윌리엄 의원의 옆에 있는 그의 부인으로 보이는 중년 여자가 레인을 칭찬하며 자연스럽게 소개를 부탁했다.

"아직 약혼 전이지만 제가 진지하게 만나고 있는 상댑니다, 부인."

"한 번도 이런 파티에 누군갈 데려온 적이 없어서 난 우리 막내딸을 소개해주려 했어요, 공작님."

"부인을 닮았다면 정말 미인이었을 텐데요."

서로 마음에도 없는 말을 내뱉는 걸 한 걸음 뒤에서 보면서 레인이 의무적으로 미소를 지었다. 아직 파티가 벌어질 홀로 들어가지도 않았건만 가면으로 철저하게 무장된 사람들을 만났다. 저 홀 안에는 얼마나 더 많은 사람들이 이런 소모적인 인사를 나누고 있을까?

"레인 크로포트라고 합니다."

"난 미셸 윌리엄이에요."

"세이브 윌리엄이오."

레인은 별로 정치를 좋아하진 않지만 가끔 신문에서 그의 얼굴을 본 기억을 이제야 떠올리며 이곳이 윌리엄의 저택이라는 걸 알아차렸다. 윌리엄은 저택의 주인인 그가 친히 현관까지 나온 이유가 가브리엘 때문이었다는 걸 말하기라도 하려는 듯 직접 앞장서 파티가 열리는 홀로 안내를 시작했다.

"내년에 있을 대선에 가장 유력한 후보예요."

먼저 앞장서는 윌리엄의 뒤에서 한 손으로 레인의 허리를 자연스럽게 끌어안은 가브리엘이 속삭였다.

"그런 사람이 직접 마중까지 나온걸 보면 아마 가장 많은 기부금을 내는 사람이 엘이겠군요."

"맞아요."

그가 낮게 큭큭 웃었다.

레인이 무심히 던지는 말 한마디에 가브리엘은 진심으로 즐거웠다. 근래에 이토록 소란스러운 적은 없었다. 그녀는 조용하고 소란스러웠다. 적어도 자신의 귀에 저 심드렁한 말이 침묵을 누르고 울려와서 대단히 재미있었다.

"아마도 오늘 내가 피앙세에게 단단히 빠졌단 소문이 빠르게 돌겠어요."

그런 소문이 돌거나 말거나 레인은 별 상관없었다. 그와 함께 들어간 홀은 대단히 넓었다. 수백 개의 크리스털이 박힌 샹들리에가 홀 중앙에서 찬란하게 빛나고 있었고 얼핏 봐도 100여 명은 됨직한 인원들이 이미 모여 있었다.

"자선 파티라지만 기부 모금 파티나 다름없군요."

"맞아요. 정재계 인사들 대부분을 모아놓고 내년에 있을 대선에 자신에게 줄을 대라고 설득하는 자리죠."

레인은 지나가는 웨이터에게 샴페인을 받아 들었다. 의미 없이 가브리엘과 잔을 부딪치며 주변을 살폈다. 유명한 연예인들도 간간이 보였고 그의 말대로 TV나 신문에서 가끔 보던 익숙한 사람들의 얼굴도 보였다.

치명적인 스캔들을 일으켰던 크레이브 상원의원의 모습까지 보였다. 속이 타는 듯 연신 샴페인을 들이켜는 모습이 볼 만했다. 그의 주변만 동그란 원이 그려진 듯 아무도 다가가지 않았다.

권력은 냉정하다. 그에게 다가가는 사람이 없다는 것은 다시는 재기할 수 없음을 의미한다.

"뻔뻔하게 여기까지 얼굴을 비출 줄은 몰랐는데."

"윌리엄에게 눈도장이라도 찍으러 왔나 보지."

"대통령도 이미 손을 놨는데, 천하의 윌리엄이라도 크레이브를 도와줄 방법은 없을걸."

낮은 조롱의 목소리들이 들려왔다. 자신의 귀에도 이렇게 선명히 들리는 걸 크레이브 의원이 듣지 못했을 리 없었다.

"누굴 보는 거예요?"

가브리엘이 그에게 가볍게 목례를 해 보이는 몇몇 사람들에게 마주 인사를 하던 도중 레인의 시선이 향하는 곳을 바라보았다.

"아아…… 크레이브 의원은 항상 레인의 시선을 앗아가는군요. 타블로이드지도 모자라서 파티에서까지. 대단한 매력이 있나 봐요."

"그가 올 자린 아닌 것 같아서요."

어딜 봐도 그에게 떨어지는 시선은 경멸과 멸시였다. 크레이브 의원이라고 해서 자신에게 이런 시선들이 떨어진다는 걸 모를 리 없었다. 차라리 자택에서 자숙을 하며 시기를 노리는 게 더 나았을 텐데 굳이 이 파티에 온 이유가 뭘까? 사람들의 말처럼 윌리엄에게 눈도장을 찍으러 온 거라면 그의 시선은 윌리엄을 좇아야 했다. 하지만 뭔가에 화가 난 것처럼 붉어진 얼굴로 계속해서 시계를 보며 연신 샴페인만 들이켠다.

"궁금해요?"

레인의 턱을 잡고 자신에게로 시선을 돌린 가브리엘이 물었다.

"아뇨. 뭐, 저랑은 상관없는 사람이니까요."

그냥 그의 행동이 이상했을 뿐이었다. 가브리엘에게 돌린 시선 끝에서 자신이 리무진 안에서 멱살을 잡아 보타이가 좀 삐뚤어진 것을 깨달았다.

"잠시."

레인은 들고 있던 샴페인을 가브리엘에게 건네고 두 손으로 그의 보타이를 바르게 매만졌다. 레인이 만지기 좋게 살짝 고개를 숙인 가브리엘이 속삭였다.

"사실 크레이브는 현 대통령 쪽 사람이라 윌리엄이 연 이 파티에 초대될 수 없어요. 하지만 어제 그에게 초대장이 갔죠."

그의 말에서 모순을 발견한 레인의 손이 멈칫했다. 크레이브 의원에게 초대장이 갔다는 사실을 가브리엘은 어떻게 알고 있었을까?

"세상에 이게 얼마만인지요, 공작님?"

딱 봐도 아랍의 석유 재벌로 보이는 사람이 과장스레 두 팔을 벌리며 가브리엘에게 다가왔다. 이미 안면이 있는 사이인지 그 아랍인이 가볍게 그와 포옹하면서 크게 웃었다. 그의 뒤를 얼핏 봐도 띠동갑은 훌쩍 넘어 보이는 늘씬한 미녀 셋이 꼬리처럼 졸 졸 따라왔다.

"그리스에서 만나고 1년만이군요, 아지즈. 이쪽은 내 피앙세, 레인 크로포트. 레인, 이쪽은 사우디아라비아 스물세 번째 왕자 압둘 아지즈."

"안녕하세요."

"세상에 난 공작이 여자에 관심이 없어서 남자를 좋아하는 건 아닌가 심각하게 고민했었소."

아지즈란 아랍인이 레인에게도 똑같이 두 팔을 벌려 포옹했다. 그가 내뱉은 말이 며칠 전 존이 자신에게 한 말과 비슷하게 느껴 졌다.

"그때 그리스 선박회사에서 주최한 파티였지, 아마? 난 그때 직접 내 요트를 주문하러 그곳에 간 거였고. 그 요트가 드디어 완성됐다오, 공작."

"그는 취미로 요트를 모으고 있거든."

요트가 한두 푼 하는 게 아니란 것쯤은 레인도 알고 있었다. 그런 요트를 취미 삼아 모으는걸 보니 역시 아랍왕자였다.

"난 뉴욕에 꽤 오래 있을 거라 이번엔 뉴욕으로 요트를 가져다 달라고 했지. 내일 드디어 내 품으로 그 아이가 온다니. 저녁엔 그 요트에서 작은 디너쇼를 할 예정인데 혹 공작과 피앙세께서도 참석하시겠소?"

열심히 요트에 대한 자화자찬을 하다가 불쑥 그가 물었다.

"글쎄요. 저도 내일 저녁엔 제 요트에서 레인과 시간을 보낼 예정이라."

"아아, 공작의 요트도 뉴욕에 있었구려. 내 아이의 시승식을 함께했으면 했는데 어쩔 수 없지, 그럼."

눈에 띄게 아쉬워하며 아지즈가 입맛을 다셨다. 어떻게든 요트를 자랑하고 싶어 하는 마음이 얼굴에 고스란히 보였다. 그가 또 누군가를 붙잡고 요트 자랑을 하러 떠난 뒤 가브리엘이 손짓으로 서너 걸음 떨어져 있는 그레이를 불렀다.

"내일 디너는 내 요트에서 준비하도록 해."

"……내일은 너무 촉박합니다. 사흘만 주십시오, 각하."

"내일이라잖아."

그레이가 잠시 안경을 벗고 두 손가락으로 미간을 짚었다. 도와달란 듯 레인을 곁눈질로 쳐다보자 가브리엘이 그 앞에 서서 시선을 차단했다.

"요새 너무 놀았지? 네가 얼마나 유능한지 내가 잊어버릴 때도 됐지."

가브리엘이 그레이의 어깨를 손으로 툭툭 두드렸다. 그 건장한 어깨가 축 처지는 걸 눈앞에서 보면서도 곧이어 다가온 다른 사람들과 인사를 했다.

# 8.

나 자신은 거울을 통해서만 볼 수 있다는 것을 잊지 말라.

*— 장크스 리구앗*

입꼬리에 경련이 일어날 것 같았다. 그가 적당히 사람들과 거리를 두어서 그런지 그를 아는 사람들은 대부분 눈인사 정도만 해오고 가까이 다가오진 않았다. 하지만 그들이 슬쩍슬쩍 보고 있는 게 가브리엘과 자신의 입술 상처란 걸 깨닫고 나서는 신경이 쓰였다.

"우리가 정말로 격정적인 연인으로 보이나 봐요."

그 시선을 이 자리에서 유일하게 즐기는 이가 있다면 그건 바로 가브리엘이었다. 레인은 이번 일을 겪으며 새삼 경호팀에 대한 무한한 존경심을 느끼며 역시 자신의 적성은 물건이나 문서 탈환하기가 맞다고 여겼다.

그레이는 아까 가브리엘이 말한 요트의 디너 준비 명령이 떨어지기가 무섭게 홀을 빠져나가 보이지 않았다.

"밤부터 다시 비가 내릴 거라고 하네요. 비가 내리기 전에 조촐한 불꽃놀이를 준비했으니 모두 정원으로 나가시죠."

윌리엄 의원이 샴페인 잔을 치켜들며 제의했다. 홀에 있던 사람들이 개방해 놓은 테라스를 통해 정원으로 이동했다.

"불꽃놀이 좋아해요?"

"잘 모르겠는데요."

"응?"

"직접 본 적이 없어서요."

생각해 보니 정말 그랬다. 여기에서 또다시 '아, 인생 헛살았다' 느끼며 레인이 고개를 저었다. 맡았던 임무의 대부분은 중동 지역이나 아프리카 쪽에서 수행했고, 가끔 유럽도 있긴 했다. 하지만 불꽃놀이를 즐길 만큼 한가한 곳들은 아니었기에 실제로 본 적은 없었다.

"디즈니랜드에서 불꽃놀이를 하던데 그걸 TV로 본 적은 있어요."

변명처럼 레인이 말했다.

그들이 막 테라스를 나왔을 때 불꽃놀이가 시작됐다. 폭죽이 터지는 소리와 함께 정원 위를 가로지르는 다채로운 색의 불꽃들의 향연에 절로 하늘을 올려다보게 되었다.

"나중에……."

하늘을 보고 있는 레인의 뺨에 흩어진 머리카락 몇 올을 귀 뒤로 넘겨주며 가브리엘이 말했다.

"영국에서 가장 아름다운 불꽃놀이를 보여줄게요."

나중이란 게 있을까? 레인은 대답하지 않았다. 불꽃이 아닌 자신을 바라보고 있는 시선이 느껴졌다. 그리고 이내 불꽃이 아닌 새하얀 얼굴이 시야 가득 들어왔다. 하늘을 올려다보느라 살짝 벌어진 입술 사이를 가르며 매끄러운 혀가 들어왔다. 그의 손에 들려 있던 샴페인 잔이 잔디 위로 나뒹굴었다.

한 손은 허리에 두르고 다른 한 손은 자신의 목덜미를 끌어안고 가브리엘이 입을 맞춰 왔다. 여실하게 드러난 목덜미에 닿은 손은 시리고 입 안을 가르는 혀는 뜨거웠다. 치열을 더듬고 얼어붙은 듯 가만히 있는 혀를 낚아채 옭아맨다. 어느 순간 메말라 있던 입안이 그의 타액으로 젖어갔다. 눈앞에 드리워진 가브리엘의 속눈썹이 파르르 떨리는 게 보였다.

그리고 어느 순간 자신의 허리를 잡고 반 바퀴를 빙글 돌린 가브리엘이 입술을 맞대고 씩 웃었다. 그리고 그가 눈을 뜬 순간 볼 수 있었다. 그의 눈동자에서 터지고 있는 불꽃을.

등 뒤에서 여전히 요란한 소리와 함께 밤하늘을 장식하고 있는 불꽃이 입을 맞추고 있는 그의 눈을 통해서 보였다. 새카만 밤이 아니었다. 연한 창공을 가로지르는 오색의 불꽃들이었다.

그의 눈동자는 자신이 54일 만에 방공호에서 나와 마주했던 그 새파란 창공과 닮아 있었다.

눈이 부실 정도로 너무 새파래서 눈물이 나올 것 같았던 그 하늘.

"계속 나를 보고 있어요. 내가 저런 불꽃에게까지 질투를 해야겠어요?"

장난스럽게 그가 입술로 툭 레인의 입술 위를 쪼았다.

지이이잉— 지이이잉—

들고 있던 클러치백에서 진동이 울렸다. 그 진동을 느낀 가브리엘이 아쉬워하며 천천히 떨어졌다.

"빚으로 달아둬요. 계약이 끝나면 한꺼번에 맞을 테니까."

뭐라 말하기도 전에 가브리엘이 전화를 받으라는 제스처를 보이며 등을 돌렸다. 눈으로 그가 어디로 가는지 좇으며 클러치에서 핸드폰을 꺼낸 레인은 이 전화를 꼭 받아야 함을 깨달았다.

"니콜."

[안녕, 레인.]

불꽃놀이는 계속되었다. 실제로 불꽃놀이를 처음 구경하는 자신의 눈에만 멋지게 보이는 게 아닌 듯 작은 감탄사들이 여기저기서 터져 나오고 있었다. 정원 곳곳에 삼삼오오 모인 대다수의 시선이 하늘로 향한 것을 보며 레인이 말했다.

"잠시만. 주변이 좀 시끄러워서."

[불꽃놀이라도 구경하는 중인 거야?]

폭죽이 터지는 소리들을 듣고 추리해 낸 니콜이었다.

"응."

[별일이네, 네가.]

그녀의 목소리를 들으며 주변을 살펴봤지만 가브리엘은 보이지 않았다. 레인은 천천히 그가 사라졌던 방향으로 걸음을 옮겼다. 사람들의 소란스러움과 불꽃놀이의 소음으로부터 벗어나자 정원의 구석까지 가게 됐다.

"이야기해."

핸드폰에 대고 낮게 말했다. 분명 가브리엘이 이 방향으로 향했는데 주변엔 아무것도 보이지 않았다. 정원의 미로가 시작되는 부근에서 멈춰선 레인이 다시 한 번 주변을 둘러보았다.

[별로 많은 걸 알아내진 못했어. 시간을 더 주면 자세히 알 것도 같은데 네가 급한 것 같아서 일단 알아낸 것만 이야기하려고.]

"응."

그리고 니콜의 이야기가 막 시작되려 할 때였다. 미로의 한쪽에서 불쑥 나타난 그레이가 레인에게 곧장 걸어왔다. 그의 손에 들려 있는 건 가브리엘이 펭귄 같아 보이지 않냐고 묻던 연미복의 상의였다.

"니콜, 잠시만."

레인이 니콜에게 양해를 구하며 자신에게 그것들을 내미는 그레이를 보았다.

구김 하나 없는 새것 그대로의 느낌이었다. 가브리엘이 입었던 것과 똑같지만 이건 새것이었다.

"이게 뭐죠?"

"가지고 들어가세요. 필요할 겁니다."

그레이가 자신이 걸어 나왔던 미로에서 옆으로 한 발 비켜섰다. 그 미로 안에서 가브리엘이 자신을 기다리고 있다는 말처럼 들렸다. 바닥에 깔린 잔디는 푹신했다. 레인이 끝이 보이지 않는 깊은 미로를 바라보며 천천히 높은 구두를 벗었다.

"이것만 전해주면 되나요?"

"부탁드립니다."

필요 이상으로 깍듯하게 그레이가 묵례를 해보였다. 레인이 망설임 없이 성큼 미로 안으로 걸음을 옮겼다.

"이야기해, 니콜."

모퉁이를 돌자 그레이의 모습은 더 이상 보이지 않았다. 미로라지만 길은 하나뿐인 단순한 구조였다. 아마도 이 정원을 구경하기 위해 들어왔다가 길을 잃는 불상사를 방지하기 위해서겠거니 생각하며 니콜의 말을 기다렸다.

[휴…… 이게 왜 필요한지는 모르겠지만…….]

핸드폰 안쪽에서 깊은 한숨소리가 들렸다. 결코 쉽지 않은 내용이란 걸 짐작하며 레인이 두 번째 모퉁이를 돌았다.

[계속 파봐야 알겠지만, 당장 16년 전 시리아에서 일어난 사건이라면 하나밖에 없어. 당시 가브리엘 서머셋 공작의 어머니는 시리아 '고우타'에서 120㎞ 떨어진 곳에서 히타이트 신전 발굴 작업에 참여 중이었어.]

지척에서 멀리서 들리는 폭죽 소리와는 다른 희미한 물소리가 들려왔다. 수면 위를 거세게 때리는 첨벙거리는 소리였다.

[그리고 고우타는 반군 소재의 마을이라는 누명을 썼고, 정부군에 의해서 그곳에 사린가스를 실은 생화학폭탄이 투하됐어, 레인.]

"……누명이라는 말은?"

[그곳은 반군 소재가 아니었단 말이지. 그리고 정부군에 의해 사린가스가 투하됐다는 것도 추측이지, 확실하지 않아. 무슨 말인지 알지?]

"그래서?"

머릿속으로 니콜이 말하는 정보가 빠르게 정리되었다. 태풍이 일 것처럼 거센 바람이 불어와 머리칼을 흩뜨리고 지나갔다. 눅눅한 습기를 머금은 그 바람에 레인이 짧게 숨을 들이켠 뒤 다시 걸음을 옮겼다.

가브리엘은 아직도 보이지 않았다.

[공식적으로는 시리아 고우타에 있는 1,382명 전원 사망.]

미로의 중간쯤 들어왔다고 짐작됐다. 모퉁이를 돌면 이 물소리가 들리는 곳이 나오리라 생각하며 마지막 미로의 코너를 돌았다.

[비공식적으로는 생존자 한 명. 12세의 가브리엘 서머셋. 공작 부인은 발굴지에 있어서 화를 피할 수 있었고, 생화학폭탄이 투하되기 두 시간 전 정보를 입수한 영국 MI6측에서 SAS 특수부대를 급파. 고우타 외곽지역에서 가브리엘 서머셋을 발견했어.]

자신을 스치고 지나간 그 바람이 눈앞의 남자의 몸을 강하게 휩쓸었다. 미로의 한가운데 있는 분수대 앞에서 찾고 있던 그를 발견할 수 있었다. 은은한 분수대의 조명에 밝게 빛나는 그의 머리칼이 바람을 타고 흐트러졌다.

타앗— 타앗—

시간이 거짓말처럼 느리게 흘러가기 시작했다. 그 머리칼이 바람에 날려 제자리로 한 올씩 돌아오는 게 눈에 보일 만큼.

몇 걸음 떨어지지 않은 그곳에서 가브리엘의 손아귀 아래 있는 남자에게 천천히 시선이 갔다. 분수대에 남자의 머리를 처박고 일말의 망설임도 없이 내리누르는 손가락의 온도를 레인은 알고 있었다.

살기 위해 버둥대며 수면 위를 치는 소리가 죽어가는 저 사람이 이 세상에서 낼 수 있는 마지막 소리이리라.

레인은 조용히 그것을 바라보고 있었다.

[레인? 레인?]

레인은 여전히 통화 중인 핸드폰의 전원을 망설임 없이 껐다.

자신의 손아래 죽어가는 자를 내려다보는 시선에서 읽을 수 있는 건 아무것도 없었다. 가브리엘의 옆모습을, 그저 의무를 행하는 자의 모습을 레인은 그 자리에 얼어붙어서 쳐다볼 수밖에 없었다.

하얗게 튄 물방울이 가브리엘의 옷자락에 사정없이 튀었다.

눈을 감을 수도, 피할 수도 없었다.

가브리엘의 손아귀에 있던 남자의 움직임이 천천히 멎어갔다. 그리고 완전히 생명을 잃고 축 늘어졌을 때에서야 가브리엘이 느릿하게 손을 거뒀다. 물이 튀어 소매와 상의가 젖은 것 외에 어떤 구김도 가지 않은, 금방 사람을 죽였다고는 믿어지지 않는 얼굴로 그가 턱을 들어 하늘을 올려다보았다.

그가 갈 수 없는 어딘가를 올려다보는 청색의 눈동자는 텅 비어 있었다. 레인은 물방울이 그의 턱을 타고 유려하게 흐르다가 목선 아래로 흘러내리는 것을 보며 그에게서 시선을 뗄 수 없었다. 더 이상 그에게 다가갈 수 없었다.

시간이 느리게 흘러가는 이질적인 세상에서 방관자가 되어 그저 서 있었다.

쿵— 쿵—

그에게 들릴 정도로 심장이 거세게 울렸다. 이러다 가슴을 찢고 선득한 심장의 붉은 속살을 제 눈으로 보게 될 것 같았다.

무의식적으로 혀를 깨물었다. 본능은 이미 저 남자가 시선을 돌려 자신을 보기 전 이곳을 벗어나라고 외치고 있었다. 그럼에도 불구하고 다리는 움직이지 않았고, 그의 시선이 자신을 향하길 기다리는 마음이 뛰어대는 심장 뒤쪽에서 배신처럼 확연하게 느껴졌다.


"당신은 누구죠?"

"나는 죄."


'죄'가 된 그가 비구름으로 가득 찬 하늘에서 시선을 레인에게로 천천히 돌렸다.

심연의 불꽃이 그의 눈동자를 가득 채우고 있었다. 그 억겁의 불꽃의 색은 눈이 부시도록 하얗기만 했다. 어떤 불순물도 섞이지 않은 그 새하얀 불꽃이 강렬하게 타올랐다. 생명을 잡아먹고, 그 생명에서 가장 어둡고 음험한, 하지만 마주보기 두려울 정도로 찬란한 불꽃을 만들어낸다.

"내가 두려워졌어요?"

그가 잡아먹은 생명은 타인의 것일까, 본인의 것일까.

"……두려워해야 합니까?"

심장의 뒤편에 있던 것이 모래보다도 잘게 부서져 내렸다. 그것이 완전히 부서지고 난 뒤 튀어나올 것이 레인은 더 두려웠다.

"의원님? 의원님, 여기 계십니까?"

등 뒤에서 들리는 목소리에 레인이 반사적으로 뒤를 돌아보았다. 그리고 자신이 지나온 길을 고스란히 따라온 남자를 막을 새도 없이 그가 가브리엘과 분수대에 상체를 반쯤 담근 채 미동도 없이 늘어져 있는 사람을 발견했다.

"어……."

검은 양복을 입고 나타난 남자가 허리춤에 손을 가져다 대는 걸 보자마자 몸이 먼저 움직였다. 손에 들고 있던 연미복과 클러치가 바닥에 나뒹굴었다. 레인이 바닥을 박차며 그의 측면으로 뛰어올라 남자의 목에 오른손을 걸었다. 그리고 그 반동 그대로 남자의 무릎 뒤쪽을 차올리자 그가 갑작스런 공격에 힘없이 무릎을 꿇었다.

남자는 프로였다. 드레스를 입은 작은 몸집의 여자가 달려들 줄 몰라 방심을 했을 뿐이었다.

그가 바로 몸을 일으키지 않고 허리춤에 찬 총을 빼들었을 때였다. 레인이 망설임 없이 여전히 남자의 목에 걸고 있던 오른손에 힘을 주며 그 반대편으로 꺾었다.

우드득—

사람의 목뼈가 어긋나는 소리가 귓가에 선득하게 울렸다.

남자의 목에서 두 손을 떼자 힘없이 그가 앞으로 무너져 내렸다. 갑작스런 움직임에 흐트러진 숨을 내뱉으며 쓰러진 남자에게서 시선을 떼고 다시 눈앞의 가브리엘을 마주했을 때였다.

심장은 더 이상 아프게 울려대지 않았다.

악마의 가면을 뒤집어 쓴 가브리엘이 눈앞에서 처연하게 웃고 있었다.

그리고 그 순간 레인은 깨달았다. 겹겹이 쌓아 깊숙이 눌러왔던, 자신 안의 괴물이 머리를 치켜들고 웃고 있었다.

"내가 말했죠? 우린 서로를 비추는 거울이라고."

레인의 얼굴이 일그러졌다.

"그런 얼굴 하지 말아요. 내가 추악하면 당신도 추악한 거야."

그렇게 말하는 그는 이미 모든 걸 알고 있었다. 자신의 안에 어떤 괴물이 살고 있는지, 그 괴물을 어떻게 깊숙이 누르고 눌러 덮어 놓았는지.

그와 자신은 무고한 자들을 죽였다. 그 끔찍한 동질감에 머리끝이 쭈뼛 섰다. 누구에게도 고해할 수 없었던 끔찍한 살인. 여덟 살 계집아이의 피를 머리부터 뒤집어쓰고도 멈출 수 없었던 자신.

그래, 당신의 눈을 처음부터 피할 수 없었던 이유는 나도, 당신도 무고한 생명을 죽였기 때문이었어. 그는 그 대상이 자신이 죽였다고 말하던 '친구'였을까?

"왜 내게 이러는 거야?"

레인은 단 사흘 만에 완벽하게 자신을 벌거벗겨 놓은 가브리엘에게 물었다. 가슴과 머리는 이미 차갑게 식어 있었다.

"내가 물었잖아요. 당신의 세상은 어떤지. 난 정말 그게 궁금했거든. 지금의 당신은 말해줄 수 있잖아요."

그 물음에 명치끝이 숨을 토해낼 수 없을 정도로 조여 왔다. 그의 말을 인정할 수밖에 없었다. 외면해 왔던 것을 끄집어냈다.

그의 사나운 입맞춤을 받았던 그때 이미 보았다는 것을.

자신의 안에 살고 있는 괴물과 똑같은 것이 그의 안에도 있다는 것을.

그랬기에 이 남자의 모든 것을 어느새 부정하면서도 수용하고 있었다는 것을.

"내 세상엔……."

당신을 처음 봤을 때, 시선이 엉켰던 그때부터 나는 내내 눈물이 터져 나올 것 같았다.

나는 덮어씌워 묻어두었던 괴물이 선연히 살아 숨 쉬고 날뛰게 놔두는 당신의 눈이 결국엔 나를 비추는 거라는 걸 알고 있었다.

가브리엘이 두 팔을 벌렸다. 자신의 품으로 스스로 걸어오라는 듯.

"비명 소리만 들려."

그의 세상이 영원히 고요하듯 자신의 세상은 영원히 비명소리로 가득 차 있으리라.

그게 열두 살의 그가 선택했던 괴물이었고, 6년 전의 자신이 선택했던 괴물이었다.

레인이 두 손을 뻗어 그의 품을 찾았다. 차갑게 식은 자신의 가슴을 더 차갑게 식혀줄 그의 온기가 필요했다.

나의 도플갱어.

소리 내어 말하지 못한 그 말이 가브리엘의 가슴에 묻혀 사라졌다.

"왜…… 왜! 왜 내게, 이러는 거야."

소리를 지르는 목 안쪽이 따끔거리며 아파왔다. 엉망으로 갈라져 침체된 목소리가 겨우 입 밖으로 나왔다. 자신이 얼굴을 묻고 있는 그의 옷자락을 아프도록 쥐고 물었다.

"……당신이 너무 감추고 있으니까."

흐트러진 레인의 머리칼을 가브리엘이 천천히 쓸어주었다. 허리를 굽혀 자신의 얼굴과 마주볼 수 있게 한, 명암의 대비가 분명한 아름다운 얼굴엔 표정이 사라져 있었다. 이것이 그가 숨기려 했던 그의 진짜 표정이라고 레인은 확신할 수 있었다.

어떤 것도 감히 침범할 수 없는, 세상 그 무엇도 흔들지 못하는 권태로움이 짙게 깔려 있었다.

그의 멱살을 잡고 있는 손을 놓았다. 대신 두 손이 향한 곳은 가브리엘의 하얀 목덜미였다. 자신의 그런 반응을 예상한 듯 그가 심상하게 웃었다. 얼마든지 그 하얀 목을 조르라며 더 깊이 허리를 숙였다.

열 개의 손가락이 분명하게 그 새하얀 목덜미를 파고들었다.

"나를 죽이면 다시 돌아갈 수 있을 것 같아요? 아무 일도 없었던 때로?"

괴물이 또 다른 괴물을 마주하는 방법은 그것을 죽이는 일 뿐이야.

조우한 괴물은 마치 서로를 비추는 거울 같아서 어둠 속으로 더 이상 숨을 수 없다.

상대를 죽여야 자신의 괴물은 다시 수천 겹의 장막을 뒤집어쓰고 어둠 깊숙한 곳으로 돌아갈 수 있기에 레인이 손가락에 힘을 주었다.

철컥.

뒤통수에 겨누어진 총신의 묵직함을 깨닫고 레인의 손이 멈칫했다.

"그 손 놓으시죠."

안부라도 묻듯 심상한, 흔들림 없는 어조의 주인은 그레이였다.

그래, 그러고 보니 자신을 이곳으로 안내한 이는 다름 아닌 그레이였다. 가브리엘의 눈꼬리가 불쾌하게 접히더니 이내 커다란 손이 레인의 뒤통수를 감쌌다.

"거기서 총을 쏘면 나까지 죽어, 그레이."

가브리엘은 여전히 자신의 목을 조르고 놓지 않는 레인을 가까이 끌어당겼다. 그녀의 이마에 입술을 대고 어디 한번 방아쇠를 당겨보라는 듯 가브리엘이 그레이를 지그시 바라보았다.

"당신은 처음부터 알고 있었지?"

그레이가 방아쇠를 당기든 말든 상관없었다. 레인의 물음에 가브리엘이 이마에서 입술을 떼고 눈을 마주했다.

"짐작만. 처음엔 이 세상에 나와 같은 사람이 있을 리 없어. 나중엔 그럴 리가. 오늘은 확신. 나와 같은 사람이 세상에 또 있다는 건 굉장히 이상한 기분이거든요."

올려다본 그의 얼굴은 생소했다. 마치 처음으로 평안을 얻은 사람처럼 흔하게 뒤집어쓰던 가면도 가식도 보이지 않았다. 그저 상처 입고 쫓기다 겨우 몸을 숨기고 숨을 몰아쉴 수 있는 안식처를 찾은 짐승처럼 보였다.

"나를 죽일 건가요?"

'당신 세상에도 나밖에 없을 텐데. 정말로?'라는 얼굴로 가브리엘이 물었다.

혼란스러웠다. 아직도 자신의 안에 있는 괴물은 눈앞의 남자를 향해 흉포하게 으르렁거리고 있었다. 소름끼치는 비명과 캄캄한 암흑뿐인 그 뒤집어진 세상으로 다시 돌아가고 싶지 않았다. 얼마나 힘들게 그 세상에서 여기까지 걸어 나왔는데 다시 그곳으로 돌아간단 말인가.

여전히 자신이 벗어난 세상에서 살고 있는 그가 한쪽 입술을 살짝 깨물었다.

이 같은 표정을 전에도 본 적 있었다. 자신을 처음 봤을 때 지켜달라고 말하던 때와 같았다.

"빌어먹을."

레인이 정말로 '빌어먹을'의 뜻을 절절이 실감하며 욕설을 내뱉었다. 그리고 동시에 그의 옷을 벗겼다. 자꾸만 손끝이 미끄러졌다. 셔츠 단추를 풀어내자 어느샌가 익숙해진 그의 단단한 맨살이 드러났다.

"그레이 씨!"

무슨 말을 하는지 알아들은 그레이가 레인이 떨어트린 가브리엘의 새 연미복을 주워들어 건넸다. 검은색이라 육안으론 모른다 해도 누군가와 악수를 한다면 그의 소매가 흠뻑 젖어 있다는 것을 알아채리라.

아직 비는 내리지 않았다. 레인의 눈이 힐끗 분수대에 상체가 처박혀 있는 시신을 바라보았다.

"시나리오가 어떻게 되죠?"

"……뭐, 극심한 불안감과 우울증으로 인해 파티장에서 술을 진탕 먹고 분수대에서 발을 잘못 디뎌 죽었다, 입니다만."

그러면서 그레이의 눈은 레인이 처리한 보디가드를 보고 있었다.

"이렇게 돼서야 살인사건 확정이네요."

뒤에 선 그레이와 대화를 나누면서 레인의 손은 가브리엘의 셔츠를 다시 입히고 단추를 채우고 있었다. 손끝에 닿는 그의 맨살이 얼음장처럼 차가웠다.

몸에 꼭 맞는 얇은 베스트와 상의를 입히고 나서야 짧은 한숨이 나왔다. 레인은 자신이 움직이는 대로 가만히 미동도 하지 않은 채 얌전히 옷을 입은 가브리엘을 그제야 한 걸음 떨어져서 마주했다.

"16년 전 시리아 고우타에 사린가스가 투하되면서 1,382명

전원 사망. 비공식적인 유일한 생존자는 가브리엘 서머셋. 맞습니까?"

"맞아요. 시리아인은 전부 죽었는데 이방인인 나만 살아남았죠."

그가 낮게 웃었다. 그 웃음이 비현실적으로 들렸다.

레인은 더 이상 묻지 않았다. 더 말하기엔 장소가 좋지 않았다. 어느새 하늘을 붉게 수놓던 불꽃놀이는 멈춰 있었다. 다시 연회장으로 돌아가는 사람들의 웅성거림이 멀리서 희미하게 들렸다. 자신들이 사라진 걸 알아차리기 전에 다시 원래 있었던 자리로 가야 했다.

"돌아가죠."

레인은 움직일 기색이 없는 그의 손목을 잡아끌었다.

순순히 끌려오며 가브리엘이 그레이를 지나쳤다.

"그녀가 날 경찰서로 데려갈 일은 없을 것 같아, 그레이."

지난밤 그가 걱정했던 이야기를 들려주는 가브리엘의 목소리에 웃음기가 어려 있었다.

"잘됐군요, 각하."

그레이가 천천히, 혹시 모를 흔적이 남았는지 마지막으로 주변을 훑어보았다.

그를 뒤로하고 가브리엘을 이끌고 먼저 미로의 출구로 빠져나온 레인이 아직 출구 앞에 얌전히 있는 자신의 샌들을 바로 신었다. 10센티 정도 눈높이가 올라가자 가브리엘의 얼굴을 올려다보는 게 그리 어렵지 않았다.

레인이 엄지손가락으로 그의 얼굴에 아직도 튀어 있는 물방울을 슥 훑었다.

"증거 인멸까지 손수 해주다니. 어디까지 나를 반하게 할 셈이에요?"

"비밀 엄수 조항이 필수적으로 들어갔던 건 이 때문이겠죠."

처음부터 가브리엘은 자신에게 이 살인의 전모를 보여주려 했다.

"그레이는 걱정이 많아서 레인이 경찰에 증언할 가능성에 대해서도 생각해 두었거든요."

"증언하기도 전에 전 조용히 처리됐겠죠."

"맞아요."

가브리엘이 순하게 웃으며 레인의 말에 긍정했다. 천천히 떨어지는 레인의 손을 움켜잡고 그가 좀 더 자신의 뺨에 머물게 했다.

그와 눈을 마주하며 레인이 입을 열었다.

"이제 들어가 봐야 해요. 우리가 조금 늦은 이유는⋯⋯."

혹시라도 그에게 갈 의심을 조금이라도 줄일 방법. 떠오르는 건 하나였다. 레인이 그의 보타이를 잡아당기는 동시에 입을 맞췄다.

얇고 선이 고운 그의 입술을 강하게 빨아들이며 혀를 밀어 넣었다. 툭, 서로의 입술 상처가 다시 터지는 게 느껴졌다. 비릿한 맛과 함께 타액이 섞였다. 이 정도면 충분하다 싶어 물러나려 할 때 레인의 목덜미를 가브리엘이 강하게 움켜쥐었다.

그리고 그가 집어삼킬 듯 레인의 입술을 한입에 머금고 강하게 빨았다. 무방비하게 벌어진 입술 사이로 뜨거운 혀가 엉켰다. 누구의 것인지도 모를 분홍빛의 타액이 입술 끝으로 주르륵 흘렀다. 그것까지 가브리엘은 놓치지 않겠다는 듯 혀를 내밀어 길게 핥았다.

"하아……."

간신히 떼어낸 그의 입술이 타액과 피로 번들거리며 젖어 있었다. 자신의 입술도 이와 다르지 않으리라. 입술의 상처가 이때만큼 다행인 적이 없다고 생각했다. 다시 터진 상처로 인해 누가 봐도 서로가 서로를 탐하고 연회장으로 돌아왔음을 짐작하게 했다.

"웃어요."

레인이 가브리엘에게 요구했다. 그가 그림처럼 다정하고 환하게 웃어 보였다. 그러자 레인의 얼굴에도 환한 미소가 번졌다. 그리고 그의 곁에 나란히 서서 두 팔로 그의 허리를 감쌌다. 그의 손이 레인의 어깨를 감싸고 한 치도 떨어지지 않은 채 연회장 쪽으로 걸음을 옮겼다.

누가 봐도 행복해 보이는 완벽한 한 쌍이 불꽃놀이가 끝나고 연회장으로 들어가는 끝물에 섞여 안으로 들어갔다.

# 9.

마음에 생긴 장애와 흠집은 육체의 상처와도 같다.
상처를 치료하려고 가능한 모든 방법을 동원하지만 흉터는 여전히 남는다.

— 프랑수아 드 라로슈푸코


호텔에 도착했을 때는 누구도 웃고 있지 않았다. 침잠한 얼굴의 가브리엘은 말없이 자신의 방으로 들어갔고 그레이는 차 속에서부터 누군가와 통화를 하느라 연신 핸드폰을 손에서 놓지 않고 있었다.

파티가 끝날 때까지 시신은 발견되지 않았고, 예상대로라면 내일쯤 청소하는 사람들이 미로 속 그 시신들을 발견하지 않을까 싶었다. 그 밤중에 정원의 미로에 갈 사람은 분명 얼마 없을 테니까.

습관적으로 레인이 귓불을 만지작거렸다.

"자지 마세요. 아니, 누구는 안 피곤한 줄 아십니까? 그러니까 거기에 대해서 좀 더 이야기를 해봅시다. 타협점은 찾아야 하지 않겠어요? 여보세요? 여보세요? Mr……."

상대방이 전화를 끊었는지 망연자실한 얼굴로 한참을 핸드폰을 들고 섰던 그레이가 소파에 털썩 주저앉았다. 마치 세상을 다 산 얼굴을 하고 있는 그를 보며 레인은 차마 방 안으로 들어가지 못하고 있었다.

"아무래도 시간이 시간이니까요."

레인이 그에게 심심한 위로를 건넸다.

그 말에 그레이가 안경을 벗고 미간을 손가락으로 꾹 눌렀다. 푹신한 등받이에 깊게 몸을 뉘며 중얼거렸다.

"저는 내일까지 남의 요트를 빼앗아 와야 한단 말입니다. 12시가 넘었으니 오늘까지겠네요."

"요트요?"

그러고 보니 연회장에서 요트 이야기를 들었던 것 같기도 했다. 건성으로 들어서 별로 기억나지는 않았지만.

"각하께선 뉴욕에 요트를 갖고 있지 않습니다, 레인 씨."

"그 말은?"

"'내 요트'라고 하셨잖아요, '내 요트'. 아지즈 씨가 주문제작한 그 요트를 '내 요트'로 만들고 저녁 디너까지 준비하라는 말씀이셨어요."

그제야 그 말을 이해한 레인의 얼굴이 우스꽝스럽게 일그러졌다.

"전 하루 만에 아지즈 씨의 명의에서 각하의 명의로 요트의 소유주 이전 작업을 해야 한단 말입니다. 방금 전의 통화는 아지즈

씨의 비서였어요. 자신이 모시는 분이 1년 전 직접 제작을 의뢰
해 기다린 요트를 팔라는 말에 '이런 미친놈이' 이게 첫마디였습
니다."

그레이가 초점 없는 눈으로 한쪽 방 문을 바라봤다. 바로 저
방 어딘가에 '이런 미친놈'이 있을 터였다.

"무슨 속셈이죠?"

"그걸 알았으면 이렇게 억울할 리가."

그레이가 미간을 누르던 손을 내저었다. 그리고 다시 안경을
쓴 뒤 자신의 전화를 매정하게 끊어버린 상대의 번호를 꾹꾹 터
치했다.

"일부러 그러지 않아도 돼요."

신호가 가지만 받지 않는 상대를 그레이가 저주하고 있을 때
레인이 말했다.

"흠흠."

"내가 뭔가 캐물을까 봐 몸 사리는 거잖아요."

그 이유가 없지는 않았던 그가 슬며시 소파의 등받이에 얼굴
을 묻었다.

"아침에 이야기하죠."

하지만 봐주는 건 밤뿐이란 걸 똑똑히 명시해 놓곤 레인이 자
신의 방문을 열었다. 검은 어둠이 집어삼킬 듯 그녀를 기다리고
있었다. 잠시 문 앞에서 그 어둠 안으로 들어가지 못하고 레인이
멈칫했다.

"무서우면 나랑 같이 잘래요?"

뒤에서 불쑥 들려온 목소리에 본의 아니게 놀란 레인이 뒤를 돌아보았다. 기척을 전혀 느끼지 못했건만 어느새 나이트가운만 입고 나타난 가브리엘이 머리카락에서 물을 뚝뚝 흘리며 등 뒤에 서 있었다.

그리고 그의 품 안에 포옥 안겨 있는 것은 분명 베개였다.

"일단 나를 이 일에 끌어들인 것에 대해……."

레인이 가브리엘의 품에서 베개를 빼앗아 들었다.

"이야기 좀 해볼까요?"

퍼억!

말이 끝나기 무섭게 레인이 베개를 뺏어들고는 가브리엘의 머리를 강타했다.

저 베개에 설마 돌이 들어 있었던가. 그레이가 진지하게 생각하며 입을 떡 벌렸다. 마치 그의 기억 속 누군가를 떠올리게 했다.

하얗고 고운 얼굴이 베개가 때리는 대로 이리저리 돌아갔다. 그의 머리칼에서 흩날린 물방울들이 대리석 바닥 위로 후두둑 떨어졌지만 레인은 멈추지 않았다.

팡! 팡!

베개로 머리를 날리다 못해 그의 복부까지 치자 단단한 근육과 부딪친 베개에서 도저히 날 수 없는 소리가 나며 펑 터져 버렸다. 터진 베개 속에서 나온 하얀 거위 솜털이 눈꽃처럼 팔랑팔랑 바닥에 떨어졌다.

"코피……."

그레이가 어느새 방어적으로 소파의 쿠션을 끌어안고 중얼거
렸다. 이제는 커버만 남은 베개를 바닥에 던져 버리고 레인이 흐
트러진 머리칼을 귀 뒤로 가지런히 넘겼다.

"그레이 씨는 쿠션인가요?"

'넌 그걸로 맞을래?' 하는 얼굴로 바라보자 그가 저도 모르게
끌어안고 있던 쿠션을 바닥에 던지며 고개를 저었다. 고작 베개
로 가브리엘의 코피를 터트린 여자에게 그보다 단단한 쿠션으로
얻어맞고 싶지 않았다.

바닥에 떨어진 솜털 위로 가브리엘의 코에서 터져 나온 피가
뚝뚝 흘렀다. 가브리엘이 입술 위로 떨어지는 피를 혀를 내밀어
할짝이다 이내 천장으로 고개를 들었다. 그걸 보고 있던 레인이
그의 목덜미를 잡아 내리 눌렀다.

"코피가 날 땐 아래로 숙이는 겁니다."

"아아……."

그런 거냐고 얌전히 그가 아래를 보자 그레이가 병 주고 약 준
다는 얼굴로 고개를 절레절레 저었다. 그리고 피를 흘리는 모습
이 안쓰러웠는지 그레이가 이내 티슈를 뽑아 가브리엘의 코를 막
아주었다.

레인이 베개를 휘두르는 족족 얌전하게 맞아준 가브리엘이 그
제야 고개를 들어 잘했냐는 얼굴로 씩 웃어 보였다.

피를 봤지만 일말의 죄책감도 갖지 못한 그녀가 자신의 방 안
으로 들어갔다. 그리고 이내 가브리엘에게 들어오라는 듯 고개를
까딱해 보였다. 자신도 따라 들어가야 되는지 눈치를 보며 안절

부절못하는 그레이의 면전에서 문을 닫은 레인이 방의 불을 껐다.

"어딜 마음대로 눕는 거죠?"

너무도 자연스럽게 침대에 가서 눕는 가브리엘에게 묻자 그가 고개를 갸웃했다.

"나 피 나는데요?"

"그래서요?"

"아파요. 환자예요."

그가 눈꼬리를 축 늘어뜨렸다. 비 맞은 강아지 꼴을 하고선 처량 맞은 표정을 지어 보이자 헛웃음만 나왔다. 저 얼굴은 묘하게 사람에게 죄책감을 갖게 한다. 때린 건 분명 그녀였지만 그건 맞을 짓을 해서였다.

"열도 좀 있는 것 같아요."

있을 리 없는 꼬리가 그의 엉덩이쯤 살랑거리고 있는 것 같았다.

"주치의를 부르죠."

가브리엘이 고개를 저으며 레인의 베개를 끌어안고 비비적거렸다. 금세 베개가 흥건하게 젖어드는 것을 보며 인상을 찌푸린 그녀가 결국 수건을 하나 가지고 나와 가브리엘의 머리 위로 던졌다.

"머리부터 말려요. 드라이를 하면 더 좋고."

그러자 얌전히 베개에 수건을 깔고 그 위에 다시 머리를 뉘인 가브리엘이 '이제 됐죠?' 하는 얼굴로 씩 웃었다.

"웃지 말아요."

"왜요? 다들 내가 웃으면 좋아하는데."

"사람이 죽었어요, 가브리엘."

그리고 본의 아니게 자신도 사람을 죽였다. 목격자가 나타난 순간 몸이 본능적으로 움직였다. 레인이 잠시 자신의 하얀 손을 내려다보았다.

"사람이 아니에요. 사람이라면 그럴 수가 없지."

그가 가라앉은 목소리로 내뱉으며 피곤한 듯 눈을 감았다.

옷도 갈아입어야 하고 샤워도 하고 싶었다. 하지만 죽은 듯 누워 있는 남자에게서 시선을 뗄 수 없었다. 가만히 눈을 감고 누워서 미약한 숨만 내쉬는 인형 같은 그의 곁으로 레인이 다가갔다.

"나는……."

위에서 그를 조용히 내려다보다 이내 작은 한숨을 내쉬고 몸을 돌리려는 자신의 손을 가브리엘이 붙잡았다.

"내 친구를 죽이고 살아남았어요. 내 목숨은 친구의 목숨이에요."

처음부터 눈을 감은 적 따윈 없었던 듯 그가 새파랗게 빛나는 눈으로 이야기했다. 그 속에 감출 생각도 없는 광기가 보였다.

그것은 치명적인 상처였다. 그 상처 아래 그의 목을 죄고 있는 목걸이가 다시 보였다. 저도 모르게 레인이 반대편 손을 뻗어 그 십자가를 매만졌다. 끝이 이미 뭉툭하게 닳은, 얼마나 매만졌는지 맨들맨들해 십자가란 것도 겨우 깨달은 그의 목걸이.

"나는 신을 믿지 않아요. 하지만 매일 그 아이가 믿었던 신에게 기도하죠."

그가 하는 이야기를 그저 듣고 있었다. 그리고 십자가에서 손을 뗐다. 천천히 그의 얼굴 위로 올라간 손이 젖은 머리를 만졌다. 손끝이 차갑게 얼어붙었다. 자신을 잡고 있는 그의 손도 전보다 더 시린 듯했다.

"그날은 정말로 이상한 날이었어요."

가브리엘이 모호하게 웃었다.

✠

그날은 아침부터 굉장히 무더웠다. 짜증지수와 불쾌지수가 유난히 드높았다. 아침에 일어날 때부터 온몸을 흠뻑 적시는 땀으로 인해 괜히 며칠간 집을 비운다는 어머니에게 짜증을 냈다. 어머니는 자신을 데리고 발굴하고 있는 유적지에 가고 싶어 했지만 따라가기 싫다고 한 건 그였다.

어차피 어린 자신이 가봤자 그 황량한 사막엔 놀 만한 거리도 없었다. 내내 그 재미없는 모래파기나 하고 있으니 그냥 집에 혼자 있는 편이 훨씬 나았다.

"도련님, 오늘은 뭘 하고 놀까요?"

"몰라."

시원하게 에어컨이 항시 켜져 있는 거실의 카우치에 비스듬히 누워 축 늘어진 가브리엘에게 집사인 핫산의 아들 알리가 해맑게 물어왔다. 자신과 동갑인 열두 살이었지만 친구라기보다는 놀이 상대였고 하인의 개념이었다. 핫산이 꼬박꼬박 알리에게 가브리엘을 도련님이라고 부르게 했기 때문이다.

"가브리엘이라고 부르라니까."

그 말에 알리가 배시시 웃으면서 수줍게 말했다.

"……엘."

앞부분은 거의 들리지 않고 그저 '엘'이라는 마지막 글자만 겨우 귀에 들어왔다. 가브리엘이 픽 웃었다. 창밖으로 보이는 정원에는 붉은 달리아가 어느새 만발해 있었다. 매일매일 잊지 않고 달리아에 물을 주는 것은 알리였다.

어머니가 자신을 뱃속에 품고 시리아에 온 지 12년이 지났다.

그 말은 핫산의 가족이 집안일을 도맡아 한 지도 12년째란 말이었다. 자신보다 두 달 늦게 태어난 알리는 항상 뭐가 그렇게 좋은지 방긋방긋 웃었다. 까무잡잡한 얼굴로 가브리엘이 밖으로 나갈 때마다 그의 하얀 피부가 타면 안 된다고 양산을 가지고 졸졸 그의 뒤를 따라왔다.

"계속 집 안에만 있으면 심심하지 않으세요?"

"어차피 나가도 심심해."

그가 지금 있는 지역은 다마스쿠스 근방의 작은 소도시 고우타였다. 소도시라고 해봤자 인구 1,300명 정도의 작은 도시였기에 마을과 도시의 중간쯤이었다. 지금 다마스쿠스에선 정부군과 반군들이 반목하고 있어 매일 누가 죽었다느니 하는 뉴스로 TV가 시끄러울 때였다.

오늘은 정부군이 반군들을 진압하기 위해 생화학무기인 사린 가스 투하까지 진지하게 고려하고 있다는 뉴스가 나왔다. 어마어마한 여론의 반대가 있어서 실제로 투하하진 않겠지만 반군에게는 충분한 협박이었다. 이미 몇 달 전 정부에서 사린가스를 대량으로 사들여 그것을 어디에 사용하려하는지에 대한 문제가 제기됐었다.

반군의 본거지를 찾아냈으며 곧 소탕작전이 있을 거라고 정부는 경고했다.

핫산은 뉴스를 보다가 혀를 차며 밖으로 나갔고 가브리엘은 습관적으로 뉴스를 틀어놓고 멍하니 앉아 알리의 말을 건성으로 듣고 있었다.

"그래도 날이 너무 좋은데."

"이게 좋아? 아마 나가자마자 숨이 턱턱 막힐걸."

유리창 너머의 밖을 쳐다보며 가브리엘이 무심한 어조로 대꾸했다.

"너무 에어컨만 쐬시면 저번처럼 머리 아프세요."

"그거야 네가 상관할 바가 아니고."

"그건 그렇죠."

대답하며 알리가 또다시 배시시 웃었다.

이 도시엔 백인이라곤 유적지 발굴 작업에 참여하는 고고학자들이 대부분이었다. 그들은 대부분 가족을 데리고 오지 않아 이곳에 어린아이라곤 가브리엘 하나밖에 없었다. 어머니는 아들을 시리아의 학교에 보내고 싶어 했으나 가브리엘이 거절했다. 덕분에 그의 모든 지식은 어머니와의 홈스쿨링으로 배운 게 전부였다.

언젠가 넌지시 영국에 있는 아버지에게 가지 않겠느냐 의사를 물었을 때도 가브리엘은 고개를 흔들었다. 이곳에 있는 어머니도 자신에게 거의 신경을 써주지 못하는데 영국에서 얼굴 한 번 보지 못한 아버지가 신경을 써줄 리 만무했다. 자신에게 조금이라도 신경이 쓰였다면 한 번이라도 그를 보러 왔으리라.

아무도 말하지 않았지만 아버지가 자신에게 일말의 관심도 없다는 사실을 어린 가브리엘도 알고 있었다. 그리고 지금 한창 아버지와 어머니가 뒤늦은 이혼소송 중이라는 것도.

"이틀 전에 저희 집 푸쿠가 새끼를 낳았는데 일곱 마리나 낳았어요."

푸쿠는 알리가 키우는 개의 이름이었다. 한 번도 본 적 없었지만 종종 그가 하는 말로 그의 개가 어떻게 생겼는지까지 알고 있는 가브리엘이 그 말을 한 귀로 듣고 흘렸다.

"젖을 떼고야 가능하지만 한 마리 키워보실래요, 도련님?"

"싫어. 그리고 가브리엘이라니까."

가브리엘이 단칼에 거절했지만 알리는 상처받은 얼굴이 아니었다. 익숙하단 듯 아무렇지도 않게 그의 앞에 레모네이드를 놓아주었다.

자기중심적인 아이. 그게 가브리엘의 어머니가 가브리엘을 칭하는 말이었다. 그 말은 당연했다. 학교를 가는 것도 아니고 사람들과 교류가 있는 것도 아닌데 자기중심적이 되는 건 마땅한

261

일이지 않은가.

그나마 알리가 곁에 있었지만 그도 학교란 걸 다녔기에 가브리엘과 함께 있는 시간은 얼마 되지 않았다. 집사인 핫산과 알리, 그리고 주방 일을 도맡아하는 핫산의 부인 카르마는 어머니와 자신에게 무조건적인 충성과 애정을 보내는 존재들이었다.

지금은 건강하지만 알리는 태어나자마자 심장이 좋지 않아 죽을 뻔했었다. 심장 수술은 거액이 들어가는 어마어마한 수술이었고 그들은 너무도 가난했다.

알리는 결혼한 지 9년 만에 얻은 귀한 자식이었다. 어떻게든 알리를 살리기 위해 핫산과 카르마는 고군분투했지만 다 같이 뻔한 사정에 그런 큰돈을 선뜻 빌려줄 사람이 나타나지 않았다. 그런 알리를 살려준 것이 바로 가브리엘의 어머니였다. 핫산이 아는 유일하게 돈이 많은 사람이 그녀였기 때문이다.

그때 당시 핫산과 카르마는 가브리엘의 어머니가 집안일을 도맡아 해줄 사람을 구한다는 말에 고용된 지 얼마 안 된 사람들이었다. 이제 일하기 시작한지 일주일밖에 안 된 그가 고개도 들지 못하고 사정을 설명하자 그녀는 더 이상 아무것도 묻지 않고 알리가 수술을 받을 수 있게 도와줬다. 심지어 어린 알리의 병문안도 직접 가서 자신의 아들도 어리니 얼른 나아서 친구가 되어달란 이야기까지 할 정도였다.

"왜요? 새끼 강아지들은 정말 귀여워요. 아직 눈도 못 떴는데 꼬물꼬물 움직이는 게 정말 신기하다니까요?"

커다란 송아지를 닮은 알리의 검은 눈동자는 순박하기 이를 데 없었다.

그에 비해 가브리엘은 성정 자체가 무심하고 차가웠다. 원래가 타인에 대해 별 관심이 없었다. 그에겐 알리도 그를 귀찮게 하는 사람 중 하나였다. 그럼에도 불구하고 알리의 말에 일일이 대꾸해 주는 건, 그렇지 않으면 저 송아지를 닮은 눈이 우울하게 변하기 때문이었다.

참 감정을 알기 쉬운 아이였다.

금방 세상을 다 잃은 얼굴로 우울하게 땅을 파는 게 처음엔 재미있어서 불퉁하게 대하다가 이내 한 번 호되게 어머니에게 혼난 뒤론 되도록 땅을 파게 둘 정도로 우울하게 만들진 말아야겠다고 생각했다.

"키우고 있어."

"에이, 저택에 동물이 어디에 있어요?"

"있어. 송아지."

"송아지요?"

"너."

"도련님!"

숱 많은 검은 속눈썹이 파르르 떨렸다. 놀림을 받았단 사실에 쏘아보는 커다란 눈이 제법 매서웠다. 가브리엘이 작게 키들거렸다.

"자꾸 놀리시면 미워요."

그게 알리가 할 줄 아는 가장 심한 욕이다. 자신이라면 이렇게 저렇게 다양한 욕을 하고 모욕을 준 상대를 밟아줬을 텐데 동갑

이건만 순진하기 짝이 없는 알리를 가브리엘이 한심하단 눈으로 바라보았다.

"너 학교에서 왕따지?"

"아니거든요?"

"너처럼 놀리기 쉬운 애가 왕따가 아닐 리가 없어."

"저 친구 많아요!"

"아하, 그래서? 내가 확인 못한다고 막 던지네?"

"리나, 세르비, 갈리아, 소니아……."

"뭐야. 다 계집애들이잖아."

그 말에 콧잔등과 볼이 잔뜩 붉어진 걸 가브리엘이 재미있게 쳐다보았다. 정말 알기 쉬운 녀석이었다.

"친한 친구들이에요!"

"그래그래. 숙제는 다 했어? 가져와 봐."

"그게……."

"뭐야. 숙제도 아직 안 해놓고 지금 나보고 놀러 나가자고 한 거야?"

고개를 푹 숙이고 혼나는 아이처럼 알리가 우물쭈물했다. 항상 똑같은 패턴이었다. 알리는 공부를 잘하지 못했고, 그의 숙제를 봐주는 건 어느새 가브리엘의 일상이 됐다. 특히 산수는 최악이었다. 아직도 곱셈을 제대로 떼지 못한 그는 매일 가브리엘에게 혹독하게 혼나야 했다.

"저기…… 아직 휴일은 이틀이나 남아 있고 숙제는 마지막 날에 해도 돼요."

"그건 누가 정한 건데?"

이제는 아예 얼굴의 살색이 하나도 보이지 않을 정도로 고개가 바닥을 향했다.

심술은 이만 하자 싶어서 가브리엘이 변덕을 부렸다. 어머니가 봤다면 한소리를 했겠지만 지금 이 집엔 어머니가 없었다.

"좋아. 오늘 숙제를 끝내면 내일 너희 집에 놀러가 주지. 그 개새끼를 보러."

"개새끼는 조금 어감이 이상하잖아요, 도련님."

"개의 새끼니까 개새끼지."

"보통은 강아지라고 불러요."

"지금 날 가르치려는 거야?"

"그럴 리가요!"

자신이 한마디 말만 해도 이렇게 펄쩍 뛸 정도의 반응이 돌아오니 재미가 없을 리 만무했다.

"도련님! 알리! 점심 준비가 다 됐어요!"

때가 이른 점심이었다.

알리가 반색을 하며 어서 주방으로 가자는 눈짓을 했다. 오늘 알리가 온다는 걸 알고 있었던 가브리엘은 부러 아침 식사를 하지 않고 그를 기다리고 있었다.

메뉴는 달콤한 시럽이 듬뿍 뿌려진 핫케이크와 갓 짜낸 신선한 오렌지주스와 피자였다. 처음 알리가 가브리엘의 집에 놀러 왔을 때 어머니가 직접 해준 그 음식들을 먹어보고 이건 신의 음식이라고 극찬을 마지않았었다. 이렇게 맛있는 건 태어나서 처음

먹어본다고 멍한 얼굴로 중얼거리는 게 귀여워 항상 그가 올 때쯤엔 그 얼굴이 보고 싶어서 가브리엘은 알리와 함께 식사를 했다. 메뉴도 항상 똑같았다.

"우와!"

항상 똑같은 메뉴건만 그렇게 즐거울까 싶었다.

주방은 달콤하고 고소한 냄새로 가득했다. 주방에 가자마자 감탄사를 터트리는 알리를 향해 카르마가 슬쩍 웃어 보였다. 어린 도련님이 아닌 척해도 알리를 항상 기다린다는 것을 알고 있는 그녀가 앞치마에 손을 닦았다.

손을 씻고 자신의 자리에 가지런히 앉은 알리가 항상 그렇듯 두 손을 가지런히 모으고 기도를 시작했다. 여느 때와 다른 점은 가브리엘이 처음 보는 나무로 만든 십자가 목걸이에 입을 맞추는 행동이었다.

긴 속눈썹을 다시 들어 올렸을 때 자신을 뚫어지게 바라보고 있는 가브리엘과 시선이 마주치자 배시시 웃어 보였다.

"못 보던 목걸인데?"

"헤헤, 제 생일 때 예루살렘에서 자란 올리브나무로 만든 십자가 목걸이를 아버지께 선물로 받았어요."

가브리엘의 집안은 엄밀히 말하자면 무교였다.

그리고 그가 있는 시리아는 90%가 이슬람교였고 기독교는 10%도 채 되지 않았다. 핫산과 카르마가 저택에서 일할 수 있었던 이유는 기독교이기 때문이었다. 아무리 자신들이 무교라지만 아들이 이슬람교를 믿는 건 원하지 않았던 어머니는 차라리 기독교가 낫다고 판단했다.

"그래?"

가브리엘의 눈에는 그저 투박한, 사실 올리브나무인지 알 수도 없을 만큼 흔한 나무로 만든 십자가로 보일 뿐이었다. 하지만 말을 하는 내내 뿌듯함과 기쁨이 담겨 있는 알리의 얼굴을 보곤 어깨를 으쓱했다.

기도를 마치고 시럽 위에 시럽을 더 듬뿍 뿌려 큼지막하게 잘라 한입에 넣는 알리의 입이 크게 벌어졌다.

"그렇게 맛있어?"

"음!"

입에 음식이 들어 대답은 시원찮았지만 고개가 떨어져라 끄덕이는 걸 보며 가브리엘의 입꼬리 한쪽이 씩 올라갔다. 정작 그는 그의 몫으로 만들어 놓은 오믈렛만 포크로 뒤적거렸다.

"도련님은 왜 안 드세요?"

"단 건 질색이야."

보기만 해도 달았다. 시럽 위에 시럽이라니. 혀가 얼얼한 느낌에 가브리엘이 고개를 저었다.

"정말 맛있는데."

카르마가 한 핫케이크는 속은 촉촉하고 겉은 부드러웠다. 영국 사람인 어머니의 입맛을 맞추기 위해 몇 가지 서양 요리를 배운 그녀는 항상 기대 이상의 맛을 내주는 요리사였다.

"알아. 다만 내 입맛에 맞지 않을 뿐이야."

핫케이크 세 조각을 금세 먹어치우고 피자를 두 손에 든 알리는 세상에 다시없을 정도로 행복해 보였다.

"단순한 녀석. 넌 좋겠어."

"왜요?"

입을 쉴 새 없이 오물대며 알리가 되물었다.

"이런 음식 따위에 그렇게 행복한 표정을 짓는 걸 보면."

시니컬하게 가브리엘이 턱을 괴며 말했다. 어쩌면 저런 순수함이 부러웠는지도 몰랐다. 같은 열두 살이었지만 가브리엘은 세상다 산 듯한 아이처럼 굴었고, 알리는 딱 열두 살의 천진난만함을가진 아이였다.

"하지만 맛있는 음식을 먹을 땐 정말 행복한 걸요."

"그래그래. 그러니까 많이 먹어."

"헤헤, 항상 감사해요, 도련님."

언제부터였을까. 저 도련님이란 말이 거슬리기 시작한 건.

"그냥 이름 부르라니까."

"그럼 부모님께 혼나는 걸요."

슬쩍 카르마의 눈치를 보며 알리가 비밀도 아닌 것을 비밀처럼속닥였다.

"마음대로 해."

굳이 강요할 생각이 없는 가브리엘이 대충 고개를 끄덕이며 이미 조각조각 나누어진 오믈렛을 더 세밀하게 나눴다.


결국 점심을 먹고 오후 늦게 숙제를 모두 끝낸 알리는 그날 바로 자신의 집으로 가자고 조르기 시작했다. 오랜 시간 알고 지냈으면서 한 번도 알리의 집에 가겠다고 말한 적 없는 가브리엘의 마음이 바뀔까 봐 그답지 않게 졸랐다.

"내일 간다니까."

"내일 되면 또 덥다고 안 가실 거잖아요."

알리는 은근히 가브리엘을 잘 알고 있었다.

"지금 해가 가장 뜨거운 시간은 지나서 딱 좋아요. 도련님!"

까무잡잡한 손이 하얀 가브리엘의 손목을 붙잡고 흔들었다. 보드라운 곱슬머리가 검은 송아지 같은 눈동자를 살짝 가리자 가브리엘이 손을 내밀어 그 머리칼을 가지런히 뒤로 넘겨주었다.

"얘가 왜 안 쓰던 떼를 써."

카르마가 곤란하단 듯 웃으며 알리를 타박했다. 그녀는 가브리엘이 먹을 간단한 저녁을 만들어놓고 퇴근 준비를 하고 있었다. 카르마와 핫산 외에도 저택을 지키는 경비들이 따로 있었기에 어머니가 없는 날이면 으레 가브리엘은 혼자서 밤을 보냈다.

"글쎄……."

자신의 팔을 붙잡고 있는 따뜻한 알리의 손이 나쁘지 않았다.

"그럼 다시 저택으로 돌아오기 늦어지잖아."

"저희 집에서 주무세요!"

"알리! 도련님께서 어떻게 우리 집에서 지내시겠니?"

그렇게 그 개새끼들이 예쁜 모양이었다. 어떻게든 보여주고 싶어 하는 의지가 가득한 몸짓과 열의에 가득 찬 눈에 가브리엘이 한숨을 내쉬었다. 그로서도 누군가의 집에서 밤을 보낸 적이 없었다. 가끔 어머니의 발굴 현장 텐트에서 찝찝하게 잘 때 이외엔

외박이란 걸 해본 적이 없었다.

그렇게 생각하니 자신을 두고 또다시 발굴 현장에 간 어머니께 아직도 짜증이 난 상태였던 그가 고개를 끄덕였다.

생각해보니 이 저택에 남아 있을 의리 따위 있을 리 만무했다.

"좋아. 너희 집에서 하루 잘게."

"와, 정말요?"

알리의 집은 소도시의 경계 외곽에 있었다. 대부분 사정이 어려운 사람들이 살고 있는 그 외곽 쪽은 말만 들었지 가브리엘은 가보지 않았다.

"도련님이 오시기에 누추한 곳인데……."

"괜찮아."

'사람 사는 데가 다 똑같지 뭐'라고 덧붙이며 가브리엘이 외출 준비를 했다.


푸쿠의 새끼들은 가브리엘의 손바닥만 했다. 아직 눈도 뜨지 못하고 꼬물꼬물 움직이는 게 어디가 귀여운지, 귀엽다는 말의 정의를 다시 한 번 되새김질하게 만들었다. 겨우 이런 꼬물이들이나 보러 직접 걸음한 게 허탈할 정도였다.

"귀엽죠? 그죠?"

"강요하지 마."

그 말에 금세 알리가 시무룩해졌다. 그의 눈에는 퍽 귀여워 보이는 모양이었다.

알리의 집은 정말 작았다. 방은 두 개였고, 거실 겸 주방이 있는 구조였다. 나무로 만든 딱딱한 침대와 책상이 전부인 알리의 방에서 오늘 가브리엘이 지내기로 했다. 다닥다닥 붙어 있는 집들. 옆집에서 무슨 말을 하는지도 다 들릴 정도로 가까운 거리였다.

처음엔 신기하고 재미있어서 두리번거렸지만 이내 흥미가 떨어진 가브리엘은 여느 때와 마찬가지로 심드렁한 얼굴로 돌아왔다.

"도련님 집에 비하면 많이 좁죠?"

"나쁘지 않아."

조심스럽게 묻는 알리의 머리를 툭 손바닥으로 쓸며 가브리엘이 대꾸했다. 정말 하루쯤은 나쁘지 않았다. 오히려 발굴현장의 텐트보다 나았다. 가브리엘이 누워 잘 침대 아래 이불을 깔며 자신의 잠자리를 알리가 정돈했다.

푸쿠와 그 새끼들도 알리의 방 안에 있었다.

푸쿠는 늘어지게 하품을 하고 반쯤 눈을 내리깔고 있었고 새끼들은 낑낑대며 어미의 젖을 찾아 꼬물거렸다. 그게 귀여워 죽겠다는 얼굴을 하며 알리의 눈은 끊임없이 강아지들을 좇았다.

"도련님?"

잠시 가브리엘이 해가 뉘엿뉘엿 저물어가는 창밖을 응시했다. 그가 고개를 갸웃했다. 가브리엘의 손가락이 나무 침대 위를 톡톡 느릿하게 두드렸다.

공기가 기분 나빴다.

분명 언제나처럼 약간의 흙먼지가 뒤섞인 그런 공기인데, 이상하게 탁했다.

알 수 없는 소름이 돋았다.

"도련님?"

미간을 찌푸리고 밖을 바라보고 있는 가브리엘이 이상했는지 알리가 그의 어깨를 살짝 흔들었다.

"아아……."

"왜 그러세요?"

"아냐, 아무것도."

눈을 감고 있던 푸쿠가 슬며시 눈을 떴다. 잠에 빠져 있던 개의 탁한 눈동자가 순간 또렷해졌다. 그것을 본 가브리엘의 팔뚝에 다시 한 번 소름이 돋았다.

"추우세요?"

그 순간이었다.

웨에에에에에에엥―

멀리서부터 들리는 사이렌 소리. 영문을 모르겠다는 알리의 눈동자와 가브리엘의 눈동자가 마주쳤다.

가브리엘은 그 사이렌 소리를 처음 들어보았다. 하지만 그게 어떤 소린지는 잘 알고 있었다.

공습경보였다.

그제야 무엇이 이상했는지 알았다. 창밖 그 너머로 보이던 아주 작은 까만 점이 이제는 육안으로 확실히 식별될 정도로 가까웠다. 수십 대의 전투기였다.

"빌어먹을!"

소도시에 울려 퍼진 공습경보. 반군을 소탕하겠다는 정부의 경고.

이 작은 마을과도 같은 소도시엔 반군이라곤 눈에 씻고 찾아볼 수도 없었다.

하지만 공습경보가 울렸다.

꼼짝도 할 수 없었다. 그저 멍하게 창문 너머로 지나가는 전투기를 바라보았다.

사이렌 소리는 전투기의 소음에 금방 묻혔다. 고막이 찢어질 듯 낮게 나는 전투기 소리에 알리가 몸을 웅크렸다.

"알리!"

컹컹컹컹ㅡ!

제 새끼를 만져도 가만히 있던 푸쿠가 맹렬하게 짖기 시작했다. 그와 동시에 핫산과 카르마가 뛰어 들어왔다.

"아빠! 아빠!"

공포에 찬 검은 눈동자에 눈물이 가득 고여 도르르 떨어져 내렸다.

가브리엘은 숨도 쉬지 않고 가만히 그 자리에 서 있었다. 그의 어깨를 잡고 돌려세운 것은 핫산이었다.

"도련님!"

찰싹!

뺨에 화끈한 통증이 일었다. 가브리엘의 뺨을 때린 핫산이 다급하게 그를 바라보았다. 핫산은 한 손으로는 알리를 품에 안고 한 손으로는 그의 뺨을 내리쳤다. 그리고 가브리엘의 시선이 또렷하게 돌아오자 품에서 덜덜 떠는 알리를 카르마에게 맡긴 뒤

침대 아래를 뒤적였다.

핫산이 찾은 것은 방독면이었다. 정화통 하나가 붙어 있는 방독면.

가브리엘은 그것을 알고 있었다. 몇 달 전 정부가 대량의 사린 가스를 사들였다는 것을 알게 된 뒤 우스갯소리로 그가 말했었다. 요새 시리아인들 사이에선 방독면을 구입하는 게 유행처럼 번졌다고. 방독면 하나에 금값이라며 자신도 그동안 모아뒀던 돈으로 혹시 몰라 방독면을 구입했다고 했었다.

그때는 듣고 쓸데없는 짓을 했다며 코웃음 쳤었다.

단 하나의 방독면. 그것이 누구를 위한 것인지 가브리엘은 잘 알았다.

쿠우웅.

지척에서 들리는 굉음에 가브리엘이 반사적으로 무릎을 꿇었다. 그것은 조용한 침묵의 살인마였다. 차라리 건물이 부서지고 비명 소리가 들렸다면 나았으련만. 새까만 공포가 그림자의 끝부터 좀먹는다. 총 소리도, 포탄 소리도, 화염도 없는 소름 끼치는 기묘한 침묵.

카르마와 알리도 다리에 힘이 풀려 서로를 껴안으며 그 자리에 주저앉았다.

핫산이 표정 없는 얼굴로 가브리엘의 머리 위에 방독면을 씌웠다. 카르마가 알리를 더욱 꽉 껴안았다. 마치 알리에게 자신의 아버지가 자신을 버리고 가브리엘을 살리려 하는 사실을 감추기라도 하는 것처럼.

"제 말 잘 들으세요! 정신 차리세요! 무조건 뛰세요. 정화통은 몇 분밖에 버티지 못합니다. 무조건 외곽으로 나가세요. 이 도시를 벗어나세요, 도련님!"

나는 여길 몰라. 어디로 가야 될지 몰라.

가브리엘은 대답할 수 없었다. 입안이 바싹 메말랐다. 숨을 내쉬는 것조차 버거웠다.

밖에선 붉은 노을이 지고 있었는데 왜 갑자기 세상이 하얗게 변하고 있는 걸까.

얼굴을 꽉 조이는 방독면으로 인해 제대로 숨을 내쉴 수 없었다. 핫산이 아프게 자신의 손목을 잡아끌었다. 그에게 질질 끌려나가며 가브리엘이 뒤를 돌아보았다.

카르마의 품에 안겨 있는 알리와 눈이 마주쳤다.

작고 새카만 손이 자신에게 쭉 뻗어졌다. 마치 손을 잡아달라는 듯.

알리가 뭐라 소리쳤지만 들리지 않았다. 아무 소리도 더 이상 들리지 않았다.

왜 그래. 뭐라고 하는 거야, 알리. 난 원하지 않았어. 내게 네 방독면을 준 건 핫산이야. 네 아버지야. 내가 원한 게 아니야.

가브리엘이 자신에게 손을 뻗는 알리를 향해 마주 손을 뻗었다. 그리고 그의 손을 지나쳐 목에 걸려 있는 십자가를 움켜쥐었다.

탁—

알리가 무어라 소리치는 것도 들리지 않았다. 하지만, 왜 십자가의 끈이 끊어지는 소리만 똑똑하게 귓가에 울리는 걸까.

　가브리엘은 그를 외면했다. 더 이상 자신의 동공에 알리를 담지 않았다. 핫산이 이끄는 대로 빠져 나와 등을 떠미는 큰 손이 신호라도 되는 듯 밖으로 뛰기 시작했다.

　어지럽게 나열된 골목길을 무작정 뛰었다. 아무 생각도 나지 않았다. 노을이 만개한 세상은 피처럼 붉었고 수십, 혹은 수백의 비명 소리가 귓전을 때렸다. 머리 위를 지나가는 전투기가 왔던 방향으로 무작정 뛰었다.

　새하얗게 질린 채 구토를 하며 밖으로 뛰쳐나온 사람들이 두 팔과 다리를 버둥댔다. 입가에 하얗게 거품을 물고 흐리멍텅한 눈으로 가브리엘을 향해 달려들었다. 그의 옷자락과 머리카락을 잡아당기는 손들을 뿌리쳤다. 그들은 가브리엘이 쓰고 있는 방독면을 원하고 있었다.

　그처럼 방독면을 쓴 사람들도 바닥을 기어 다녔다. 수십의 손들이 방독면을 벗기고 그것을 차지하려다 이내 사지를 버둥거리며 쓰러졌다.

　발아래 물컹한 것이 밟혀 내리막길을 굴렀다. 뒤돌아보지 않아도 그것은 사람이었다. 맨발에 채 체온이 가시지 않은 사람들을 밟고 다시 일어나 달렸다.

　무색무취.

　폭탄이 떨어져 불타오르는 건물들은 멀었다. 하지만 무색무취의 죽음은 순식간에 바람을 타고 도시 전체에 번졌다. 차라리 자욱한 연기라도 퍼졌다면.

그렇다면 이 지옥이 가려졌을 텐데.

자신 또래의, 쓰러진 아이의 배를 밟자 미처 숨이 끊어지지 않았는지 거품과 토사물을 내뱉으며 작은 몸이 다리 아래서 몸부림쳤다. 발끝 아래로 그 몸부림을 기억하며 가브리엘이 다음 걸음을 뗐다.

살기 위한 다리는 필사적으로 멈추지 않았다.

숨이 턱까지 차올랐다. 점점 팔다리에 감각이 없어졌다. 자신이 뛰고 있는지도 더 이상 알 수 없었다. 울컥하고 토사물이 넘어왔다. 방독면의 시야가 제가 내뱉은 토사물로 인해 뿌옇게 변했다. 어른거리는 앞엔 오로지 붉은 노을의 잔재만 너울너울 남아 있었다.

이대로 죽을 순 없다.

혀를 질끈 깨물었다. 마비된 통각에 약간의 통증이 느껴졌다.

사린가스는 피부로도 흡수된다. 자신은 이미 중독됐다. 그 사실을 깨달은 순간 가브리엘은 멈춰 섰다.

「찾았습니다!」

머리 위로 미지근한 것이 쏟아졌다. 그것이 물이라는 것은 뒤늦게 알았다.

그리고 동시에 뒤에서 그를 낚아챈 이들에 의해 지프차에 몸이 실렸다. 팔다리가 경련하고 있었다. 꾸역꾸역 위액과 토사물이 넘어왔다.

방독면이 벗겨졌다. 흐릿한 눈으로 보이는 것은 방호복을 입은 자들이었다. 그들은 자신의 목을 뒤로 젖혀 기도를 확보했다.

「해독제! 사린가스가 씻겨 나가게 물을 더 부어!」

누군가 소리치자 허벅지에 미약한 통증이 일었다. 아트로핀과 옥심을 차례로 주사한 뒤 그의 얼굴에 호흡기가 씌워졌다. 그리고 누군가 끊임없이 수통의 물로 그의 온몸을 씻어냈다.

"알……."

「쉬, 쉬. 괜찮아. 괜찮단다.」

지프차의 유리 너머로 그가 12년을 살아왔던 도시가 보였다. 조용한 죽음에 사로잡힌 도시가 순식간에 점점 멀어져 가고 있었다.

손바닥을 파고든 십자가를 있는 힘껏 움켜쥐었다. 마비된 손가락 사이로 자꾸 떨어지려는 십자가를 필사적으로 붙들었다.

죽음의 도시에서 유일하게 살아나온 것은 자신과, 그리고 손바닥 안에 있는 알리의 '신'뿐이었다.

✝

가브리엘의 목소리는 단 한 차례도 격해지지 않았다. 그저 그가 겪었던 사실만을 이야기하는 목소리에 온기라곤 없었다. 레인의 손을 붙잡고 그녀를 끌어안고 그 이마에 입을 맞추며 속삭였다.

"나는 알리의 목숨에 기생해서 살아가는 거죠."

그 목숨을 빨아먹으며 지금까지 살아남았다고 말하는 입술 끝이 조금 올라갔다. 어느샌가 그와 나란히 누워 여전히 그의 젖은 머리칼을 만지며 레인은 이야기가 끝날 때까지 어떤 말도 하지 않았다.

그저 눈앞에 펼쳐졌다.

지는 석양. 붉게 물든 도시. 단 한 방울의 피도 흘리지 않은 채 잠든 듯 누워 있는 사람들.

"나는 그 지옥을 보며 영원히 시간이 멈췄다고 생각했어요. 뒤를 돌아보았는데 내가 살아온 도시가 침묵으로 뒤덮여 있었어요. 그때부터 내 세상은 굉장히 고요해졌거든요."

고요한 그의 세상. 그는 여전히 모두가 사라진 그 세상에 있었다.

"1,382명이 죽는 데 걸린 시간은 단 11분. 상상이 가요? 내게는 영원이었던 시간이 단 11분이었다니."

그가 더욱 꼭 레인을 끌어안았다. 한 치의 틈도 없이 자신의 몸을 붙여왔다. 이마에서 내려온 입술이 레인의 목덜미로 파고들었다. 그의 긴 두 다리가 단단히 감아왔다.

"그래서 복수를 하는 건가요?"

가브리엘의 목소리는 전혀 떨리지 않건만, 자신의 목소리는 나약하게 떨리고 있었다. 아직 온기도 채 가시지 않은 수많은 시신들을 밟고 도망쳐야 했던 어린 아이가 환상처럼 떠올랐다.

방 안이 온통 붉게 물든 것 같았다.

"복수란 달콤한 단어로 설명할 수 있을 리가. 난 그 아이의 신도 빼앗아 왔어요. 알리의 신을 빼앗은 나는 유죄일까요, 무죄일까요?"

십자가.

그는 자신의 등에 죄의 낙인으로 십자가를 지고 있다. 친구에게서 빼앗아 온 신을 섬기기 시작한 남자였다.

레인은 그제야 그가 스스로를 '죄'라고 칭한 이유를 알았다. 유일하게 그곳에서 살아남았기에, 복수를 해줄 어떤 이도 살아남지 못했기에 스스로 죄가 되어 책임을 질 자들을 사냥하고 있었다.

"그래, 그건 복수라는 단어로 표현할 수 없는 거죠."

그 어마어마한 무게를 감당하고 있는 것은 고작 자신의 품 안에 있는 남자 하나였다.

"레인은 왜······."

목덜미에서 그 입술이 간지럽게 움직였다.

"그게 당신과 무슨 상관이냐고는 묻지 않죠?"

정말 이상한 여자였다. 끝까지 입을 열지 않는다. 그래서 이여자 앞에서 자신은 무방비해진다. 따뜻한 체온을 가지고 있는, 입이 무거운, 아무것도 묻지 않는 이상하리만치 자신과 닮은 여자.

"소원을 들어준다고 약속했잖아요."

시리아의 사건은 그에게 공황장애를 가지고 왔다고 했다. 그는 공황장애라고 이야기했지만 그게 그렇게 단순한 말로 설명할 수 없을 거라는 걸 레인은 알았다. 훨씬 무섭고 두려운 것이 그를 좀먹었으리라.

"그래요, 소원."

기억났다는 듯 가브리엘이 소원을 되새겼다.

자신을 죽이려고 진심으로 목을 졸랐던 여자의 손은 그의 머리 위에 있었다. 기계적으로 젖은 머리칼 사이사이에 손가락을 넣어 쓸어주는 다정하기 짝이 없는 손길에 굳어진 마음이 점점 풀어진다.

고요한 침묵밖에 없었던 세상에 사부작사부작 소리가 들리기 시작한다.

"나의 소원."

가브리엘이 이를 세워 레인의 목덜미를 살짝 깨물었다. 그리고 입술을 묻고 가느다랗게 웃었다.

"내가 당신의 복수에 필요하다면 이용해요."

하지만 복수가 끝난 후의 그 죄의 값에 대해선 레인은 입을 열지 않았다. 이미 그는 복수를 이행하고 있었고 자신이 입을 열지 않아도 삶이 끝날 때까지 그것이 낙인이 되어 따라붙을 거라는 걸 알고 있으리라.

"이미 이용하고 있는 걸요."

가브리엘의 대답에 레인이 씁쓸하게 웃었다. 이미 이곳에 도착하기 전 니콜에게 문자를 보내놓았다. 그녀가 어떤 결과를 가져오든 예상하고 있었다. 그 문자의 답이 자신의 예상과 들어맞을 거란 걸 알면서도 품 안에 있는 남자에 대한 연민이 사라지지 않았다.

연민이라.

그런 감정이 자신에게 남아 있었던가. 이 남자에게 느끼고 있는 감정이 정말 연민이 맞을까?

"계속해서 나를 안고 있어 주세요."

"씻어야 하는데요."

"내가 잠들 때까지만."

그가 콧속에 있는 휴지를 빼냈다.

"10분만 이러고 있을게요."

"응…… 그거면 돼요. 난 정말 피곤하니까."

자신의 목덜미에서 길게 하품하는 남자의 입술이 느껴졌다. 자신을 안은 손에 조금도 힘을 풀지 않고 그가 가볍게 어깨에 볼을 비볐다. 크게 들이쉬는 숨결에 자신의 체향이 그에게로 빨려가는 느낌이었다.

"……이상한 사람."

가브리엘이 수마에 빨려가는 목소리로 중얼거렸다.

"아니까 잠이나 자요."

"당신은 정말 이상한 사람이에요, 레인."

"당신보다 이상할까."

그 말에 가브리엘은 답하지 않았다. 고른 숨소리를 듣고 레인이 픽 웃었다. 정말로 자신이 듣고 싶은 말만 듣는 편리한 사람이지 않은가.

그의 어깨 너머로 보이는 방 안은 여전히 붉은 노을이 지고 있었다. 그곳에서 비틀거리며 온 힘을 다해 벗어나려 발버둥치는 작은 어린아이가 보였다.

젖은 머리칼을 한참을 쓸어내렸다. 하지만 그 고른 숨소리 뒤

의 선연하게 느껴지는 감각은 그가 아직 잠들지 않았다는 것을
말해주고 있었다.

　고독이 파고드는 상처 난 밤이었다.

# 10.

*가장 강한 영혼은 고통 속에서 탄생한다.*
*굳건한 인격은 흉터와 함께 각인된다.*

*— 칼릴 지브란*

집채만 한 파도란 저런 걸 이야기하는 거구나 깨달으며 레인이 멍하니 그 자리에 서 있었다. 그리고 이내 파도가 다가와 부딪치자 요트는 양 옆으로 크게 기울었다 이내 다시 둥실둥실 제자리를 찾았다.

별로 뱃멀미를 하는 체질은 아니지만 이건 누구라도 멀미를 할 수밖에 없는 환경이었다. 이미 이슬람식 선상 요리를 선보이겠다는 주방장은 얼굴이 하얗게 질린 채 몇 번이나 화장실을 들락거렸다. 보다 못한 보조가 옆에 종이봉투를 들고 상시 대기 중이었다. 그 종이봉투를 들고 있는 보조의 얼굴도 주방장과 그리 다르지 않았다.

"윽!"

서빙을 하던 웨이터 둘이 기어이 물 잔을 엎질렀다.

투타타타타타타—

그리고 기우뚱거리는 요트에 다가오는 헬기 한 대가 창밖으로 보였다.

아마 이 요트의 디너에 초대받은 아지즈라는 아랍 왕자이리라. 헬기를 마중 나가려는 그레이를 레인이 대단하게 쳐다보았다. 정말로 그레이는 서류상으로 완벽하게 요트를 가브리엘의 소유로 바꾸어 놓는 기적을 일으켰다. 아침에 하얗게 날밤을 샌 얼굴로 182번의 통화 끝에 비서와 다시 연락이 됐다고 말하던 모습을 잊을 수가 없었다.

헬기가 천천히 요트의 착륙장에 착륙했다.

헬기 이착륙장이 있는 요트라니. 이런 건 정말 말만 들어봤다. 그런데 대체 왜 선착장에 정박되어 있는 요트에 헬기를 타고 오는 걸까.

레인이 또 다른 또라이를 보는 눈으로 헬기에서 내리는 아랍 왕자를 바라보았다.

오늘은 파도가 세서 요트를 출항시킬 수 없었다. 가브리엘은 하루를 꼬박 자고 저녁까지 자려는 걸 그레이가 무시무시한 기세로 깨워 일으켰다.

어서 새 요트 가서 저녁을 먹자고. 아랍 왕자도 초대했으니 빨리 가서 손님 맞을 준비를 하라고 닦달했다. 그레이가 그 말 뒤에 '빌어먹을'을 붙이지 않은 건 아무래도 이 고용주에게 욕을 하면 목숨이 위험해져서이리라.

"오오, 여전히 아름다운 분이군요."

요트 안으로 들어온 아지즈가 레인의 손등 위에 키스하며 입에 발린 소리를 했다. 그는 어제 봤을 때와는 다른 미녀 둘을 대동하고 왔다.

"반갑습니다, 전하."

"아지즈라고 불러요."

명색이 왕자이기에 레인이 존칭을 붙여 인사하자 사람 좋아 보이는 얼굴을 하고선 그가 자신의 이름을 다시 한 번 알려주었다.

"내참, 새벽 내내 내 비서를 괴롭혔다고요?"

그리고 이내 그의 시선이 가브리엘의 등 뒤에 있는 그레이를 향했다. 유능한 그가 허리를 숙여 보이며 대답했다.

"죄송합니다, 전하."

아지즈의 옆에 선 날카로운 인상의 젊은 남자가 그의 비서인 듯했다. 그의 시선이 가브리엘을 향하며 어젯밤에 요트를 팔라는 그 미친놈이 저 미친놈이구나 하는 눈빛으로 보고 있었다.

"그나저나 크레이브 의원이 살해당했다는 기사는 보셨소?"

자연스럽게 아지즈의 곁에 선 가브리엘이 고개를 끄덕였다.

"그 옆에 경호원이 죽은 채로 발견된 걸 보아 청부살인이 아닐까 추측하더군요."

그것 때문에 메스컴은 연신 난리였다. 특보로 하루 종일 보도되고 있었지만 수사에 난항을 겪고 있었다. 일단 간밤에 내린 비로 인해 증거가 대부분 씻겨 나갔고, 그 자선파티에 모인 대부분이 쟁쟁한 정재계 인사들이라 참고인으로 부르기도 부담스러웠으리라.

"아침에 내 변호사에게 전화를 받고 어찌나 놀랐던지. 이 미국
이란 나라는 한시도 마음을 놓을 수 없다니까."

아지즈가 고개를 저었다.

"살인자가 활개 치고 다니는 나라라니. 그래서 난 바로 출국을
하려고 준비 중이라오. 이번에 내가 남태평양에 리조트를 하나
지었는데……."

두 살인자에게 남태평양에 있는 자신의 리조트에 가지 않겠냐
고 권하는 아지즈를 레인이 알 수 없는 눈빛으로 바라보았다. 1년
을 기다린 요트를 하루 사이에 강탈당하다시피 넘긴 사람치고 그
는 불쾌해 보이지 않았다. 다만 어떤 재미있는 일로 인해 이 요트
를 넘기라고 밤 늦게부터 새벽까지 달달 볶았는지 궁금해하기만
했다.

"가브리엘 서머셋은 은혜를 잊지 않는다."

아지즈가 사람 좋은 미소를 내보이며 그 말을 내뱉었다. 가브
리엘은 그저 빙그레 웃고만 있었다.

"한 번 자신을 도와주면 적어도 두 배가 넘게 돌아온다고 하지
요, 아마?"

"이 세계에서 친구란 많이 만들어 놓으면 좋은 거니까요."

"그건 친구가 아니라 비즈니스 파트너라고 봐야지 않겠소?"

그 말에 가브리엘이 모호한 얼굴을 했다. 마치 정곡을 찔린 사
람처럼. 친구라는 단어를 아무 데나 가져다 쓸 수는 있는데 실상
그가 친구라고 진지하게 지칭하는 사람은 그를 대신해 죽었다던

어린 그 친구밖에 없을 거라고 레인은 생각했다.

식사는 평범하게 시작됐다. 국제 정세에 대해 이야기를 꺼내다가 아지즈가 얼마 전 지었다던 리조트 이야기가 나왔고, 이번에 공을 들이고 있는 여자에 대해 이야기하기도 했다. 속이 계속 울렁거려 샐러드를 조금 집어 먹다 만 레인이 그 이야기들을 한 귀로 듣고 흘렸다. 이렇게 파도에 출렁이는 요트 위에서 자신 빼고 모두 이 음식들을 즐기고 있었다.

곧이어 디저트로 셔벗이 나왔고 시원하면서도 새콤한 그것을 조금 떠먹자 속이 진정되는 기분이었다. 식사 내내 레인의 안색을 살피며 가브리엘이 아지즈와 이야기하는 도중에도 종종 괜찮냐고 물어왔다.

디저트가 나올 때까지 자리를 지켰으니 이제 슬슬 빠져줘야겠다고 생각했다.

식사 시간에 가브리엘이 그를 초청한 진짜 이유를 밝히지 않았으니 단둘이 나눌 말이 있다는 것을 깨달았기 때문이었다.

"잠깐 밖에 나가 있을게요, 엘."

그것을 신호로 아지즈도 자신이 데리고 온 두 미녀를 밖으로 내보냈다. 그녀들은 이런 일이 익숙한지 이 날씨에 요트에 딸려 있는 수영장에서 수영을 하겠다고 짧은 칵테일 드레스를 레인과 경호원들이 보는 앞에서 훌렁 벗어 던졌다. 같이 수영을 하자고 말하는 그녀들에게 짧은 거절의 말을 건네고 레인이 요트의 난간에 몸을 기댔다.

바람이 거세고 파도가 출렁거렸지만 답답한 안보다는 바깥이 나았다. 그런 레인이 마치 곧 바다에 떨어지기라도 할까 봐 걱정되었는지 그레이가 옆에 섰다.

"아래 침실도 있는데 거기 가서 쉬시죠."

"이런 요트는 얼마나 하나요?"

문득 자신이 몸을 기대고 있는 이 요트의 가격이 궁금해 묻는 레인을 보며 그레이가 표정을 굳혔다.

"알면 아마 죽어라 일하고 있는 자신이 일개미처럼 느껴져서 세상이 허무해질걸요."

그게 무슨 뜻인지 알았다. 이런 요트를 아무렇지도 않게 한마디 말로 바로 구입할 수 있는 재력이라니.

"알려드릴까요?"

"아뇨, 됐습니다."

레인이 손을 저으며 거부했다. 아마 자신이 평생 벌어도 이 요트의 1/10도 살 수 없으리라.

"담배 있어요?"

점점 울렁거림이 심해졌다. 이 울렁거림은 옛날에 줄담배를 피우다 끊었을 때의 그 느낌 같았다. 담배를 끊은 지 오래됐는데 문득 한 대만 피우고 싶다는 생각이 간절해졌다.

"보고서엔 흡연자란 이야긴 없던데."

그레이가 고개를 갸웃하며 중얼거렸다. 대놓고 보고서라고 말하는 걸 보고 레인이 기가 막혀 지적했다.

"아니, 뒷조사를 한 걸 누가 그렇게 당사자 앞에서 자신 있게 이야기해요?"

"아, 실수. 실숩니다."

그제 새벽에 체온계를 들고 들어와 '농담'이라고 말하던 말투와 똑같은 톤이었다. 전혀 실수라고 생각하지 않는 얼굴로 진지하게 그가 품 안으로 손을 밀어 넣었다. 철제 케이스에서 담배 한 개비를 꺼내고 그가 불까지 붙여주려 했다.

"나가서 피울 거예요."

그의 손에서 지포라이터와 담배를 빼앗아 든 채 레인이 선착장으로 내려갔다. 정말 저 흔들리는 곳에서 오랜만에 담배를 피웠다간 아까 먹은 샐러드를 게워낼지도 몰랐다. 딱딱한 선착장의 흔들리지 않는 나무 바닥을 밟자 속이 좀 진정되는 것을 느꼈다. 아마 가브리엘과 아지즈는 술도 한잔 하며 이야기를 나눌 테니 오래 기다려야 될지도 몰랐다. 레인이 천천히 선착장 위를 걷기 시작하자 뒤로 경호원 하나가 따라왔다.

"나랑 맞담배 피울 거 아니라면 따라오지 마시죠."

그저 혼자 걷고 싶은 거였지 누군가를 달고 다니는 취미는 없었다. 맞담배를 피울 생각은 없는 듯 그가 적당한 거리에서 멈춰서는 게 보였다. 어차피 파도가 세서 오늘 이 선착장에 사람은 거의 없었다. 아마도 가브리엘과 아지즈 일행이 유일하리라.

손가락 사이에 담배 한 개비를 끼고 이리저리 돌리면서 레인이 천천히 걸었다. 바다 특유의 짭짤한 내음과 발아래 축축한 나무 바닥의 냄새가 섞여 났다.

그저 가만히 걷다 보니 요트와 제법 떨어진 낡은 4층짜리 창고 앞까지 온 레인이 50여 미터 떨어진 곳에서 자신을 주시하는 경호원을 흘낏 바라보았다.

창고에서부터 요트까지는 가리는 것 없이 쭉 뻗어 있는 선착장이 전부였다. 낡은 창고를 리모델링이라도 하려는 듯 곳곳에 건축 자재가 보였다.

무심하게 건물을 올려다보며 손가락 사이에 끼고 있던 담배에 천천히 불을 붙였을 때였다.

귀 밑을 스치고 지나가는 선득한 감각.

불이 붙은 담배가 바닥에 떨어질 뻔한 것을 입술로 꽉 물었다.

천천히 아무렇지도 않게 담배 연기를 한 모금 깊게 빨아들였다. 폐부 깊숙이 흡입하자 일순 머리가 띵 울렸다. 시야가 흐릿하니 어지러웠다. 역시 4년 만에 다시 피운 담배의 맛은 썩 좋지 않았다. 샌들의 앞쪽으로 괜히 바닥을 툭툭 건드렸다.

이미 자연스럽게 시선은 정면으로 내린 상태였다. 확인하고 싶은 마음이 굴뚝같았지만 다시 위를 올려다보지는 않았다.

먼지와 얼룩 투성이의 깨진 유리창 사이를 의식적으로 피했다.

다시 한 번 담배를 깊게 빨아들였다.

한 번 깨달은 귀 뒤의 선득한 감각은 여전했다. 레인은 어릴 때부터 사람들의 시선에 유독 민감했다. 동양인이라는 이유로, 체구가 작다는 이유로 심하게 따돌림을 당해서일 수도 있지만 자신에게 쏟아지는 시선에 병적으로 굴었다. 지금에야 많이 나아졌지만, 아직도 낯선 사람들의 시선에는 신경이 곤두섰다.

어릴 땐 병적으로 굴어서 정신과 치료를 받기도 했었는데 일명 시선공포증이 일에서는 몇 번이나 목숨을 구해주었다. 천지분간을 못 하고 벌거숭이처럼 날뛰고 다녔을 때도 위험한 임무에서 살아남을 수 있었던 것은 그 예민함 때문도 있었다.

스나이퍼인 리는 이것을 천부적인 동물적 감각이라고, 보통 사람들은 아직 개발하지 못한 제 육감이라고 우스갯소리로 말하곤 했었다.

낡은 창고 건물 위에 있는 것은 저격수였다. 레인이 그것을 알아본 것은 본능이었다. 정말로 몇 번이나 사지에서 살아남아 온 자신의 육감. 스코프를 통한 그 차디찬 시선을 또렷하게 느낄 수 있었다.

담배가 필터만 남긴 채 빠르게 타들어갔다.

마지막으로 깊게 다시 한 번 빨아들이고 레인이 미련 없이 바닥에 꽁초를 버렸다.

누구를 노리는 걸까? 아지즈? 가브리엘?

아지즈는 어차피 헬기를 타고 왔다. 하지만 그의 행선지를 안다면 저격수가 이곳에 기다리고 있는 것이 이상하지 않았다. 그러나 그보다 더 확신이 드는 타깃은 가브리엘이었다. 저 낡은 건물 안에 있는 저격수가 가브리엘을 노릴 거라는 데에 무게가 좀 더 기울어졌다. 지금 자신에게서 떨어져 있는 경호원들을 갑자기 부른다면 아마 이곳에서 총격전이 시작될 거라는 건 불을 보듯 뻔했다.

너무 건물 앞에 오래 서 있는 것도 좋지 않았다. 레인이 아무 일도 없었다는 듯 경호원 쪽은 쳐다보지 않고 건물 옆쪽으로 걸음을 옮겼다.

돌발행동을 하는 자신을 스코프 너머로 쳐다보는 시선이 건물 위쪽에서 확연하게 느껴지자 입가에 쓴웃음이 걸렸다.

어떤 의미라 해도 좋지 않았다. 분명 아지즈와의 대화가 빨리 끝나지 않으리란 사실을 알고 있었지만 저 요트 바깥으로 가브리엘이 금방이라도 모습을 비출 것 같았다. 그레이에게 연락하고 싶었지만 손에 들린 건 그의 지포라이터뿐이었다.

어떻게 해야 될까.

레인이 숨을 멈췄다. 욕조에 얼굴까지 담그고 종종 그러는 듯 빠르게 생각을 정리했다. 어차피 머릿속엔 결과가 있었다. 가브리엘의 경호 시스템에 대해선 잘 모르지만 아마도 자신이 짐작한 바가 맞으리라.

손가락으로 톡톡톡 입고 있는 얇은 옷감의 원피스를 두드렸다.

그리고 눈앞에 보이는 선착장의 바닥 나무판 사이에 신고 있던 샌들의 굽을 밀어 넣으며 휘청였다.

"젠장!"

참았던 숨이 한꺼번에 터졌다. 중심을 잃고 자리에 주저앉은 레인이 거친 욕설을 중얼거리며 짜증스럽게 머리를 쓸어 올렸다. 그녀가 엉덩방아를 찧는 것까지 떨어진 곳에서 보고 있던 경호원이 서둘러 다가왔다.

"괜찮으십니까?"

"⋯⋯담배 있어요?"

일어나라고 내밀어진 손을 보면서 잠시 뜸을 들인 뒤 레인이 물었다. 마음 같아선 '지금 당신 건벨트에 있는 글록이 필요한데' 라고 말하고 싶은 걸 간신히 참았다.

"담배랑 지갑 좀 줘 봐요."

단호한 레인의 말에 그가 담배와 지갑을 꺼내들었다. 그의 지갑에서 100달러짜리 두 장을 들고 부러 공중에 팔락였다.

"호텔 가서 갚을게요. 각하껜 지루하고 멀미가 심해 먼저 돌아 갔다고 전해줘요."

"제가 같이 가겠습니다. 차로……."

"내 한 몸 건사할 자신은 나도 있고, 지금 굉장히 기분이 안 좋으니까 더 이상 따라오지 마요."

이 남자와 같이 움직일 순 없다. 잠시 망설이던 레인이 한마디를 덧붙였다.

"날 말리고 싶다면 그레이 씨를 불러 오든지요."

그가 곤란한 표정을 지었다. 하지만 이내 레인이 돌려주는 지갑을 품에 갈무리하고 정말 그레이를 부르러 갈 예정인지 물러났다. 자리에서 일어난 레인이 신경질적으로 나무 바닥과 콘크리트 사이에 단단히 끼어 빠지지 않는 구두를 포기하고 벗었다. 그리고 나머지 한쪽도 벗어서 커다랗게 행동하며 바다 쪽으로 집어 던졌다.

"젠장, 되는 일이 없어!"

부러 들으라는 듯 화를 냈지만 마지막 말은 사실 진심이었다.

성큼성큼 걸어서 선착장을 벗어났다. 누가 봐도 짜증이 나서 택시를 타고 가려는 여자처럼 보였다. 담뱃갑에서 담배 한 개비를 더 꺼내 거칠게 불을 붙였다. 그리고 완전히 스나이퍼의 사정거리에서 벗어나 사각지대로 가게 됐을 때 한 모금도 채 빨지 못한 담배를 벽에 비벼 껐다.

레인은 요 며칠 하루에 한 번은 꼭 맨발이 되는 것 같다는 생각에 자신의 발을 한번 내려다 봤다. 그리고 조용히 창고의 뒤편으로 접근했다. 군데군데 깨진 유리창으로 인해 내부로의 진입은 쉬웠다. 주변을 경계하며 칵테일 드레스 자락을 들췄다. 허벅지 안쪽에 얌전히 케이스 채로 있는 손바닥만 한 크기의 단도가 잡혔다.

이거라도 있는 게 얼마나 다행인지. 자칫했다간 바닥에 깔려 있는 유리 조각 하나만 들고 스나이퍼를 상대할 뻔했다.

숨을 죽이고 깨진 유리 조각들을 피해 천천히 3층으로 올라갔다.

그레이가 자신을 붙잡는답시고 올까? 그가 올지 안 올지도 모르는 상황에서 무의미하게 기다릴 순 없었다. 무엇보다 가브리엘이 언제 밖으로 나올지 알 수 없었기에 최대한 빨리 움직였다.

가브리엘의 등 뒤엔 항상 그레이가 있었다. 그가 요트에 타기 직전까지 저격하기란 쉽지 않았으리라. 하지만 요트에서 나올 때는 달랐다. 별다른 일이 없다면 그레이는 여전히 가브리엘의 등 뒤에 있을 테고 스나이퍼에게도 기회는 온다. 그들은 찰나의 시간에 총을 쏘는 살인 기술을 배운 사람들이었다.

발바닥 아래가 따끔거렸다. 유리 조각을 피해 걷고 있었지만 미세한 조각들이 발바닥을 파고들었다. 자신이 지나간 자리마다 점점이 핏자국이 찍히는 것을 어쩔 수 없다고 생각하며 3층에 다다랐다. 내쉬는 숨조차 죽였다. 다행이 안에 있는 스나이퍼는 한 명이었다. 동료가 있을 수도 있지만 일단은 보이지 않았다. 게다가 상대는 이쪽으론 눈길도 주지 않는 상태였다.

레인의 눈이 바닥에 깔려 있는 방수포로 향했다. 건물 안 여기저기에 깔린 방수포는 간밤에 내린 폭우로 인해 대부분이 물이 고여 젖어 있었다.

창고 안은 꽤 넓어서 등을 돌리고 있는 스나이퍼와의 거리는 15미터 남짓이었다. 들키지 않고 그에게 접근할 방법은 없다. 일단은 자신이 저 안으로 발을 들이는 순간 비닐을 밟는 건 피할 수 없었다. 극도로 예민한 스나이퍼는 반드시 눈치채고 권총을 뽑으며 뒤를 돌아보리라.

레인은 소리 없이 칼등으로 허벅지를 톡톡 두드렸다.

뒤를 돌아 총을 자신에게 겨누기까지 3초 남짓. 그 시간 안에 15미터 거리를 좁혀야 한다.

아직은 어떠한 인기척도 들리지 않았다.

쿵쿵쿵쿵—

누군가 심장을 주먹으로 세차게 두드리기라도 하는 듯 뛰어댔다. 레인이 잠시 눈을 감고 떨리는 호흡을 가다듬었다. 아직도 간밤에 자신이 쓸어주던 그 머리카락의 감촉이 손가락 사이사이에 남아 있었다. 가브리엘이 짊어지고 있는 죄는 타인에 의해 강제로 내려놓을 수 없는 것이었다.

그저, 그런 생각이 들어서.

시작한 사람도 그였으니 그 끝을 내는 사람도 당사자란 생각이 들었다.

서둘러서 홀로 움직인 이유는 그것 때문이라고 스스로에게 다짐하며 눈을 떴다. 쿵쾅대던 심장은 어느새 조용해졌다. 목구멍 깊숙이 삼키는 공기에서는 더 이상 떨림이 느껴지지 않았다.

단도의 손잡이를 꽉 잡았다.

그리고 레인이 뛰기 시작했다. 첫 발에 바로 방수포를 밟은 바닥이 바스락거리며 울렸다.

1초.

등을 돌리고 있던 스나이퍼가 그 소리를 듣고 반사적으로 허리의 건벨트에서 권총을 꺼냈다.

2초.

그가 뒤를 돌아보았다.

3초.

움직이는 물체를 발견한 권총이 정확히 자신을 조준했다.

방아쇠가 당겨지는 그 순간이었다. 레인이 뛰던 반동 그대로 슬라이딩하듯 무릎을 꿇는 것과 동시에 상체를 뒤로 바짝 붙여 미끄러졌다.

방수포로 인해 물이 고여 있었고 바닥은 그녀의 예상대로 미끄러웠다.

탕!

이미 그녀라는 목표물이 사라진 빈 허공을 총알이 갈랐다.

공기를 찢으며 울리는 한 발의 총성이 가브리엘과 경호원들에게 들렸으리란 건 의심의 여지가 없었다. 이곳은 파도 소리 외에 정말 고요한 곳이니까.

순식간에 남자의 앞까지 상체가 반쯤 접힌 채 미끄러진 레인이 그가 두 번째 총알을 자신에게 겨누기도 전에 그의 발등에 단도를 박아 넣었다. 반사적으로 그가 고통에 허리를 숙이자 그의 머리채를 잡아 당겼다.

몸을 일으킬 시간도 없었다.

그리고 여전히 꽉 쥐고 있던 단도의 손잡이를 단번에 빼냈다. 고통에 일그러진 얼굴로 스나이퍼가 그녀의 다음 행동을 알아차리고 총구를 아래에 있는 레인에게 겨눴을 때였다. 잡고 있는 머리채를 있는 힘껏 아래로 잡아당기며 그의 귀 밑 경동맥에 정확히 칼을 찔러 넣었다. 손잡이의 끝까지 칼날이 완전히 남자의 얼굴을 관통했다.

생명이 빠져나간 시신이 그녀의 위로 무너져 내렸다. 시신에서 흘러나온 피가 얼굴과 목을 적셨다. 반쯤 일으켰던 상체를 천천히 바닥에 뉘이며 레인이 거칠어진 호흡을 다듬었다. 그리고 자신의 위에 있는 남자를 한쪽으로 밀어낸 뒤 그의 라이플을 조준했다.

SV-98 저격소총이었다. 러시아 특수부대가 주로 사용하는 저격소총이 자신이 죽인 남자의 출신을 대강 짐작케 했다.

스코프 사이로 총을 꺼내 주위를 경계하고 있는 가브리엘과 아지즈의 경호원들이 보였다. 아지즈는 요트 안에 있는 것이 안전하다 판단했는지 모습이 보이지 않았다. 그리고 요트에서 내리려는 가브리엘이 보였다. 그레이가 그 뒤를 따르며 뭐라 말하고 있었지만 가브리엘은 멈추지 않았다. 그의 시선이 누군가를 찾고 있었다.

바깥을 경계하고 있는 경호원들은 아지즈의 경호원들을 제외하곤 7명이었다. 자신의 뒤를 따라왔던 남자도 가브리엘의 옆에서 글록을 꺼내 들고 주위를 경계하고 있었다. 스코프로 한 명, 한 명을 비추었다.

어디 있지?

"빨리, 빨리……."

자신의 발아래 있는 남자를 죽이기 전보다 더한 긴장감이 찾아왔다. 가브리엘이 한 걸음씩 건물에 가까이 다가올수록 레인은 저도 모르게 입술을 꽉 깨물었다. 빨리 찾아야 했다.

"누가 배신을 한 거지?"

그의 경호원들이 이 창고를 훑어보지 않았을 리 없었다. 이곳을 훑어보고 이상이 없다고 전했을 이가 배신자였다. 그리고 그는 여기서 울린 총성으로 인해 뭔가 일이 잘못됐다는 걸 깨닫고 다음 행동을 취할 것이다.

정체가 들키기 전 무사히 이곳을 빠져나갈 생각에 몸을 사리든가, 퇴로를 확보할 수 없다는 것을 깨닫게 되면 어떻게 해서든 타깃을 제거하려 할 게 분명했다. 첫 번째가 더없이 좋은 선택이지만 후환을 남겨둘 가능성이 있었고, 지금 자신이 라이플을 쥐고 있는 한 레인은 배신자가 두 번째 선택을 하길 바랐다.

그래서 누가 배신자인지 알 수 없었기에 자신을 따라온 경호원에게 총을 달라고 할 수 없었다. 창고에 있는 스나이퍼를 눈치챘다고 표현할 수 없었기에 에둘러 그레이를 들먹였다. 결국 그레이가 오지 않을지도 모른다고 판단해 혼자 움직였지만.

　스코프가 빠르게 가브리엘의 주위에 있는 경호원들을 훑었다.

　"너구나."

　레인의 입에서 확신이 터져 나왔다.

　얼굴이 눈에 익은 자였다. 공원에서 가브리엘이 야바위에 빠져 돌아오지 않았을 때 자신의 곁에 남아 있던 경호원 중 한명이었다.

　탕!

　그레이가 온몸으로 가브리엘을 감쌌다.

　경계를 하기 위해 빼들었던 글록의 총신이 바닥이 아닌 가브리엘 쪽으로 향하려는 순간 레인이 한 발 더 빨랐다. 그녀가 쏜 총알이 정확히 배신자의 복부를 관통했다. 그가 입고 있는 검은 양복 속 하얀 셔츠가 터져 나온 피로 붉게 물들었다. 총을 맞고 부들부들 떨던 남자의 총이 기어이 지지대를 잃고 바닥으로 떨어지는 모습을 보고서야 레인이 스코프에서 눈을 뗐다.

　터덜거리는 걸음으로 창고를 내려오다가 기어이 부주의하게 커다란 유리조각에 발바닥이 깊숙이 베였다. 점점이 찍히던 핏자국이 이제는 발바닥 모양으로 찍히는 걸 뒤돌아보며 레인이 욕설을 집어 삼켰다. 방수포 아래는 시멘트 바닥이라 아무리 물이 고여 있었어도 무릎은 화상을 입어 화끈거렸다. 슬라이딩하며 무릎을 꿇었을 때 너무 세게 부딪혔는지 시큰거리기도 했다. 이러다 늙어 죽을 때쯤 무릎 연골 때문에 고생하는 거 아닌지 모르겠다는 쓸데없는 생각을 하며 어깨를 짓누르는 라이플을 반대쪽 어깨에 고쳐 메고 레인이 창고를 나섰다. 자신을 향하는 수많은 시선을 보면서 자유로운 한 손으로 귀불을 만지작거렸다.

그제야 제가 어떤 꼴인지 상상이 갔다. 얼굴부터 상체 전부는 자신의 피가 아닌 타인의 피로 흠뻑 젖어 있었다. 게다가 오늘 가브리엘의 스타일리스트가 코디해준 드레스 코드는 화이트였다.

"레인 씨."

그 커다란 덩치로 가브리엘을 감싼 손을 풀며 그레이가 가장 먼저 입을 열었다. 그가 입을 연 것 외에 파도 소리만 들리는 기괴한 침묵이 십수 명의 사람들 사이에 흐르고 있었다.

"……누군가를 부르기엔 믿을 수가 없어서 제가 임의로 처리했습니다만."

아무도 움직일 생각도 다가올 생각도 하지 않아서 레인이 어깨에 멘 라이플의 총구를 바닥으로 향하고 개머리판을 비스듬히 지팡이처럼 짚었다. 삭신이 쑤셨다. 자신이 언제까지 팔팔했던 이십대라고 생각하지 않았지만, 확실히 삼십대가 된 뒤론 체력이 예전 같지 않았다.

"……그렇군요."

평소와 똑같은 표정의 레인을 바라보며 대답한 것은 여전히 그레이였다. 그가 한 걸음 비켜서자 그제야 가브리엘의 얼굴이 보였다.

눈조차 깜박이지 않고 표정 없는 얼굴로 레인을 보고 있는 그는 미동조차 하지 않고 그 자리에 서 있었다. 그의 눈을 읽을 수 없는 건 멀리 떨어져 있어서일까, 아니면 정말로 자신이 읽어낼 수 없는 감정으로 바라보고 있어서일까.

웃음기가 사라진 그의 얼굴은 어떤 의미에서는 지독해 보였다. 몸 전체를 침잠하고 있는 서늘한 기류에 전신이 오싹했다. 방금 전에 죽을 뻔했던 때조차도 느끼지 못했던 감각이었다. 손끝이 저릿거렸다. 만약 이 상태로 배신자에게 총을 쐈다면 분명 빗나갔으리라.

이토록 조용한 가브리엘은 처음이었다. 레인은 섣불리 입을 열지 않았다. 하지만 어쩐지 참담한 기분이었다. 시선에 아무런 거리낄 게 없는 두 사람이 적지 않은 간격을 두고 마주보고 있었다.

조용히 시간이 흐르는 중에 누구도 입을 섣불리 입을 열지 않았다. 그레이조차 그의 기류에 섞이고 싶지 않은 듯 멀찌감치 떨어져 나갔다. 어느새 그것을 보면서 레인은 가브리엘이 자신에게 어떤 말도 하지 않을 거라는 사실을 예상하지 못한 스스로를 발견했다.

그가 뭐라도 말을 해주길 원했던 건가?

문득 든 의문에 스스로가 혼란스러워진 레인의 표정이 딱딱하게 굳었다. 피곤이 텍사스 소떼처럼 밀려들어 온몸을 자근자근 밟고 지나가고 있었다. 지팡이처럼 기대고 있는 라이플이 아니었다면 이미 대자로 뻗지 않았을까?

"이리 와."

지독하게도 갈라진 끔찍한 목소리였다.

이런 목소리를 가브리엘이 냈을 리 없다. 하지만 한쪽 손을 들어 분명히 자신에게 내미는 것은 그 목소리의 주인공이 그라는 걸 말해주었다.

혀가 달싹였지만 목소리는 나오지 않았다. 입 안에서 '엘'이라는 그의 이름 한 글자가 맴돌다 결국 삼켜졌다.

"나는 거기로 못 가. 그러니 당신이 와."

그가 덧붙였다. 자신이 들었던 지독한 그의 목소리는 거짓말처럼 사라져 있었다. 평소와 같은 어조였지만 항상 말끝에 붙어 있는 웃음기는 느껴지지 않았다. 자신이 있는 곳으로 올 수 없다는 그를 레인이 빤히 바라보았다.

내밀어진 손은 그녀가 올 때까지 그러고 있겠다는 듯 물려지지 않았다.

결국 레인이 걸음을 뗐다.

절뚝, 유리에 깊게 베인 다리를 절었다. 잠시 서 있었던 곳에 작은 피 웅덩이를 만들어 놓고 레인이 다시 피가 흐르는 걸음을 뗐다. 고작 그와 자신의 거리는 열 걸음 남짓이었다. 그 열 걸음을 걷는 동안 마치 수천 시간이 단번에 지나가는 기분이었다.

탁—

들고 있던 묵직한 라이플이 옆으로 쓰러지고 온전히 맨몸으로 가브리엘의 앞에 섰을 때, 레인은 아직도 자신을 향해 내밀어진

저 손을 잡을지 망설였다.

그리고 그 손을 보다 문득 시선을 올렸을 때 자신을 보는 그 눈동자에 숨이 턱 막혔다.

그것은 광야(曠野)였다.

아득히 넓고 텅 비어 있는, 끝 간 데 없는 지독한 허무의 들판이었다. 아무것도 없는 그 텅 빈 눈을 본 순간 레인은 그가 왜 자신에게 못 온다고 말했는지 알 수 있었다.

걸음을 떼고 내게로 오는 순간 너는 네 안에 있는 광야를 홀로 걷는 게 끔찍해서구나.

피 묻은 손을 그를 향해 들어 올렸을 때 잠시 머뭇거렸다. 좀 씻었으면 좋겠는데.

하지만 이내 그 눈을 다시 마주한 순간 손을 거둘 수 없다는 걸 깨달았다. 이내 곧게 뻗은 손이 그의 머리 위에 얹어졌다.

"설마……."

뻣뻣하게 굳은 손바닥 안에서 보드라운 머리칼이 사르르 흩어졌다. 어색한 손놀림으로 그것을 쓸어주며 물었다.

"걱정했어요?"

다친 건 분명 저인데도 위로가 필요한 건 눈앞의 다 큰 사내였다.

멀리서 경찰차와 구급차의 사이렌 소리가 뒤섞여 들려왔다. 이 중에 신고할 사람이라곤 총소리가 연달아 들리자 겁을 집어 먹은 선착장의 관리인뿐이었다. 사람이 죽었으니 당연한 일이겠지만 곧 출국을 앞두고 곤란한 상황에 직면하게 될 레인의 미간이 찌푸려졌다.

내내 무심했던 말갛고 창백한 레인의 얼굴 위로 표정이 나타난 순간 가브리엘이 힘을 주어 그녀를 껴안았다.

"당신은 날 멈출 수 없게 만들어."

레인의 머리칼에 입술을 묻은 가브리엘이 날 선 목소리로 중얼 거렸다. 질척하게 젖어 있는 타인의 핏물에도 아랑곳하지 않고 그는 입술을 떼지 않았다. 그녀의 무덤덤한 얼굴에서 이런 일이 낯선 것이 아니었음을 단번에 알 수 있었다. 자신의 삶과 다르지 않은 삶을 살아왔을 여자의 얼굴은 감정을 나타내는 것조차 힘 든 듯 지쳐 보였다.

사람의 피를 뒤집어쓴 채 버겁게 서 있던 상처 입은 여자에게 자신에게로 오라고 팔을 벌렸다. 걸음을 뗄 때마다 붉은 핏자국 이 선연하게 남는다는 것을 알면서도 움직이지 않았다.

그녀를 향해 걸음을 떼는 자신의 발자국은 더 끔찍할 것이 분 명했기에 기다렸다.

그리고 자신의 머리 위에 놓인 손으로 인해 선택을 해야 함을 깨달았다.

"당신을 갖고 싶어."

여전히 가브리엘의 품은 온기라곤 없었다. 그 차가운 가슴에 레인이 피투성이 얼굴을 묻었다. 그래서 머리 위에서 들린 그 목 소리의 뜻을 미처 깨닫지 못했다. 숨을 쉴 때마다 콧속을 파고드 는 비릿한 냄새로 인해 그저 자신을 껴안고 있는 가브리엘에게서 나는 청량한 향을 맡고 있었을 뿐이었다.

"머리끝부터 발끝까지 물고, 빨고, 핥고 싶어. 어떤 냄새가 나는지, 어떤 맛이 나는지, 내게 묻어날 당신의 향이 궁금해."

물고, 빨고, 핥고.

간간이 들려오는 단어들은 레인이 평생 듣도 보도 못한 그런 것들이었다. 사이렌 소리가 이제는 지척에서 들려왔다. 씻고 갈 시간이 없을 거 같아서 레인이 여전히 단어들을 머릿속으로 나열하며 가브리엘의 가슴을 두 손으로 살짝 밀었다.

순순히 그녀에게서 떨어져 나간 그가 자신의 머리에 얹어졌던 레인의 손등을 부드럽게 감싸며 바닥에 한쪽 무릎을 꿇고 앉았다.

"그렇게 하려면 일단……."

현저히 낮은 눈높이에서 자신을 올려다보는 비정상적이기까지 한 아름다운 얼굴에 레인이 순간 움찔했다. 분명 그의 등 뒤로 보이는 것은 정박해 있는 수십 대의 요트와 바다가 전부이건만 그것이 일순 수천, 수만 송이의 꽃밭으로 돌변한 느낌이 들었다. 그리고 꽃 중의 꽃인 눈앞의 남자가 세상을 다 가진 사람처럼 우아하고, 해사하게 웃고 있었다.

"나와 교제해 주세요, 레인 크로포트 양."

피가 말라붙은 손등에 입을 맞추는 행위는 사뭇 정중했고 어떻게 보면 경건하기까지 했다.

"그레이 씨!"

대답 대신 레인이 외친 건 그레이의 이름이었다. 비서라는 남자는 자신이 모시는 상관이 미쳤는데 대체 왜 나서질 않는단 말

인가! 가브리엘에게 여전히 손이 잡힌 채로 등 뒤에 있을 그레이
를 돌아보았지만 그는 애매한 미소만 머금고 있었다.

"죄송합니다, 레인 씨. 그건 제 업무에서 벗어나는 일이라."

'서류로 해결할 수 있는 문제면 참 좋을 텐데요'라는 말을 덧붙
이며 그레이가 고개를 저어 레인을 외면했다.

"대답은요?"

여전히 대답을 종용하는 가브리엘에게 시선을 다시 돌리지 못
하는 레인의 두 눈에 충격전이 벌어졌다는 연락을 받고 달려온
십수 대의 경찰차가 보였다.

"소원, 들어준다고 했잖아요."

비장하게도 소원 찬스를 들먹이는 그를 그제야 레인이 바라보
았다. 자신을 부르는 간절한 목소리와는 다르게 그 두 눈에는 확
고한 결심이 보였다. 이 소원은 레인이 의도한 바가 아니었다. 그
리고 그도 자신이 이런 소원을 내뱉을 거라고 의도하지 않았던
게 분명했다.

"최선을 다해서 들어드리겠다고 했죠, 엘."

"맞아요."

그러니 어서 약속을 이행하라고 말하는 반짝반짝한 얼굴을 더
이상 들여다볼 수 없었다.

레인은 그의 손에 잡힌 자신의 손을 빼냈다. 스스로가 빼내면
서도 손끝에서 느껴지던 그 시린 온기가 조금 아쉬웠다.

"그건 안 돼요."

그녀의 말에 가브리엘이 자리에서 일어나 달콤하게 웃으며 대

꾸했다.

"최선을 다해보지도 않고 거절이라뇨. 그 말은 최선을 다해보고 난 뒤 해줘요."

그가 지금은 진심으로 웃는 것 같았다. 항상 보이던 어딘가 아슬아슬하고 붓으로 그려놓은 듯한 그런 미소가 아니었다. 그 꿀처럼 달달한 미소에 레인은 방금 보았던 남자의 광야를 잊기로 했다.

"지금 제 꼴이 어떤 줄 아세요? 충동적으로 그런 말을 내뱉으면……."

이런 지옥에서 돌아온 것 같은 몰골로 교제 신청을 받은 여자는 전 세계에 저 하나뿐일 거라고 생각하며 레인이 단호하게 고개를 저었다.

"당신을 당장 붙잡아야 될 것 같아서."

그의 손가락이 핏자국으로 얼룩진 레인의 눈가를 다정하게 쓸었다. 자신에게 나는 어떤 악취도 상관없다는 듯 그는 미간 하나 찌푸리지 않고 그저 어찌할 바 모르겠다는 얼굴로 서 있을 뿐이었다.

진심.

그 한마디가 진심이라는 것쯤은 굳이 생각하지 않아도 알 수 있었다.

처음으로 나타난 저 유혹적인 얼굴 뒤에 확연하게 보이는 당혹스러운 모습도 진심이었다.

"……생각해 보죠."

그게 지금 레인이 할 수 있는 최선의 말이었다. 왜, 이 남자에게는 약해지는 걸까?

한 가지는 확실했다. 그가 소원을 입에 담았을 때, 그의 복수는 저만치 밀어두었다는 사실을. 고작 이런 소원을 빌기 위해 자신을 두고 보았을 남자가 아니었다. 더 크고, 잔인하고, 아마도 레인 자신을 갈기갈기 찢어놓을 소원이었다. 그것을 뒤로 하며 자신에게 고작 교제하자고 말하는 그의 진심 어린 마음에 쓴 물이 넘어오려 했다.

가슴이 답답했다.

"들어가요. 치료해야죠."

가브리엘이 레인을 안아들려 했으나 그녀가 뒤로 물러났다. 이미 경찰들로 인해 주변이 소란스러웠고, 그레이는 사태가 해결됐다고 책임자에게 설명 중이었다. 구급대원이 경호원들을 뚫고 다가와 복부에 총상을 입은 남자를 급하게 실어갔고, 가브리엘은 이 와중에 자신에게 요트로 들어가자고 말했다.

"아뇨. 어차피 사람을 죽인 건 나니 조사가 필요하겠죠. 다녀올게요."

"레인 씨, 그건 제게 맡기셔도 됩니다."

경찰과 이야기하며 레인의 말을 들은 그레이가 냉큼 대답했다.

"배후나 알아봐요."

이대로 병원으로 후송되어도 배신자가 죽지 않는다면 배후를 알아낼 수 있다. 그랬기에 부러 남자의 머리를 노리지 않았다.

"스나이퍼는 살릴 수 없었지만, 저 남자는 숨은 붙여 놓았으니까요."

레인은 근접전, 특히 1:1의 상황에서 강했다. 단 한 번도 죽지 않고 살아서 이곳에 서 있을 만큼. 자신이 죽일 상대방에게 동정을 가진다 해서 상대도 자신에게 동정심을 갖고 살려주지 않는다. 내가 먼저 죽이지 않으면 상대가 나를 죽인다.

이게 지금까지 레인이 배우고 겪어온 철칙이었다.

게다가 그녀는 신체적인 약점까지 가지고 있었다. 상대적으로 용병 일을 하는 이들에 비해 작고 연약한 몸. 적의 허점을 파고들지 않는 한 당하는 건 자신이었다. 한 번에, 그리고 단번에 사람의 숨통을 끊어 놓아야 한다. 어설픈 부상만 입힌다면 상대는 기필코 자신을 죽일 테니까.

처음 사람을 죽일 때 굳이 목숨까지 빼앗을 필요는 없어서 어중간한 위치에 칼을 꽂아 넣었더니 그가 혼신의 힘을 다해 반격했을 때 죽을 뻔했었다. 레인은 그때 자신의 신체의 약점을 절실하게 깨달았다.

"그건 제가 알아서 하겠습니다."

이미 배후를 알고 있다는 얼굴로 그레이가 대답했다. 이제는 정말 자신의 손을 떠난 일이라 생각하며 레인이 고개를 끄덕였다.

"저 위에 있는 사람을 죽이고 총을 쏜 것은 접니다."

그레이가 만류하기도 전에 레인이 앞에 있는 경찰에게 이야기했다. 누가 봐도 그녀가 사람을 죽였다는 걸 알 수 있는 모양새였다. 가브리엘은 그저 그녀를 지켜보고 있었다.

"레인 씨."

"그냥 둬, 그레이."

의외로 그레이를 만류한 것은 가브리엘이었다. 가브리엘의 한 마디에 그레이는 더 이상 아무 말도 하지 않았다. 아마도 자신이 말한 '생각할 시간'을 주기 위해서이리라.

설마 자신의 발로 유치장에 걸어 들어갈 거라곤 스스로도 생각하지 못했기에 레인이 이 어이없는 상황에 허탈하게 웃음을 터뜨렸다.

# 11.

아버지가 침묵했던 것을 아들은 보여 준다.
그리고 종종 아들에게서 아버지의 숨겨진 비밀이 발견된다.

— 프리드리히 니체

피에 흠뻑 젖은 채로 유치장으로 보내긴 그랬는지 사진을 찍고 필요한 샘플을 채취한 후 트레이닝복과 함께 샤워실로 갈 수 있었다. 레인은 뜨거운 물을 틀어놓고 몸에 달라붙어 잘 씻겨 내려가지 않는 타인의 피를 말끔히 씻어낸 후 조금 큰 트레이닝복을 입고 유치장으로 들어왔다.

경찰서의 유치장이 이렇게 조용할 리 없건만 아무도 없는 곳을 보며 레인은 그레이가 뭔가 조치를 취했을 거라고 예상할 수 있었다. 피를 흘리는 발을 보고 여자 경관이 병원에 먼저 들러야 하지 않겠냐고 말했지만 고개를 저었었다. 일단은 정당방위라는 명목하에 꽤나 정중한 경찰들은 더 이상 그녀를 귀찮게 굴지 않았다.

상처도 대충 샤워실에서 유리조각을 빼내고 경관이 가져다 준 구급상자 안의 붕대로 감아 놓으니 피는 금방 멈췄다. 일이 일단락되면 병원에 가봐야겠다고 생각하며 레인이 피곤한 몸을 철제 침대 위에 뉘였다.

"벌써 주무십니까?"

눈을 감고 있으니 익숙한 목소리가 들렸다. 그레이가 멀끔한 얼굴로 유치장 바깥에 서 있었다.

"고백을 듣고 도망 온 게 세상에 유치장이라니."

그레이가 레인을 탓하는 목소리로 중얼거렸다. 레인은 움직이기 귀찮아서 그저 침대에서 몸만 반쯤 일으키고 유치장 밖의 그를 보고만 있었다.

"이런 낭만도 없는 분 같으니라고."

"그럼 그레이 씨는 그 고백이 낭만적이라고 생각해요?"

그 말에 그레이가 말문을 닫았다. 그가 몇 번 입술을 달싹였다. 몇 시간 전의 고백이라면 그도 두 눈으로 목격했다. 마치 지옥에서 올라온 케르베로스 같은 모습으로 나타났던 레인을 생각하면 살짝 소름이 돋았다. 그리고 그런 그녀를 아무렇지도 않게 껴안고 입을 맞추고 무릎까지 꿇던 자신의 주군.

티끌 하나 없이 천사 같은 외모의 가브리엘이 온몸에 피칠갑을 한 눈앞의 여자에게 무릎을 꿇고 고백이란 걸 했다.

고백이라.

그레이의 눈이 회상에 잠겼다.

늑대와 지옥에서 올라온 케르베로스라. 의외로 잘 어울리는 조합이 아닌가.

"낭만적이긴 했죠. 한쪽만."

두 남녀의 절반을 딱 자르고 보면 참으로 이상적인 고백이었다. 한쪽이 피투성이란 걸 빼면.

"그레이 씨는 이런 일이 벌어지지 않을 거라고 나와 약속했어요."

"그랬죠."

"그런데 결과는 이렇게 났군요."

"그때까진 분명히 그랬죠. 하지만 상황을 이렇게 만든 건 레인 씨가 아닙니까?"

"무슨 소리죠?"

그레이는 대답하지 않았다. 그저 잘 생각해 보라는 듯한 얼굴로 기다리고 있을 뿐이었다.

"그래요. 결국 우리 둘 사이의 일이란 말이죠."

그렇다면 그 눈을 외면했어야 맞는 말이란 걸까. 레인이 쓰게 웃었다.

"치료는 정말 받지 않아도 괜찮겠습니까?"

"괜찮아요. 유리도 대충 빼냈고."

"제가 잠시 보겠습니다."

그러고 보니 그레이의 손에 구급상자가 들려 있었다. 누가 시킨 건지 말하지 않아도 알 것 같아서 레인이 결국 고개를 끄덕였다. 그레이가 유치장의 감시카메라에 고갯짓을 하자 쇠창살이 박힌 문이 철컥 열렸다.

"유리조각을 빼내는 데는 제가 일가견이 좀 있어서."

발목을 잡고 미처 빼내지 못한 조각들을 핀셋으로 세밀하게 뽑아내는 그에게 물었다.

"정말로 익숙하시네요."

"누구 때문에 익숙해진 거죠."

한때는 정말로 밤에 제대로 잠을 자지 못할 정도였다. 언제 깨지는 소리가 들릴지 몰라 가브리엘의 옆방에서 숨을 죽이고 기다렸던 때를 그레이는 잊지 못했다.

"악몽을 꿀 때면 항상 저택 안에 있는 유리란 유리는 모조리 깨서 그 위를 맨발로 밟고 다니던 분을 모시고 있어서."

그레이가 깊게 찔린 쪽의 붕대를 단단하게 다시 감아주었다.

"계속해서 물컹거리는 살덩이를 밟고 있는 기분이 든다고 비명을 지르셨었죠."

수많은 사람을 밟고 살기 위해 뛰어야 했을 그는 살아남고 나서도 여전히 그 사람들의 맨살 위에 서 있었다.

"복수를 시작하고 나서야 겨우 잠잠해지셨습니다. 저는 그래서 그분의 복수를 지지합니다, 레인 씨."

마지막으로 구급상자를 닫고선 그레이가 일어섰다.

"그리고 그분의 연애 또한 지지합니다."

연애.

그 말에 가슴이 조여 왔다.

그런 달콤한 것을 우리가 할 수 있을까요?

그에게 묻고 싶었다. 하지만 차마 입이 떨어지지 않았다.

잠시 내려다보던 그레이가 유치장을 나갔다. 다시 문이 잠기는 소리를 들으며 레인이 몸을 동그랗게 말고 자리에 누웠다.

얼마나 그렇게 잠이 들었을까. 문득 잠에서 깼다. 시간을 나타내는 무엇도 없었기에 지금이 몇 시인지, 날이 밝았는지조차 알 수 없었다. 오랜만에 사나운 꿈을 꾸었다. 하지만 꿈은 자신에게 어떤 영향도 주지 못한다는 것을 알기에 레인이 마른세수를 했다. 그리고 문득 이 곳에 있는 누군가의 존재를 눈치챘다.

"……언제 왔어요?"

유치장의 바깥쪽에 서서 물끄러미 자신을 보고 있는 청색 눈동자를 발견했다. 자신이 묻힌 핏자국이 그대로 묻어 있는 옷을 입고 대답도 없이 그저 뚫어지게 응시한다.

"엘."

"네, 레인."

그의 이름은 마치 마법의 주문과도 같다. 단 한마디를 입에서 꺼내면 거짓말처럼 저런 미소를 보여주며 순순히 대답한다.

"언제부터 거기에 서 있었던 거예요?"

"아아…… 글쎄요. 세 시간쯤?"

"지금이 몇 시죠?"

"새벽 4시요."

자신이 잠들고 곧바로 그가 왔단 소리였다. 그는 저 창살 너머로 자신이 잠든 모습을 보면서 무슨 생각을 했을까?

레인이 완전하게 몸을 일으켰다. 찌뿌듯한 몸을 뒤로 빼며 길게 기지개를 켰다. 그리고 자리에서 일어나 깊게 베인 발이 완전히 바닥에 닿지 않게 발끝으로 걸어 가브리엘의 앞에 섰다. 유치장의 복도를 밝히는 하얀 형광등을 등지고 그가 마지막으로 봤을 때와 똑같은 모습으로 서 있었다.

"손, 잡아줘요."

자신이 다가오자 기다렸단 듯 주머니에 넣고 있던 손을 뻗어왔다.

창살 사이로 불쑥 들어온 그 손을 레인이 거절하지 않고 마주 잡았다. 그리고 천천히 자리에 앉자 손을 아래로 끌린 가브리엘도 바닥에 주저앉았다.

"왜 왔어요?"

"혼자 있는 느낌이 들어서요."

표정 없는 얼굴로 그가 답했다. 그리고 나머지 한 손으로 레인의 볼을 만졌다.

"왜 보고 있는데, 만지고 있는데, 당신을 만지고 싶고 보고 싶은 걸까."

숨길 수 없는 본심이 드러난 말 위에 그레이가 남기고 간 말이 덧씌워졌다. 레인은 흐트러진 그의 머리칼을 귀 뒤로 넘겨주며 하얗고 말랑한 남자의 볼을 그가 그랬던 것처럼 쓸었다.

그는 강렬한 태양처럼 그 빛 한가운데서 환하게 웃을 줄도 알고, 가장 어두운 곳에서 가장 음울하고 고통스럽게 웃을 줄도 아는 사람이었다.

빛과 어둠이 그의 안에서 공존하고 있었다.

"나는 당신을 놓치지 않을 거야. 나를 위해 피투성이로 가시밭

길을 걸어와 준 사람을 내가 놓칠 리가."

볼을 만지던 가브리엘의 손이 귓가로 옮겨가고 이내 목덜미를 움켜쥐고 자신에게로 가까이 끌어당겼다. 고작 창살 하나를 사이에 두고 두 얼굴이 마주했다. 코끝이 시큰거렸다.

"누군가 나를 위해 그 길을 걸어와 줄 거라고 생각해 보지 않았어. 바라지도 않았어. 그걸 당신이 한 거야, 레인 크로포트."

가브리엘이 칼끝처럼 날카롭게 웃고 있었다. 그 위험한 미소에 손끝이 저릿했다. 감전이라도 된 것처럼 손끝에서부터 올라온 것이 온몸을 저릿저릿하게 만들었다.

달콤한 연애라니.

레인이 자조적으로 웃었다.

"가장 음험하고 소름 돋는 연애가 되겠죠. 하지만 당신 얼굴만큼은 정말 달콤하니까."

코끝이 부딪친 채로 레인이 말했다.

"일단은 그 정도의 달콤함이면 충분하겠네요."

한 치 앞에서 날이 서 있던 시선이 다채롭게 변하는 것을 레인이 흥미롭게 쳐다봤다.

자신은 정말 이 남자에게 약했다. 이 남자가 자신을 약하게 만들었다. 생각을 해보겠다는 그 잠깐의 사이도 참지 못하고 그 틈을 교묘하게 파고드는 남자. 애초에 이 남자는 처음부터 생각할 시간을 주지 않았다.

그래서 정처 없이 휘말리게 된다.

"내 집착은 좀 무시무시한데 감당할 수 있겠어요, 엘?"

"기꺼이. 당신 뜻대로."

여전히 코끝이, 호흡이 부딪친 채로 그가 꽃처럼 어여쁘게 웃었다. 그리고 그 웃음을 본 순간 아마도 평생을 돌이킬 수 없을 거라고, 이번 생은 망한 것 같다고 레인은 생각했다.

나란히 경찰서에서 나오는 가브리엘과 레인을 보는 그레이의 눈빛은 '너희 그럴 줄 알았다'와 비슷했다. 한마디를 굳이 날려주고 싶지만 꾹 참는다는 얼굴로 세단의 뒷문을 열어주고는 그가 조수석에 올라탔다.

두어 시간을 창살에 딱 붙어 있었더니 어깨가 경직된 것 같아서 레인은 푹신한 가죽 시트에 몸을 기대고 반쯤 늘어졌다. 창밖으로 지나가는 뉴욕의 이른 아침 풍경을 의미 없이 보고 있자니 역시나 축 처진 오른쪽 손등 위를 톡톡 두드리는 손길이 느껴졌다.

"누워요."

가브리엘이 자신의 허벅지를 가리켰다. 이 시트보다도 편할 것 같아서 사양하지 않고 레인이 그의 허벅지 위에 머리를 뉘였다. 두 다리는 반쯤 굽힌 채 창문에 상처 부위가 닿지 않게 발끝만 걸쳐두고 지친 눈을 감았다.

경찰서 안에 비치된 싸구려 샴푸로 대충 감아 뻣뻣해진 머리칼을 가브리엘이 손가락 사이로 넣고 장난을 쳤다. 금세 엉킨 머리칼 때문에 레인이 인상을 찌푸리자 그가 손가락 하나로 찌푸려진 미간을 꾹 눌렀다.

"……지금 뭐가 제일 하고 싶어요?"

확실히 현장에서 뛴 지 너무 오래됐다는 것을 어제부로 깨달았다. 고작 그 잠깐 긴장한 채 움직였을 뿐인데 온몸이 안 아픈 곳이 없었다. 심상치 않게 시큰거리는 무릎과 뻐근한 어깨와 잘 숙여지지도 않는 뒷목이 그랬다. 삼십대로 넘어가는 순간 이십대의 체력은 더 이상 없을 거라고 단언했던 클레이의 얼굴이 떠올랐다.

"레인?"

"아아…… 목욕, 목욕."

가브리엘의 뒷말만 들은 레인이 건성으로 답했다. 그 말에 그의 커다란 손바닥이 뺨 전체를 감쌌다. 시선을 올려다보자 날카로운 턱 끝 위로 의미심장한 미소를 짓고 있는 가브리엘의 붉은 입술이 보였다.

이 근육통을 풀기 위해선 뜨거운 물에 들어가는 게 절실했다. 붕대에 감겨 창가에 얌전히 올려진 발을 힐끔 내려다보다가 왠지 모르게 경악스러운 시선이 느껴져 앞을 보자 백미러 사이로 그레이와 시선이 마주쳤다.

그가 고개를 절레절레 젓고 있었다.

'너 지금 실수하는 거야. 연애는 그렇게 하는 게 아냐'라는 열렬한 눈짓에 레인은 피식했다. 그 눈빛이 퍽 절박해 보여서 무엇을 말하는지 적나라하게 읽혔다. 그의 허벅지 위에 누운 게 이렇게 경악스러운 일이란 말인가.

레인이 막 그레이에게 뭐라 말하려 할 때 운전석과 뒷좌석을 가르는 선팅된 창이 슥 올라갔다.

마치 그게 무언의 '그레이, 넌 입 다물어'라는 표시인 것 같아 다시 가브리엘을 올려다봤다.

"레인은 한 번 한 말은 모두 지켜줘서 정말 좋아요."

레인은 서늘하게 볼을 감싸는, 특이한 그의 체온에 가만히 얼굴을 맡겼다. 가브리엘과 있으면 스스로의 체온을 깨닫게 된다. 그에 비해 항상 자신이 뜨거운 상태라는 것을 불현듯 알게 된다.

"내가 왜 좋아요?"

아마도 모든 연인들이 한 번쯤 하는 질문을 던졌다. 그의 손가락이 속눈썹 끝을 매만졌다. 그 간지러운 손길에 눈이 감겼다.

"당신은 무심하거든."

잠깐의 생각도 하지 않고 가브리엘이 툭 던지듯 대답했다. 검붉게 딱지가 앉은 입술 위를 스치듯 지나간 손길이 한 손에 잡히는 그녀의 목덜미를 조르듯 부드럽게 힘을 주었다가 이내 빼기를 반복했다.

"거대한 창을 만들어놓고 그 너머로 사람을 봐. 아무도 당신의 영역 안에 들어갈 수 없어."

망설임 없이 안전벨트를 풀고 저를 껴안았을 때부터, 그 달콤한 피가 입안을 흠뻑 적셨을 때부터, 깨어 날뛰는 괴물을 내리누르고 자신을 마주 봤을 때부터, 상처투성이로 자신에게 걸어왔을 때부터.

매 순간순간 가브리엘은 레인 크로포트라는 여자에게 반했다.

"내 영역에 당신이 들어왔을 때부터, 당신의 영역에, 당신의 세상에 나만 들어갔으면 했거든요."

환희에 차 어쩔 줄 모르는 미소가 눈을 감은 레인을 바라보는 가브리엘의 얼굴에 맺혔다. 그녀가 자신의 유일한 사람이듯, 그녀의 유일한 사람도 자신이길 바랐다. 자신이 앞으로 할 일을 알기 전에 곁에 붙들어 놔야 했다.

"그러니 나를 독점해 주세요."

괜히 물어봤나 싶을 정도로 소름 돋는 달달한 말에는 독점욕이 뚝뚝 묻어 나왔다. 마치 자신만 바라보는 맹목적인 짐승을 한 마리 키우게 된 기분이었다. 달콤하고 살벌한, 무시무시한 짐승을.

레인이 소리 죽여 웃었다. 대답 없이 웃는 그녀가 마음에 안 드는지 가브리엘이 막 입을 열려 했을 때 차가 호텔에 도착했는지 완전히 멈춰 섰다. 뒷좌석 문을 열어준 그레이가 여전히 가브리엘의 허벅지 위에 누워 있는 레인과 눈이 마주쳤다.

"이 이상은 호텔에 올라가서 하시죠. 목욕물은 준비해 놓으라 했습니다."

온몸으로 자신은 유능한 비서라는 걸 뽐내는 발언이었다. 가브리엘이 먼저 내리고 레인이 내리려 하는 것을 그가 안아들었다.

"내가 걸을 수 있는데."

"맨발이잖아요."

그에게 공주님처럼 안겨 있어 경찰서처럼 주변의 시선이 다시 쏠렸으나 처음처럼 별로 쪽팔리지 않았다. 이런 것도 자꾸 하다

보면 몸이 적응하는 모양이었다.

두 팔로 가브리엘의 목을 껴안자 그가 소리 없이 웃었다.

"너무 꽉 껴안지 마요."

목이 졸리나 싶어 레인이 힘을 풀자 그가 속삭였다.

"두근대니까. 제가 첫 연애거든요."

아, 왜 부끄러움은 나의 몫인가. 남이 들은 것도 아닌데 레인이 고개를 푹 숙였다. 이 남자의 화법에는 평생 적응하지 못할 것 같다는 생각을 하면서.

정말로 설레 죽겠다는 장난기 어린 얼굴을 하며 그가 낮은 허밍으로 본인의 기분을 알렸다. 이런 말을 얼굴색 하나 변하지 않고 천연덕스럽게 하는 남자를 자신이 어떻게 이길 수 있단 말인가.

목 안쪽이 감기에 걸린 것처럼 간지러웠다. 금방이라도 재채기가 나올 것 같았다. 그것이 그냥 기분 탓이란 걸 알면서도 레인이 손가락을 세워 목덜미를 긁었다.

그의 품에 안긴 채로 익숙한 풍경들을 보았고, 이내 자신의 방을 그대로 지나쳐 거기에 딸린 욕실로 들어왔다는 것은 하얀 타일을 보고 알았다. 그레이가 아래서 말했던 대로 욕조에는 김이 모락모락 나는 뜨끈한 물이 가득 채워져 있었고, 그걸 본 순간 가브리엘의 품에서 내려 상처도 잊은 채 발을 담글 뻔했다.

"잠깐만요."

발끝이 물에 닿을 뻔한 레인의 허리를 잡고 간단하게 다시 안아 올려 욕조의 모서리 편편한 부분에 앉혀 준 가브리엘이 이미 준비되어 있는 랩을 들어 올렸다. 그리고 발가락 끝부터 촘촘하게 랩으로 감쌌다.

"그레이가 꿰매지는 않아도 된다고 했지만 그래도 물이 들어가는 건 안 좋을 테니까."

종아리까지 랩으로 감싸놓고 그가 씩 웃었다. 그리고 레인이 뭐라고 하기도 전에 가브리엘이 핏자국으로 얼룩진 드레스 셔츠를 찢듯이 벗어 던졌다.

이 싸한 기분은 뭘까.

레인이 눈을 가늘게 뜨며 물었다.

"랩으로 감싸줄 때까지만 베스트였는데."

이 남자가 얼마나 의뭉스러운지 잠시 잊고 있었다. 가브리엘이 바지까지 벗어 던지려고 하는 걸 두 손으로 그의 허리춤을 잡아서 무마시켰다. 이대로 발로 차면 타일에 뒤통수가 까이겠지 싶어 차마 실행에 옮기지는 못했다 사귀기로 한 첫날부터 상대방의 뒤통수를 까고 싶지는 않았다.

"나랑 지금 뭘 가장 하고 싶으냐고 물으니 목욕이라고 했잖아요."

억울하다는 얼굴로 두 눈을 초롱초롱 빛내며 말하는, 마음이 약해지는 예쁜 얼굴이었다.

레인은 '연애는 그런 식으로 하는 게 아냐' 하는 눈빛을 보냈던 그레이를 그제야 이해했다. 자신의 쓸모없는 귀는 앞의 '나랑'을 빼고 뒤만 들었다. 이 욕실에서 나가면 그레이에게 앞으로 그런 건 눈짓이 아니라 말로 해야 된다고 확실하게 말해야겠다고 레인이 다짐했다.

항상 모든 원망이 그레이에게 돌아갔다.

"저는 꽤 보수적인 편입니다만."

"설마 내가 아픈 사람을 안을 정도로 파렴치한으로 보여요?"

응, 그래 보여.

바닥에 떨어진 상의를 주워들고 여기서 쫓아내려 했을 때 가브리엘이 다시 번쩍 자신을 안고 함께 욕조 안으로 들어갔다. 그가 욕조의 등받이에 몸을 기대고 그 몸 위에 레인의 몸을 올렸다. 랩으로 감싼 한쪽 발은 욕조 바깥으로 빼는 걸 잊지 않고.

등 뒤에서 단단한 팔이 편편한 배를 감싸고 있었다. 가브리엘의 얼굴이 오른쪽 어깨 너머로 느껴졌다. 그가 내쉬는 숨이 귓불을 간질이고 목덜미에 닿아 수증기와 함께 흩어졌다. 뜨거운 물이 온몸을 감싸고 있는데도 오싹한 기분이 들어 레인의 어깨가 움찔했다.

얇은 트레이닝복 너머로 맨살이 분명한 가브리엘의 탄탄한 가슴이 여실하게 느껴졌다.

"이 정도만."

옷은 모두 입고 있었고, 그저 맨 가슴 하나만 닿아 있을 뿐이었다. 매일 자신의 손을 잡고, 껴안고, 입을 맞추던 남자에게 이 정도의 스킨십엔 관대해져도 될 것 같았다. 가브리엘의 말처럼 사귀는 사이에 이 정도는 뭐.

"그래요. 이 정도만."

사실 기대고 있는 등이 너무 편해서. 딱딱한 욕조의 등받이가 아니라 단단하지만 부드러운 사람의 몸이 쿠션처럼 받쳐줘 정말로 편했다. 나른하게 풀린 레인의 눈동자가 까무룩 감기려 했다.

문득 젖은 옷은 어떻게 갈아입어야 하나 고민했지만 만사가 귀찮았다. 잠시만 눈을 붙이고 싶었다.

레인은 가브리엘의 어깨에 편하게 머리를 뉘였다. 그의 입술이 이마 위에 머물러 있는 게 느껴졌다. 묵지근한 잠이 머리끝에서부터 쏟아져 내렸다.


중간중간 의식을 차릴 때마다 보고 느꼈던 것을 레인은 꿈이라고 믿고 싶었다. 하지만 가브리엘이 자신의 젖은 옷을 벗기고 샤워타월로 몸을 씻겨주던 느낌이 생생하게 남아 있어 꿈으로 치부할 순 없었다. 무엇보다 자신은 알몸으로 침대에 누워서 자는 버릇 따위는 없었다.

몸을 씻겨주는 그 부드러운 손길에 어렴풋 깰 때마다 도닥이며 좀 더 자라고 말해주는 목소리에 다시 몇 번이나 잠들었다. 왠지 모르게 자신의 옆에 있을 것 같은 남자를 찾아 몸을 돌렸을 때 옆자리는 텅 비어 있었다.

"허를 찌르는 남자라니까."

당연히 남자가 옆에 있을 거라고 여긴 스스로를 비웃으며 레인은 어두워진 전면 창으로 시선을 돌렸다. 화려한 네온사인과 빌딩의 불빛들로 인해 방 안은 굳이 불을 켜지 않아도 환했다. 그리고 자신이 찾던 남자는 그 불빛 사이에 오도카니 서 있었다.

흘러내리려는 시트 자락을 추켜올렸다. 그리고 침대 헤드에 기대 미동도 하지 않고 석상처럼 서 있는 가브리엘을 바라보았다. 그는 유리창에 말간 이마를 맞대고 길고 곧은 손가락으로 유리창 위에 지문을 남기며 서 있었다.

지상으로 추락한 천사처럼, 저렇게 가만히 어딘가를 응시하는 모습을 보고 있자면 새하얀 불꽃이 생각났다. 예로부터 가장 정결한 것이라는 불꽃은 남자의 몸속에서 활활 타오르고 있었다. 이대로 재가 된다 해도 이상하지 않았다.

그의 살인을 목격했을 때도 이와 비슷한 기분이었다. 자신은 그때도 불꽃을 떠올렸다. 금방이라도 바스라질 것처럼 연약해 보였으나 주변의 모든 것을 흔적도 없이 태워 없애도 모자랄 만큼 강렬해 보이기도 했다.

레인이 자리에서 일어났다. 발을 디딜 때마다 뭉근한 고통이 발바닥에서 올라왔지만 걷지 못할 정도는 아니었다. 이 정도 상처는 상처도 아니었다.

"안전 불감증이에요?"

그는 불과 하루 전에 저격당할 뻔했다.

자신보다 키가 한참 큰 남자로 인해 발끝으로 서 손바닥을 유리창과 가브리엘의 이마 사이에 넣었다.

그제야 그가 고개를 살짝 돌려 레인을 돌아보았다. 불명확했던 초점이 자신과 눈이 마주치자 뚜렷해지는 것을 만족스럽게 바라보며 다른 손으로 그의 머리카락을 헤집었다.

"얼마나 못 잤어요?"

"당신이 오고부터 쭉."

레인이 보란 듯 한 발 물러서며 손을 떼자 그가 살풋 미간을 찌푸리고 다시 쓰다듬어 달라는 듯 한 발 다가왔다.

"시선은 내리지 말고요."

둘 다 알몸임을 상기하며 레인이 다시 뒤로 한 발 물러났다.

"레인은 너무 작은 걸요."

그녀의 얼굴을 보기 위해선 시선을 내려야 된다고 말하며 가브리엘이 한 발 다시 다가섰다. 그렇게 한 발씩 뒷걸음질 치고 다가오다 보니 발끝에 침대 모서리가 걸렸다. 그리고 매트에 앉은 레인이 그 옆을 툭툭 두드렸다.

"이제 누워요."

얌전히 그 옆에 눕는 가브리엘의 벗은 몸 위로 시트를 끌어 올려 덮어줬다. 오래도록 잠을 자지 못하면 사람의 신경은 날카롭고 예민해진다. 하루에 수십 분씩 쪼개서 쪽잠만 자본 적도 있었던 레인은 이토록 스스로를 컨트롤하는 능력이 뛰어난 사람을 보지 못했다. 그는 시종일관 같은 태도를 취하고 있었다.

"좀 자요."

"당신이 여기 누우면."

긴 팔을 쭉 빼고 눈짓으로 그 위를 가리키는 천연덕스러움에 레인이 픽 웃었다. 이미 알몸까지 본 마당에 뭐가 부끄럽겠는가. 정말로 진도가 빠르다고 생각하며 레인이 그 위에 머리를 뉘였다. 팔을 굽히며 온전히 자신의 품 안에 그녀의 머리를 집어넣고 가브리엘이 낮게 속삭였다.

"정말로 너무 작아서 쉽게 잃어버릴 것 같다니까."

물건도 아닌데 어떻게 잃어버린단 말인가. 물건도 이렇게 큰 물건이라면 한눈에 찾기 쉬울 거라고 생각하며 레인이 그의 맨살에서 나는 체취를 들이켰다. 같은 바디워시를 사용해서 그런지 닮은 것 같으면서도 서로의 체향이 섞여 엄연히 다른 냄새가 풍겼다.

이마 위를 쪽쪽거리며 깃털 같은 키스를 날리는 그의 눈을 억지로 감겨주었다. 그리고 손을 뻗어 가브리엘의 상체를 안았다.

천천히 등허리를 달래듯 도닥였다.

한 번도 누군가를, 그것도 이렇게 커다란 남자를 재워본 적 없었으나 그냥 지금 생각나는 방법은 이것뿐이었다. 어릴 때 가끔 어머니의 품에서 이렇게 잤던 기억을 떠올리면서 일정한 간격으로 온 신경을 쏟았다.

숨소리조차 들리지 않는 적막한 방 안에 오로지 자신이 남자를 도닥이는 소리만 울렸다.

한참을 그러고 있다가 이내 시선을 올려다봤을 때 가브리엘의 감긴 눈이 보였다. 도닥이던 손을 멈추고 손가락을 그의 코 아래 가져다 댔다.

너무도 조용해서 숨을 멈춘 것 같아서.

얕은 호흡을 느낀 레인의 시선이 가라앉았다. 잠시의 시간 뒤 천천히 그의 품에서 빠져 나왔다. 몸을 반쯤 일으키고 아래 누워 있는 남자를 보는 것은 이상한 일이었다.

"엘."

스스로의 귀에 다시 닿기도 전에 미약한 이름은 공기 중에 흩어져 사라졌다. 그가 깨지 않게 자리에서 일어난 레인이 가브리엘이 직전까지 서 있던 창가 앞으로 걸음을 옮겼다. 그가 그랬던 것처럼 나신으로 그 자리에 서서 아래를 내려다보았다.

시간을 가늠하지 못할 정도로 여전히 밀리는 뉴욕의 도로와 작은 점처럼 보이는 사람들이 눈에 보였다. 손등으로 전면 창을 가볍게 두드렸다. 아마도 이런 창을 사이에 두고 자신이 상대를 바라보고 있다고 가브리엘이 말했었다.

뒤를 돌았다.

더 이상 번잡한 세상을 보고 싶지 않았다. 물과 기름처럼 그 세상에 섞이지 않는 자신을 보게 될까 봐, 그것을 깨닫게 될까 봐.

차가운 창에 등을 기대자 반쯤 어둠이 내려앉은 방 안이 눈에 보였다.

순식간에 올라왔던 번민들이 일순간 썰물처럼 빠져나가는 게 느껴졌다. 아직 밤은 길었다. 갑자기 이 차가운 유리보다 남자의 서늘한 체온이 더 나을 것 같았다. 뛰듯이 레인이 침대위로 걸어갔다.

그리고 그의 곁에 누우려는 순간, 드러난 시트 사이로 가브리엘의 맨발이 보였다.

악몽을 꿀 때면 유리란 유리는 모두 깨서 그 위를 밟고 서 있었다는 그레이의 말이 불현듯 생각났다. 레인은 가브리엘의 발치로 걸어가 그의 드러난 맨발을 보려 허리를 숙였다. 희미한 빛에도 상처는 숨길 수 없었다. 찢기고 베인, 아물었지만 상처가 있었다는 것을 분명하게 증명하는 그 울퉁불퉁한 자국들은 발바닥에 빼곡하게 남겨져 있었다.

차마 손대는 것조차 할 수 없었다.

머뭇거리던 레인의 손이 결국 그의 발바닥을 두 손으로 감쌌다.

그리고 뭔가 잘못됐다는 걸 깨달았다. 딱딱하게 경직된 가브리엘의 몸이 그제야 시야에 들어왔다. 여전히 자신이 자리에서 일어났을 때와 똑같은 얼굴로 그가 누워 있었다. 침대에 올라가 그의 위에 올라탔다. 여전히 가브리엘은 일어나지 못했다. 그의 어깨를 짚었다. 자신을 안아줄 때와는 다른 그 마비된 것 같은 경직된 몸을 손끝으로 확인하고 나서야 그가 지금 악몽을 꾼다는 사실을 알아차렸다.

아무런 전조도 없이, 기색도 없이. 얼굴은 여전히 평온한데 그는 자면서도 온몸이 경직된 채 가위에 눌리고 있었다.

"엘. 가브리엘."

미동 없는 그의 뺨을 두드렸다.

양손에 힘을 줘 그의 뻣뻣하게 굳은 몸을 주물렀다.

차라리 신음이라도 냈다면. 식은땀이라도 흘렸다면 알아차릴 수 있었을 텐데.

손끝으로 다시 가브리엘의 호흡과 맥박을 확인했다. 천천히, 보통 사람보다 훨씬 느리게 뛰는 심장이 금방이라도 멎을 것 같다는 걸 깨달았을 때 레인이 소리쳤다.

"엘!"

그 순간 가브리엘의 눈이 뜨였다. 파르르 떨리는 속눈썹이 위로 올라가고 자신을 부른 이에게 응답하며 거짓말처럼 평소와 다름없는 얼굴이었다.

"불렀어요?"

"……이럴 땐 '깨웠어요?'라고 물어봐야 되는 거야."

알몸으로 자신의 위에 올라타 내려다보고 있는 레인이 당황스럽지도 않은지 가브리엘이 나른한 미소를 지었다.

"레인 덕분에 잘 잤어요."

"거짓말."

그가 잠든 시간은 15분이 채 되지 않았다. 이런 쪽잠밖에 자지 못한다는 사실에 울컥 뭔가가 넘어오려 했다. 이렇게 아무렇지도 않은 얼굴을 하기까지 얼마나 많은 악몽에서 도망쳤는지 짐작도 할 수 없었다.

"무슨 일이십니까!"

레인의 거친 외침을 들었는지 그레이가 노크도 없이 뛰어 들어왔다가 알몸으로 가브리엘을 깔고 앉아 있는 그녀를 발견했다.

"문 닫아요."

그레이 쪽으로는 쳐다보지 않고 레인이 싸늘하게 일갈했다.

뒤늦게 온몸에 오소소 소름이 돋았다. 가브리엘은 왜 그러냐고 묻지 않았다. 그저 손을 들어 레인의 팔뚝에 돋아난 소름을 손톱을 세워 쓸었다. 레인이 두 손을 그의 머리칼 속에 깊숙이 묻었다. 자연스럽게 누워 있는 가브리엘과 마주보며 엎드리게 됐다. 부드러운 이채를 띠고 있는 그 눈을 마주하고 말했다.

"잠들지 마."

알 수 없는 미소가 그의 가는 입술 끝에 애잔하게 매달렸다.

그것은 마치 그가 죽어가는 것 같았다. 사후경직처럼 뻣뻣하게 굳은 그 몸을 왜인지 다시는 보고 싶지 않았다. 잠들지 못하고 잠들 수 없다면 깨어 있으면 된다. 밤은 아직 길었다.

"아직도 나를 물고 빨고 핥고 싶어?"

"말이라고."

그의 말이 떨어지기 무섭게 레인이 그의 목덜미를 물어뜯었다. 잇자국이 남을 정도로 강하게 물고 폐가 떨어져 나갈 것처럼 힘껏 흡입했다. 그의 물빛 같은 체취가 폐부 깊숙이, 더 안쪽으로 꽉 차게 밀려들어 왔다.

"웃!"

깊은 신음과 함께 그의 목울대가 가늘게 떨렸다. 짐승처럼 그르렁거렸다. 그것을 들으며 그가 웃고 있다는 걸 깨달았다. 차가운 손이 옆구리를 훑고 지나갔다. 그녀의 작지만 탄탄한 엉덩이를 아프도록 쥐었다.

"더 세게 깨물어 봐."

나의 피 한 방울이, 살점 한 조각이 당신에게 흘러 들어갈 수 있게.

가브리엘이 그 마지막 잔인한 본성이 드러난 말은 삼키며 만족스럽게 웃었다. 영원히 그녀가 자신의 목덜미에 이를 박고 이대로 한 몸이 된 채 살아도 괜찮을 것 같다는 기괴한 상상을 했다.

점점 내려간 레인의 입술이 그의 어깨를 물었고 이내 그 상처를 길게 훑어 올렸다. 그리고 입술을 오므리고 살가죽을 빨아들이는 게 보였을 때 손을 들어 레인의 얼굴을 들어 올렸다.

"섹스의 정석은 키스부터. 나는 꽤 보수적인 남자라."

레인이 했던 말을 그대로 되돌려주며 가브리엘이 타액으로 번들거리는 그녀의 아랫입술을 빨았다. 상처 부분을 피해 혀를 집어넣자 기다렸단 듯 레인의 혀가 그와 엉켰다. 치열을 훑고 혀의 뿌리 끝까지 파고든 날카로운 그의 혀가 레인의 입안에 남아 있는 타액을 모조리 앗아갔다. 입술을 떼고 싶지 않았다. 레인이 고개를 돌려 그의 입가에 묻어 길게 늘어진 타액을 훑고 이내 그것을 혀를 돌려 자신의 입안으로 가져가는 것이 가브리엘의 시선에 잡혔다.

검은 눈동자가 또렷하게 박혔다. 자신을 탐색하듯 바라보는 그 눈 깊숙이 날뛰는 열망이 보였다.

"츕ㅡ."

레인의 턱 끝에 입을 맞추고 그녀가 자신을 깨물었던 그 목덜미 같은 곳에 이를 세웠다.

"흐읏……!"

레인은 두 손으로 자신의 목을 아프게 물어뜯는 가브리엘의 어깨를 움켜잡았다. 목덜미 위에 날카롭게 세운 이와 달리 그의 손은 세상 다시없을 정도로 부드럽게 레인의 한쪽 가슴을 어루만졌다. 손바닥에 한 번에 감싸지는 가슴을 주무르다 꼿꼿하게 일어난 유두를 손가락 사이에 넣고 희롱했다.

잇자국 그대로 새빨간 멍을 남기고 쇄골까지 미끄러진 입술에 레인은 어느새 자신이 침대 헤드를 붙잡고 있다는 것을 알았다. 가브리엘이 천천히 그녀의 아래에서 움직이며 탐하는 것에 가까운 애무를 하고 있었다.

입술은 자신의 입에 닿는 모든 것을 빨아들이고 검붉은 흔적을 남기는데 레인의 피부를 훑고 지나가는 그의 손은 다정하고 부드럽기 이루 말할 수 없었다. 발끝에서부터 짜릿한 전율이 흘렀다.

겨드랑이 가장 안쪽의 연한 살을 흡입하듯 빠는 가브리엘로 인해 그녀는 자신이 음식이 된 기분이었다. 레인은 어느새 허벅지를 벌리고 그의 위에 엎드려 있었다.

"조금만 빨아도 이렇게 자국이 남는다니까."

웃음기 어린 그의 목소리 끝이 조금 갈라졌다. 손으로 한쪽 유두를 희롱하며 입술은 또다시 유실을 강하게 빨았다. 얼얼할 정도로 등골을 타고 찌르는 통증에 레인이 상체를 일으키려 하자 가브리엘의 한쪽 팔이 단단하게 허리를 감아 자신의 위에 고정시켰다.

레인은 고스란히 그가 물어뜯는 그대로 당할 수밖에 없었다. 그럼에도 불구하고 자신을 안고 있는 팔이 부드러워 키들거리는 웃음이 새어 나왔다.

"웃어봐. 날 보면서."

다시 자신의 배 위에 레인을 앉힌 가브리엘이 요구했다. 빤히 자신을 보는 그 청색 시선에 일렁이는 스스로의 얼굴이 비춰졌다.

"어서."

무표정한 얼굴을 하곤 낮게 잠긴 목소리로 요구하는 모습에 무언의 압력이 느껴졌다. 이렇게 대놓고 웃어보라는 사람 앞에서 웃는 법을 배우지 못했기에 레인이 표정을 굳히고 있자 그의 손가락이 엉덩이 골 사이로 미끄러지듯 들어갔다.

이물감에 뒤로 엉덩이를 빼자 그 골 사이로 손가락 대신 크고 딱딱한 페니스가 느껴졌다. 금방이라도 자신을 두 쪽으로 가르며 들어올 것 같아서 다시 엉덩이를 앞으로 뺐다. 가브리엘이 레인의 행동에 짧게 웃었다. 그 풋사과 같은 웃음에 그가 조용하던 미소가 그제야 터졌다.

"미치겠다."

꼭꼭 감춰둔 자신의 미쳐 있는 부분을 너무도 잘 건드리는 남자를 향해 레인이 자조하듯 읊조렸다.

입술을 연 레인의 입안으로 가브리엘이 손가락 두 개를 집어넣었다. 그리고 그가 레인을 껴안고 상체를 일으켜 침대 헤드에 등을 기댔다. 그의 배 위에 있다가 그의 허벅지에 앉게 되자 그 사이로 비벼오는 페니스가 뜨겁고 단단했다.

레인의 겨드랑이에 양손을 껴 반쯤 일으켜 세운 뒤 그가 무릎을 굽혀 단단하게 그녀의 뒤를 받쳤다. 그리고 여전히 손가락을 레인의 입안에 넣고 고개를 숙여 가슴을 베어 물었다. 처음엔 흔적을 남기기 위해 강하게, 그리고 혀로 부드럽게 이미 희롱할 대로 희롱한 유실을 건드렸다.

이로 살짝살짝 깨물자 레인의 허리가 움찔거렸다. 그리고 순식간에 그녀를 눕히며 그가 위로 올라왔다.

"당신의 모든 구멍에 들어가고 싶어."

항상 잡아당기던 귓불을 입술로 물고 그 귓가에 속삭였다. 젖어 있는 목소리가 섬뜩하게 등줄기를 훑었다. 자신이 빨았던 손가락이 오목하게 들어간 배꼽을 지나 아랫배의 갈라진 틈으로 향했다.

"흐읏…… 하……."

아랫배에서 올라오는 뜨거운 감각에 머릿속이 멍해졌다. 그가 내뱉는 젖은 숨결에 목이 바싹바싹 말라왔다. 그의 목에 팔을 두르고 그 숨결을 들이마셨다. 조금이라도 이 갈증을 해소하고 싶었다. 허겁지겁 목마른 사람처럼 가브리엘의 입술을 찾자 그가 선뜻 입술을 내주었다.

혀를 내밀어 그의 입술을 핥고 그가 주는 타액을 받아 마시면서도 그 갈증은 사라지지 않았다.

"엘."

"네, 레인."

자신을 내려다보는 그의 눈꼬리가 부드럽게 휘어졌다. 안달이 난 건 그녀 혼자인 같았다. 혀를 내밀어 입술을 핥자 그의 얼굴에서 웃음기가 사라졌다.

"그거 알아? 당신 몸은 색소가 옅어."

방금까지 핥았던 입술을 그가 손가락으로 쓸었다. 그리고 그의 다른 손이 클리토리스를 꾹 누르자 눈앞이 번쩍했다. 레인이 인상을 찌푸리며 앓는 소리를 냈다. 자신의 몸이 아닌 것 같은 생소한 감각이 낯설었다. 하지만 그만두고 싶은 감각은 아니었다.

여기서 그만둔다면 아마도 이 갈증은 없어지지 않으리라.

"여기도."

그의 손가락이 타액으로 젖은 유두를 튕겼다.

"훗…… 그만."

"여긴 아직 보지 않아서."

위에서부터 아래로 젖어 있는 클리토리스를 시작으로 끝까지 주욱 손가락이 미끄러졌다. 그리고 동시에 허벅지가 벌어졌다. 불을 켜지도 않았건만 화려한 밖의 네온사인이 색색이 침대 위로 쏟아지고 있었다.

허벅지 사이로 실버블론드 머리칼이 흩어졌다. 그리고 뜨겁고 축축한 것이 클리토리스를 핥았다.

"엘!"

그를 밀어낼 수 없었다. 혀의 돌기 하나까지도 가장 은밀한 곳에서 느껴져 레인이 그가 벌리고 있는 스스로의 허벅지를 쥐어뜯 듯 할퀴었다.

"여긴 붉어. 당신 몸 중 가장 붉은 곳이야."

질척한 목소리와 더불어 잔인함까지 느껴지는 목소리였다. 클리토리스를 배회하던 혀가 망설임 없이 앞으로 그가 침범할 가장 깊은 구멍 속으로 들어왔다. 자신의 다리 사이에 얼굴을 묻고 있는 남자와, 타액과 함께 밀고 들어오는 그의 혀로 인해 아래가 뜨거워졌다.

츠읍.

몸에 느껴지는 감각보다 귀에 들려오는 소리에 숨을 쉴 수가 없었다. 이런 은밀한 소리에, 그의 입술이 자신의 애액을 빨아먹는, 살덩이가 닿아 질척거리는 그 소리에 레인이 결국 고개를 돌렸다.

"왜 날 안 봐요?"

고개를 든 가브리엘이 미간을 찌푸렸다. 그리고 레인의 턱을 붙잡고 자신과 시선을 고정시켰다.

"나를 봐. 내가 당신을 어떻게 갖는지 한 순간도 놓치지 마."

탁하게 갈라진 목소리.

그가 목울음을 내며 웃었다. 그 미소가 잔악한 짐승의 것과 비슷해서 지금 자신이 섹스를 하고 있는 상대가 사람이 아닐지도 모른다는 생각이 처음으로 들었다. 레인이 허벅지를 잡고 있는 손을 떼곤 그가 그 손가락 하나하나에 입을 맞췄다. 그리고 손톱에 할퀴어진 허벅지 상처를 혀로 핥았다.

"으읏!"

순식간에 이를 세워 긁힌 상처 위를 뒤덮고 새로운 상처를 만들어 낸다. 마치 머리끝부터 발끝까지 서로에게 집어삼켜지는 과정 같았다. 섹스가 아니라 짐승의 교미에 가까운, 영역을 표시하는 느낌이 들었다.

"상처를 입고 나서야 붉어지는 입술을 보고 내내 이렇게 하고 싶었어요."

이 하얀 피부가 온통 자신이 만들어낸 색깔로 가득 찬 모습을 보고 싶었다. 온몸에 잇자국과 울긋불긋하게 남아 있는 자국들을 가브리엘이 위에서 만족스럽게 바라보았다. 자신의 것이라는 흔적.

팔뚝을 그녀의 입가에 밀었다.

"물어."

그리고 자신에게도 그녀의 흔적이 남아 있기를 바랐다. 아무리 씻어도 쉽게 지워지지 않을 흔적이.

얌전히 레인이 그가 내민 팔뚝을 물었다. 잘했다는 듯 그녀의 목덜미를 쓰다듬어주며 말했다.

"더 세게. 이를 세워."

뜨끔하게 피가 나올 정도로 레인이 깨물며 가브리엘을 올려다 봤다. 그리고 짙은 욕망에 어린 서로의 눈동자가 번들거렸다. 그의 팔뚝에 이를 세우며 두 다리로 그의 허리를 껴안았다.

"안아줘."

레인이 요구했다.

그리고 그의 단단한 페니스가 젖은 내부로 들어오는 순간 그의 가슴에 매달렸다. 온 힘을 다해 그의 어깨를 끌어안고 그가 자신에게 남긴 그대로 입에 닿는 모든 것을 깨물고 핥았다.

"훗! 아아!"

짧은 교성이 가르랑거리며 터져 나왔다. 그가 깊숙이 몸을 묻을 때마다 아랫배 끝까지 밀고 들어오는 거대한 페니스에 숨을 쉴 수 없었다. 하악거리는 레인의 입안에 자신의 숨을 불어넣어 준 가브리엘이 다시 한 번 허리를 움직였다.

그가 혀로 핥았을 때보다 더 질척거리는 음란한 소리가 귓전을 때렸다. 자신을 안고 있는 남자의 체온은 여전히 서늘하건만 이마를 타고 땀이 흘렀다.

"쉬…… 힘 풀어 봐요. 나갈 수가 없잖아."

곤란하다는 듯, 하지만 붉어진 눈으로 그가 레인을 달랬다. 한 손으로 손쉽게 레인의 등 뒤를 받치고 한 번 더 깊게 삽입했다. 뜨겁고 촉촉한 내부가 그의 페니스를 강하게 감싸며 꽉 물었다.

온몸으로 자신을 안고 있는 레인을 결국 완전히 들어 올린 가브리엘이 헤드에 몸을 기대고 앉았다. 그와 마주본 자세가 된 레인이 그의 코끝을 살짝 물었다. 가브리엘은 그녀의 골반에 두 손을 가져다 대고 깊게 내리 눌렀다.

그가 치고 들어올 때마다 아래가 미친 듯이 아렸다. 그를 가지면 이 열기도 사그라질 줄 알았건만 여전히 목이 말랐다. 더 이상 깊숙하게 들어올 수 없을 거라 여겼지만 그가 자신의 골반을 붙잡고 내리는 순간 레인의 눈앞이 깜깜해졌다.

반사적으로 허리를 쳐들었다. 그러자 그가 다시 한 번 자신의 아래로 레인을 깊게 끌어당겼다. 몇 번이나 그 행위가 반복되고 서로의 땀으로 흠뻑 젖은 몸은 더욱 더 밀착됐다. 그가 목덜미로 흐르는 레인의 땀을 핥고 비어 있는 곳에 붉은 흔적을 다시 남겼다.

"엘……!"

메마른 입술을 알고 있다는 듯 그가 타액으로 적셔주었다.

가브리엘의 등을 꽉 껴안은 레인의 손톱이 빨라진 호흡과 함께 날카롭게 파고들었다.

"하아, 학······."

신음소리 하나조차 욕심나 그가 입술을 맞댄 채로 꿀꺽 삼켰다. 분명 자신의 눈앞에 있건만 레인은 가브리엘의 얼굴이 보이지 않았다. 여전히 깜깜한 세상에서 그가 치고 들어올 때마다 하얀 빛이 폭죽처럼 터졌다.

그가 보여준다던 가장 아름다운 불꽃놀이가 이건가 싶어서 비실거리는 웃음이 샜다.

"······그렇게 내가 안고 있을 때만 웃어."

웃음이 헤퍼진 레인에게 가브리엘이 말했다. 내내 무심하던 얼굴에 자신으로 인해 그려지는 미소도, 이 색소가 엷은 몸도 모두 그의 것이었다.

"아······! 아아아!"

초점이 날아간 눈으로 레인이 울음 같은 비명을 내질렀다. 자신이 깊게 찌를 때마다 딸려 올라가는 그 뜨거운 내벽에 가브리엘도 더 이상 참을 수 없었다. 그녀의 허리를 단단히 잡고서 가장 깊은 곳까지 밀고 들어갔을 때, 그가 자신의 모든 것을 쏟았다.

한 치의 틈도 없이 서로가 전부인 세상에서 끌어안았다. 레인의 젖은 이마에, 뺨에, 목덜미에 자잘한 키스를 날리며 가브리엘이 빛이 닿지 않은 어둠 깊숙한 곳을 말없이 노려보았다.

평생 동안 잃어버렸지만 잃어버린지도 몰랐던 반쪽을 이제야 찾은 완벽한 기분이었다.

그리고 그는 이 완벽한 반쪽을 놓칠 생각이 없었다.

뉴욕의 외곽에는 수많은 저택들이 즐비하게 늘어서 있었다. 복잡한 도심에서 조금 떨어진 곳에 모여 있는 저택들의 소유주는 대부분 연예인이나 정재계 거물이었다. 그 저택들 중 유독 크고 중심부에 있는 새하얀 건물은 며칠 전 살해당한 크레이브 상원의원의 저택이었다.

모로코 양식을 본떠 만든 저택은 그의 자랑이자 자부심이었다. 본가는 워싱턴D.C에 있었지만 그가 1년의 대부분을 지내는 곳은 뉴욕의 별장이었다. 그의 가족들도 자연히 뉴욕에 터를 잡고 상류층에 섞여들 수밖에 없었다.

자정이 되기도 전이건만 주인을 잃은 저택의 불은 모두 꺼진 채 조용했다. 하지만 유심히 살펴보면 경비가 평소의 배로 늘어난 것을 알 수 있었다. 해가 가장 먼저 뜨는 2층 동쪽의 제일 끝방은 크레이브가 서재로 사용하던 공간이었다.

"젠장! 빌어먹을!"

어두운 복도를 가로지르며 크레이브의 아들 메드가 연신 발을 굴렸다. 아까부터 부지런히 전화를 걸고 있는 상대방은 그의 전화를 일부러 받지 않는 게 분명했다.

"돈을 처받았으면 일을 제대로 했어야지!"

씹어뱉듯 말을 던지며 그는 자신의 잿빛 고수머리를 신경질적으로 헝클어트렸다. 올해로 서른 살이 된 메드는 크레이브의 첫째 아들이었다. 신경질적인 인상에 며칠 밤을 자지 못해 퀭한 눈은 연신 미세하게 떨리고 있었다. 결국 받지 않는 전화를 복도의 벽에 던져 박살을 낸 그가 씩씩거렸다.

"도련님, 무슨 일이십니까?"

저택의 살림을 맡고 있는 오십대 초반의 집사가 거친 숨을 몰아쉬는 메드의 뒤로 따라붙으며 물었다. 이미 2층 복도를 얼마나 휘젓고 다녔는지 몇몇 고용인이 집사의 뒤를 따르며 메드의 눈치를 보고 있었다.

울다가 기절한 안주인은 3층의 침실에 있었고, 이제 고등학생인 늦둥이 막내딸은 자신의 아버지가 친구와 불륜을 저질렀다는 사실이 바로 그 아버지가 죽은 것보다 창피해서 학교에 못 가겠다고 며칠 전부터 울며불며 방 밖으로 나오지 않았다.

"됐어! 다 꺼져!"

그 말에 집사가 곤란한 얼굴을 하며 고용인들을 손짓으로 물렸다. 그리고 자신 또한 조용히 그 자리를 떠났다. 어차피 한두 번 있는 일도 아니었다. 서재 밖 복도를 서성이던 메드가 이내 서재 문을 벌컥 열어젖혔다.

"분명히 여기 어디에 영감탱이가 금고를 숨겨뒀는데."

한시라도 빨리 금고를 털어서 이곳을 벗어나야 한다. 이미 가진 돈을 탈탈 털어 마지막 수를 놓았다. 그 수가 자신의 목을 조를 거라곤 그 멍청한 머리로 조금도 생각하지 못했다. 내부에 공모자도 매수했고, 상대는 의외로 허술한 면이 많다는 보고를 받고 아버지가 죽기도 전에 이 일을 계획했었다.

아버지가 죽고 난 뒤엔 완전한 범죄를 위해 '그' 또한 쥐도 새도 모르게 죽이기로.

"빌어먹을 영감은 대체 금고를 어디에 숨긴 거야?"

분명히 자신에게 이야기하지 않은 비자금이 있으리라. 두 번이나 이 방을 뒤졌는데 금고는 나오지 않았다. 그것이 점점 그를 초조하게 만들었다. 어제 저녁 일이 실패했다는 전화를 받은 뒤로는 경비를 두 배로 늘리기까지 했다.

서재는 저택 밖을 비추는 가로등의 불빛이 은은하게 비추고 있었다.

굳이 불을 켜지 않아도 육안으로 사물의 식별이 가능했지만 메드는 벽에 있는 전등 스위치를 올렸다.

그러자 그와 동시에 그를 등지고 있던 서재의 마호가니 의자가 천천히 돌아갔다. 서재의 조명을 그대로 반사하는 백금발의 머리칼. 한 손으로 턱을 괸 채 무릎 위에 놓인 책에서 시선을 떼지 않는 긴 속눈썹 아래 드리워진 푸른 눈동자.

그 의자에 앉아 잡티 하나 없는 하얀 피부가 창백하리만치 빛나는 것을 발견했을 때, 메드의 안색도 파랗게 질렸다.

"다, 당신! 당신이 어떻게 여기에……."

마치 귀신이라도 본 사람처럼 그가 말을 더듬었다. 이곳을 들어오려면 무려 서른 명이 넘는 경호원들을 상대해야 했다. 하나 눈앞의 남자는 완벽하게 암청색 슈트를 갖춰 입은 채 구김 하나 가지 않는 자세로 그 자리에 앉아 있었다.

"잠이 안 와서 책이나 좀 보려고요. 크레이브 의원은 흥미로운 책이 많네요."

탁—

인형처럼 방긋 웃은 가브리엘이 손에 든 책을 닫아 가지런히 책상 위에 올려놓았다.

아주 천천히 그 푸른 눈과 시선을 마주했다. 아무것도 담겨 있지 않은, 그저 유리알 같은 눈동자가 위험스레 번들거렸다. 그리고 그 순간 아이러니하게도 메드는 이 남자와의 첫 만남을 기억해 냈다.

남자와의 만남은 2년 전, 마카오의 한 카지노에서였다. 미국 내에서 아버지인 크레이브의 입김이 닿지 않은 곳이 없었기에 더 이상 도박을 즐기지 못해 마카오까지 갔었다. 그곳에서 가져간 돈을 모두 잃고 카드는 현금서비스를 받을 수 있을 때까지 긁었다. 그리고 퍼스트클래스 비행기 표까지 깔끔하게 날리고, 호텔에서도 쫓겨날 위기에 처하자 주저하다 아버지에게 도움을 요청했다.

차라리 거기에서 삼합회에게 걸려 죽어버리라고 했던 아버지의 음성이 아직도 귀에 선했다. 십대에는 마약, 이십대에는 거기에 도박까지 얹었다. 아버지에겐 하루가 멀다 하고 도박장에서 아버지의 이름을 대고 돈을 빌려 쓴 아들로 인해 사채업자들이 찾아가고 있는 상황이었다. 그것을 막다 못해 앞으로 한 번만 더 도박에 손을 대면 정신병원에 처넣어 평생을 그곳에서 썩게 할 거란 엄포를 들은 지 보름도 되지 않아 마카오로 왔다.

그에게 아버지란 마르지 않는 샘물이었다.

정치를 하는 동안 영원히 그의 돈은 마르지 않으리란 걸 메드는 어릴 때부터 이미 알고 있었다.

"2년만이죠? 오랜만이에요, 메드."

다정하게 이름을 부르는 달콤한 목소리가 마치 악마의 속삭임 같다고 메드는 생각했다. 2년 전에 자신이 저 악마와 무슨 계약을 했던가.

그런 매몰찬 전화를 받고 난 뒤에도 남들의 뒤를 기웃거리며 마카오의 카지노를 맴돌던 메드였다. 거기서 눈앞의 남자를 만났다. 블랙잭을 하며 무려 7판을 내리 이겼다. 그의 앞에 놓인 칩이 바짓단 아래로 넘쳐흐를 정도였다. 주변에서 환호하는 소리에 연신 예의바른 미소를 보내면서 판돈을 아무렇지도 않게 올리던 남자.

자신처럼 도박중독자 같은 모습은 아니었다. 그저 시간을 때우려는 듯 무료하게, 대수롭지 않게 남자는 계속해서 거액을 배팅하고 걸었던 액수보다 더 큰 거액을 판돈으로 따고 있었다. 정말로 그의 바짓단 아래로 고액 칩이 몇 개 굴러가자 구경꾼 중 몇몇이 그것을 발로 밟고 모른 척 고개를 돌렸다.

이미 그를 주시하고 있는 카지노의 경호원들이 은근슬쩍 칩을 빼돌리는 사람들에게 다가가자 그는 고개를 저으며 피식 웃곤 그냥 두라고 말했다.

그리고 그 때도 이렇게 그와 시선이 마주쳤었다.

"같이 할래요?"

어쩌면 그 제안을 거절해야 했을지도 모른다고 지금에서야 후회했다. 하지만, 과연 그 자리에 있던 그 누구라도 그런 제안을 거절할 수 있었을까?

수억의 가치를 지닌 칩을 아무렇지도 않게 옆자리로 몰아주며 그가 물었을 때 메드는 뭔가에 홀린 것처럼 그 자리에 앉았다.

그게 저 남자와 결코 풀 수 없는 악연의 고리, 그 시작이었다.

"처음부터 우리의 거래는 당신은 '크레이브의 사망 후 그의 전 재산을 독차지한다', 나는 '크레이브의 목숨을 가져간다' 이거였 잖아요. 그게 그렇게 어려운 일이었어요?"

조곤조곤 아이를 타이르듯 가브리엘이 물었다. 말투와 표정은 퍽 다정했으나 그의 눈은 여전히 유리알처럼 차갑게 번들거리고 있었다.

이내 가브리엘이 자신의 말에 반응이 없는 메드에게 손가락 하 나를 까딱여 가까이 오란 제스처를 해보였다.

"내가 직접 가면 후회할 텐데?"

그 말에 메드가 흠칫 어깨를 떨며 천천히 가브리엘에게 다가갔 다. 예정대로라면 그제 죽었어야 할 남자에게.

메드가 다가오자 가브리엘이 자리에서 일어났다. 자신이 방금 까지 앉았던 크레이브의 의자에 앉으라고 고갯짓을 했다. 그 당 당한 모습에 뭔가에 홀리기라도 한 것처럼 메드가 그곳에 앉았 다.

"아버지의 추악한 비밀을 손에 들고 희희낙락 내게 달려온 건 당신이잖아요, 메드."

의자의 양 팔걸이를 잡고 천천히 메드를 향해 상체를 숙여 그 를 마주 본 가브리엘이 말했다.

메드는 돈에 쫓기는 자가 얼마나 추락할 수 있는지 가장 잘 보여줬다. 지난 2년 동안 그는 가브리엘에게 크레이브의 약점을 하나씩 제공했고 그럼에도 불구하고 가브리엘이 크레이브를 처리할 기미가 보이지 않자 여동생의 친구를 매수해 크레이브를 유혹하도록 사주했다.

자식이 아비를 팔아넘겼다. 정치적으로, 사회적으로, 그리고 실제로 그는 살해당했다. 자신의 아들에게.

그저 가브리엘은 그 빌미만을 메드에게 제공했을 뿐이었다.

"그런데……."

가브리엘은 메드의 턱을 들어 올려 자신과 시선을 마주하게 했다.

"감히 내게 총구를 겨눠? 네 털끝만 한 양심 한 조각이 수줍게 떨리기라도 해? 그렇담 내가 도려내 주고."

조용한 어조의 끝에 어린 소름 끼치는 살기를 느낀 메드가 물 밖에 나온 물고기처럼 팔딱이며 일어나려 하자 가브리엘이 무릎으로 그의 허벅지를 지그시 내리눌렀다.

"나를 죽이려면 좀 더 오랜 시간을 갈고 닦은 뒤에 천천히 죽음이 내게 오는지도 모를 정도로 방심했을 때 죽였어야지. 겨우 이틀이 네 인내의 한계인가? 적어도 내 목숨을 갖고 싶다면 10년쯤은 공들여 줘."

"네놈! 네놈만 없으면……!"

가래가 끓듯 탁한 목소리였다.

"마찬가지야."

똑똑─

"실례하겠습니다."

집사인 스미스가 은쟁반에 차가운 아이스티 한 잔을 들고 서재로 들어왔다.

"스미스! 경호원을 불러!"

메드가 반색을 하며 소리쳤다. 하지만 그 소리가 들리지 않는지 저벅저벅 서재의 책상 앞까지 온 그가 책상 위에 아이스티를 올려놓았다.

"항상 드시던 걸로 준비했습니다."

"고마워요, 스미스."

"스미스! 스미스! 나를 배신하다니!"

마치 메드가 눈앞에 없는 것처럼 가브리엘을 향해 고개를 숙여 보인 집사가 천천히 등을 돌려 서재를 나갔다. 그것을 보면서 그제야 그가 어떻게 이 저택 안에 이토록 당당하게 들어올 수 있었는지를 깨달은 메드가 분노에 몸을 떨었다.

"배신이라뇨, 메드. 스미스 씨는 그저 나를 도와준 것뿐인데. 배신이란 건 내 경호원이 내게 총을 겨눴다던가, 그런 거죠."

"가브리엘!"

"타인의 피를 손에 묻히고 싶었다면 직접 하셨어야죠."

"증거가 있어! 네놈과 내가 공모했다는 증거가!"

자신을 살려둘 생각이 없다는 것을 알아차린 메드가 선수를 쳤다.

"증거? 나도 없는 증거가 네게 있다고?"

351

가브리엘이 나직하게 쿡쿡 웃었다. 살려고 아무 말이나 내던지는 것을 보니 증거 따윈 눈을 씻고 찾아봐도 없다는 걸 한눈에 알 수 있었다.

"아직도 약을 하나?"

물어보며 한 손으로 메드의 소맷자락을 올리자 빼곡한 주사 자국이 보였다.

"몸이 아파 병원에서 맞은 건 아닐 테고."

잘했다는 듯 메드의 머리를 쓰다듬어준 가브리엘이 품 안에서 작은 케이스를 꺼냈다. 그 안에서 나온 것은 주사기와 메드도 익히 알고 있는 약물이었다. 천천히 주사기 안으로 약물을 빨아들이자 메드가 공포에 질린 얼굴로 외쳤다.

"그만둬!"

"아아…… 정키라 그런지 눈치도 빠르군."

치사량이 분명한 수준의 양을 담은 주사기를 눈앞에 들이밀자 메드가 몸부림쳤다.

"그걸 맞으면 죽어! 죽는다고!"

"알아요."

그러라고 놓는 건데.

가브리엘이 피식 웃으며 그의 복부에 주먹을 꽂았다. 컥 소리와 함께 앞으로 고꾸라지는 그의 팔뚝에 망설임 없이 주사를 놓고 한 발 물러났다.

"주, 죽일 거다. 네놈을 반드시!"

집사가 가져다 준 아이스티로 시원하게 목을 축이며 가브리엘이 어깨를 으쓱했다.

약기운이 도는지 흐리멍텅해지는 메드의 눈동자엔 이미 초점이 없었다. 쇳소리를 내기 시작하는 입술로 하얀 거품이 올라왔다.

"그래, 언젠간. 그런데 당신 손에 죽는 건 아니겠지."

메드는 이미 오랫동안 마약에 손을 대왔고, 아버지의 죽음으로 인해 충격을 받아 헤로인을 과다 투여해 사망했다는 건 아주 잠깐의 기삿거리가 되리라.

생명이 빠져나가는 그 짧은 순간을, 빛을 잃고 꺼져가는 눈빛을 마주본 가브리엘의 눈도 침잠하게 가라앉았다. 메드의 숨이 완전히 끊어진 걸 확인한 뒤, 책상 위에 올려놓았던 책을 가져가 원래 있던 자리에 꽂아 넣었다.

"레인."

손끝에 아직도 그녀를 안았었던 온기가 남아 있었다.

지금쯤 일어났을까?

가브리엘이 책장에 무거운 등을 기댔다.

메드가 자신을 노리고 있다는 사실은 알고 있었다. 크레이브가 죽는다면 움직일 거란 예상도 했다. 그 자리에 그녀가 있어서는 안 됐다. 그녀의 자리는 자신의 옆이어야 했다. 폐건물에서 스나이퍼를 죽이고 붉은 발자국을 찍으며 자신에게로 걸어오는, 그 길 위에 레인이 서 있던 것은 그의 예상에서 벗어나는 일이었다.

온기가 남아 있는 손끝으로 가브리엘이 흐트러진 머리칼을 뒤로 쓸어 넘겼다.

차라리 메드가 살해 공모를 뒤늦게 후회하고 아버지를 죽인
자신에게 복수하려 했다면 아마도 살려줬을지도 몰랐다.

"그래, 그랬을지도 모르지."

가브리엘이 싸늘하게 일갈했다.

# 12.

입술 끝으로 기름기가 주르륵 흘렀다. 그걸 닦을 생각도 하지 않고 닭다리를 입으로 가져가는 레인의 모습에 맞은편에 앉아있던 그레이가 보다 못해 손수건을 꺼냈다.

"아니, 좀 닦고 드세요. 닦고."

내미는 손수건을 아랑곳하지 않고 레인이 큼직하게 닭다리를 베어 물자 그레이가 한숨을 내쉬었다. 그리고 못 참겠는지 손을 쭉 뻗어 레인의 입가에서 다리로 툭 떨어지려 하는 기름기를 슥 닦았다.

"체력이 방전됐어요."

"아, 좀!"

답지 않게 결벽증이라도 있는 건지 레인의 입가에 음식물이 묻은 걸 자꾸 신경 쓰던 그레이가 아예 그녀의 옆에 자리를 잡고 앉았다.

부드러운 고기를 입으로 몇 번 씹어 꿀꺽 삼키는 모습을 무슨 짐승을 보듯 하는 그레이의 시선을 무심히 넘기며 레인이 깨끗하게 뼈를 발랐다. 클레이가 항상 입이 짧다고 자신을 걱정했었는데 다 기우였다. 이토록 식욕이 도는 것은 가브리엘이 사준 피자 이후로 처음이었다. 여러 모로 자신의 체력을 바닥까지 떨어트리게 하는 재주가 있는 남자였다.

어느샌가 가브리엘에게 생각이 닿자 레인이 피식 웃었다.

"이렇게 해봐요, 이렇게."

입을 오므리는 시늉을 하며 그레이가 재촉했다.

"다 먹고 닦을게요."

손가락 끝에 묻은 기름기를 레인이 혀끝으로 쪽 빨아먹으며 대답했다.

"아놔! 그걸 왜 빨아 먹는 겁니까!"

이제는 손을 붙잡고 손가락을 하나하나 손수건으로 닦아내기 시작한 그레이를 보며 레인은 그가 결벽증을 갖고 있을 거라 확신했다. 열심히 손가락을 닦아내다가 손목에 있는 잇자국, 드러난 목덜미 등으로 시선을 돌린 그가 한숨을 폭 내쉬었다.

"무슨 씹어 삼킨 것도 아니고."

그레이의 시선 안에 자신의 목덜미가 닿아 있다는 걸 느낀 레인이 머쓱해져 손가락으로 목을 긁었다.

"아니, 그쪽 손은 안 닦았단 말입니다!"

더러워진 손수건을 반으로 접은 그가 깨끗한 부분을 들고 반사적으로 레인의 목덜미를 닦아냈다.

"지금 뭐하는 거야?"

툭—

손수건이 레인의 무릎 위로 떨어졌다.

"자정 전에 온다더니 넘었네."

레인이 고개를 틀어 소리가 들린 곳을 바라보며 말했다. 비몽사몽 잠들어 있는 와중에 자신의 머리를 쓰다듬으며 좀 더 자라고, 볼 일을 보고 온다는 목소리는 꿈이 아니었다. 일어났을 때 가브리엘이 곁에 없었으니까.

"그래서 지금 그레이와 바람을 피우는 거예요?"

그 말에 그레이가 레인의 무릎에 있는 손수건을 회수할 생각도 못하고 후다닥 엉덩이를 뒤로 빼 그녀와의 안전거리를 확보했다.

"비 냄새. 밖에 비 와?"

어차피 말도 안 되는 소리에 대꾸할 마음이 없는 레인이 가까이 다가온 가브리엘에게 묻자 그가 고개를 끄덕이며 허리를 숙여 레인의 입술에 짧게 키스했다. 계약은 그가 자신에게 소원을 빈 순간 끝났다. 더 이상 가브리엘에게 예의를 갖추지 않고 편하게 말을 하는 레인이었다.

"네."

몸을 섞었는데도 정중한 말투는 여전한 남자였다.

레인이 짧게 웃으며 그레이가 말한 닦지도 않은 손으로 부러 가브리엘의 뺨을 쓸었다.

"이건 늦게 온 벌."

손에 묻은 기름기가 가브리엘의 하얀 얼굴에 남았다. 그러자 가브리엘이 씩 웃으며 레인의 손목을 잡아 그 손가락을 입안에 넣었다. 혀가 레인의 손가락에 남아 있는 이물질을 깨끗하게 핥았다. 더 이상 아무런 맛이 나지 않을 때까지 빼지 않는 것을 보며 레인이 살짝 인상을 찌푸렸다.

역시 농담이 통하지 않는 남자다.

"이런 맛있는 벌이라면 언제라도."

레인은 손수건으로 닦은 손보다 더 깨끗해진 자신의 손을 물 끄러미 들여다봤다. 방금까지 닭다리를 두 손으로 열심히 뜯었으니 확실히 맛있기는 할 터였다. 그레이가 그랬던 것처럼 가브리엘의 눈이 레인의 목덜미에 난 자국을 살폈다. 물기가 묻은 가브리엘의 차가운 손가락이 레인의 홧홧한 목덜미를 건드렸다.

"아파요?"

"아니."

그런데 온몸이 쑤셨다. 섹스라는 게 이렇게 몸과 마음을 방전시키는 거였구나.

불과 몇 시간 전까지 자신과 침대에서 뒹굴던 남자를 보며 레인이 자신이 남겨놓은 자국을 목덜미에 달고 있는 남자를 보았다.

"닭이 아니라 내가 먹고 싶은 거예요?"

정말로 씹어 삼킬 듯 그의 목덜미를 물어뜯다시피 했던 그녀였다. 시선을 알아차린 가브리엘의 은근한 물음에 레인이 남은 닭다리 하나를 들어 가브리엘의 입에 집어넣었다.

그레이가 방금까지 앉아 있었던 자리를 당연하게 차지하고 앉아 레인의 허리에 팔을 두른 가브리엘이 식사에 참여했다.

"위시본이네요."

레인이 별 신경 쓰지 않고 내려놓은 뼈를 가브리엘이 가로챘다.

"위시본?"

V자형 뼈였다. 닭은 그저 먹는 것으로만 알던 그녀가 언젠가 들어봤던 그 단어를 기억해내려 인상을 찌푸렸을 때 가브리엘의 손가락이 그 미간 사이를 꾹 눌렀다.

"잡아 봐요."

그가 한쪽 끝을 잡고 다른 한쪽 끝을 레인에게 내밀며 말했다.

"뭐하는 건데?"

위시본(wishbone). 이름답게 무슨 소원을 들어주는 뼈란 말인가?

"잡아당겨서 긴 쪽을 갖게 되는 사람 소원 들어주기."

"소원이라면 좀 무서운데."

자신이 내뱉은 소원이라는 말 때문에 일주일도 안 돼서 눈앞의 남자와 사귀기로 했다. 소원의 위력은 무시무시했다. 언령이라는 게 정말로 있을지도 모른다고 진지하게 생각하며 레인이 고작 뼛조각 하나를 두고 고민하고 있었다.

"내가 어떤 소원을 빌지 무서워요?"

"아니, 왜 네가 이긴다고 생각하는데?"

듣자하니 이건 당연히 가브리엘이 이기는 내기로 가고 있었다. 사실 내기가 아니라 운이었지만.

"해봐요. 응?"

부드럽게 휘어지는 그의 눈가가 예뻤다. 생사가 달린 것도 아닌데 뭐 어떠냔 생각이 들었다. 저렇게 예쁜 얼굴로 부탁하는데.

"내 앞에서 그렇게 웃지 마."

무슨 말이냐는 듯 고개가 갸웃하는 그를 보며 레인이 말했다.

"마음 약해져."

"풉!"

그렇게 더러운 꼴을 보지 못하는 그레이가 먹던 콜라를 그대로 테이블 휘로 흩뿌렸다. 레인은 마치 배신자를 보는 얼굴로 자신을 쳐다보는 그레이의 시선을 피했다. 잠시 자신이 무엇을 들었는지 눈을 한번 깜박인 가브리엘이 활짝 웃었다.

"다행이다. 내 미소에 당신이 약해지다니."

그것이 무슨 다행이라고 정말로 안도한 얼굴로 그렇게 말하는 것을 보니 마음 한구석이 이상했다. 자신은 그처럼 천하절색도 아니었고 좋게 말해도 미인이라곤 할 수 없는 얼굴이었다.

"어서. 잡아 봐요."

달콤함이 뚝뚝 묻어나는 사랑스러운 얼굴로 종용하는 그에게 못 이기는 척 레인은 위시본의 남은 한쪽을 잡았다. 그리고 가브리엘이 힘을 주어 반대쪽으로 잡아 당겼을 때 뼛조각이 부러졌다.

"아아……."

아쉬운 한숨은 가브리엘의 입에서 새어나왔다.

소원을 빌 수 있는 승자는 레인이었다.

"말해 봐요. 뭘 들어줄까?"

그가 눈을 반짝이며 물었다.

"글쎄……."

소원 같은 걸 생각해 본 적 없었다. 애초에 그냥 장난으로 한 말이었다.

가브리엘이 다시 재촉하려 할 때였다. 테이블 위에 올려놓은 레인의 핸드폰이 울린 것은.

폰 화면에 니콜의 이름이 뜬 것을 보았을 때 가브리엘이 고개를 저었다.

"받지 말아요."

공기가 가라앉았다.

방금까지 들뜬 것처럼 나풀거리던 공기가 변했다. 레인의 시선이 여전히 테이블 위의 핸드폰에 향해 있었다. 그리고 자신의 옆얼굴을 물끄러미 보고 있는 가브리엘의 시선이 느껴졌다.

"왜?"

이 전화가 어떤 전화인 줄 알고 그는 받지 말라고 하는 걸까?

"이런 늦은 때에 오는 전화는 대부분 불길하니까."

확신을 가지고 말하는 그 목소리에 망설이는 순간 전화가 끊겼다. 하지만 레인은 가브리엘을 쳐다볼 수 없었다. 여전히 핸드폰을 쳐다보고 있을 때 니콜에게서 다시 전화가 울렸다. 보통 때 같으면 문자를 남겼겠지만 핸드폰은 계속해서 울렸다.

결국 자신을 보는 가브리엘의 시선을 마주하지 못하고 레인이 핸드폰을 들었다.

"레인."

그가 핸드폰을 향해 손을 뻗었을 때 레인이 전화를 받았다.

[너 어떻게 알았어!]

얼마나 크게 소리를 질렀는지 그 소리가 이 자리에 있는 모두에게 들릴 정도였다.

레인은 천천히 핸드폰을 든 채로 가브리엘에게 몸을 돌렸다. 그가 싸늘하게 굳은 얼굴로 핸드폰만 노려보고 있었다.

[너너, 이미 알고 물어본 거야?]

그날 밤, 자신이 보낸 문자 한 통. 그저 니콜에게 한 사람의 이름만을 확인해달라는 부탁이었다. 이미 자신이 알아봐달라는 몇 개의 단서로 니콜 또한 모든 추측을 끝낸 듯했다.

[이건 복수야. 알고 있어? 지금 그놈이랑 같이 있어? 당장 도망가!]

그래, 그놈이랑 같이 있어. 네 목소리가 너무 커서 도망가긴 좀 그른 것 같아. 그러니까 조용히 좀 해줄래? 하고 말하고 싶은 걸 꾹 참았다. 가브리엘의 뒤에 있는 그레이의 얼굴에서도 어느새 표정이 사라졌다.

그런 얼굴들을 하고선 언제까지 속일 작정이었는지, 이거야 원 눈 가리고 아웅이었다.

[이번 크레이브 의원만 살해야. 전부 의문의 사고사라고!]

"이번에도 사고사일 수 있었어."

겨우 레인이 입을 열었다. 크레이브의 경호원을 죽인 것은 자신이었다.

[레인!]

"그래서? 이름은 확인했어?"

[……CIA쪽은 1급기밀이라 좀 더 걸릴 것 같아.]

"그럼? 어떻게 확인했어?"

[……모사드 쪽에서 확인했어. 이미 16년 전 사건이라 내 친구는 확인할 수 있는 위치더라. 자세한 건 모르겠는데 확실해.]

아무래도 이 늦은 밤에 너무 열심히 먹은 것 같다. 니콜의 말을 듣는 순간 목 안쪽이 꽉 막혀서 숨을 내쉬기 힘들어졌다. 이미 예측하고 있는 사실이었는데, 그것을 확신하고 나니 가슴 한쪽이 욱신거렸다.

[시리아 생화학테러. 조나단 먼츠, 네 생부의 짓이야.]

그 말이 떨어지기 무섭게 가브리엘이 핸드폰을 가져가 통화를 종료했다.

그가 이런 눈을 하고 있을 때면 생각을 알 수 없었다. 왜 저 푸른 눈이 지독하게 어두워 보이는 건지.

결국 꽉 막혀 있던 속을 부여잡고 레인이 자리에서 벌떡 일어나 욕실로 달려갔다. 변기를 붙잡고 지금까지 먹은 것을 모두 게워냈다. 도저히 상황이 역해서 참을 수 없었다.

역류하는 음식물이 기도를 자극했는지 변기 안으로 레인의 눈에서 떨어진 눈물이 주르륵 흘렀다. 그런 레인의 등을 다가온 가브리엘이 부드럽게 두드렸다.

"그건⋯⋯."

목 안쪽이 홧홧했다. 물을 내리고 입을 헹구며 얼굴을 씻었다. 그리고 어느 순간 자신의 등 뒤에 서있는 가브리엘에게 말했다.

"시리아 봉쇄 전략이었어."

조나단 먼츠.

그 이름을 듣는 순간 시리아에서 어떤 일이 일어났는지 알 수 있었다.

시리아는 지정학적으로 중요한 위치에 있는 나라다. 러시아, 이란, 중앙아시아, 인도, 중국과 연결되는 석유와 천연가스 송유관이 통과되는 마지막 나라가 시리아였다. 그런 시리아의 대통령이 러시아에게 장거리 미사일 기지를 제공하겠다는 일명 시리아―러시아 회담은 미국에게 큰 위협이 될 수밖에 없었다.

그게 시리아 내전의 시작이었다.

"계속 생각했어. 나와 당신의 접점이 뭔지. 16년 전 시리아에 누가 있었는지."

그 당시 CIA 시리아 지부장 조나단 먼츠.

그는 후에 CIA 국장까지 역임했고 은퇴 후 자취를 감췄다.

"미국은 시리아에 개입할 명분을 찾고 있었죠. 예를 들어 생화학테러라든가."

그렇게 되면 국제적으로 커다란 문제가 된다. 시리아의 내전에는 본디 미국이 참여할 명분이 없었다. 하지만 국제적으로 규탄받는 생화학테러가 시리아 정부군에 의해 일어났다는 게 밝혀지면 공식적으로 개입할 명분이란 게 생긴다.

미국이 개입하면 해결되지만, 훗날 값비싼 대가를 미국에 치러야 되는 건 시리아였다.

"모사드(이스라엘 정보국)를 이용했어. 그렇지? 시리아의 최대 적은 이스라엘이니까."

욕실의 거울 속에서 레인과 가브리엘의 눈이 마주쳤다.

얼굴에 맺혀 있던 물방울이 뚝뚝 세면대 아래로 떨어져 내렸다.

이스라엘의 최대 우방국은 미국이었다. 이스라엘은 미국의 묵인하에 시리아 정부군으로 위장해 무고한 도시였던 고우타에 생화학폭탄을 떨어뜨렸다.

대체 얼마나 많은 사람들이 이 사건에 개입된 걸까?

"이 기가 막힌 아이디어를 낸 사람이 당신 아버지예요, 레인. 그저 중동의 시리아 지부장에 지나지 않았던 CIA요원이 훗날 시리아봉쇄전략을 성공시키고 국장까지 역임했죠."

그의 두 손이 다정하게 레인의 허리를 껴안았다. 그리고 그녀의 어깨에 고개를 숙여 얼굴을 묻었다. 가브리엘에 비해 현저하게 작은 레인이 마치 커다란 거인을 등에 지고 있는 듯한 모습이 되었다.

어깨에 얼굴을 묻고 있지만 거울을 통해 형형하게 빛나는 남자의 눈빛에 잡아먹힐 것 같았다.

"엘."

너는 어떤 마음으로.

물음은 결국 입 밖으로 나오지 못했다.

"소원이…… 원래 당신이 내게 원했던 소원이 뭐야?"

국제사회에서 비난을 받지 않고 장기전을 벌여 내전으로 황폐화된 시리아가 스스로 미국의 품으로 들어오도록 유도했다. 시리아가 친미국가로 전환되길 기다리며.

그가 하려는 것이 복수라는 것을 알아차렸을 때부터 어렴풋이 눈치채고 있었다. 자신의 생부와 관련이 있을 것 같다는 막연한 생각.

"당신 아버지의 위치."

"태어나서 단 한 번도 본 적 없어."

사실이었다. 어머니는 미혼모로 자신을 낳았고 생부의 존재를 알았을 때는 이미 어머니는 이 세상에 없었다. 그녀의 장례식에도 오지 않았던 생부를 어떻게 아버지라고 부를 수 있단 말인가.

"알아요. 신분을 속이고 숨는 데 일가견이 있는 베테랑 CIA를 찾기가 쉽지는 않더라고요."

은퇴 후 바로 잠적했을 정도로 뛰어난 사람이니 아마도 가브리엘이 자신을 쫓는 걸 알았으리라. 그의 유일한 생물학적 딸이 가브리엘의 곁에 있다는 것이 알려진다면 그가 모습을 드러내리라 생각했던 걸까. 그럴 정도로 부녀의 정이라는 게 과연 조나단과 자신의 사이에 있는 걸까?

"놔."

레인이 자신의 허리에 감겨 있는 가브리엘의 손을 풀어냈다.

또다시 속이 뒤집어지려 했다. 풀어낸 그의 손이 아직 자신의 손에 잡혀 있었다.

"여기 있어."

그리고 자신에게서 떨어지려 하지 않는 그를 있는 힘껏 밀쳤다. 뒤를 돌아보지 않고 그 방을 벗어났다.

잠시 숨을 돌릴 곳이 필요했다.

택시의 유리창을 굵은 빗줄기가 거세게 때렸다. 백미러로 기사와 자꾸 시선이 마주쳤다. 아마도 자신에게 돈이 있는지 없는지 눈치를 보고 있는 거겠지.

얇은 잠옷 차림으로 호텔에서 뛰쳐나와 누군가 뒤에서 붙잡기라도 할까 봐 서둘러 대기하고 있던 택시를 타고 맨해튼의 주소를 말했다. 자신이 생각해도 반쯤 정신이 나간 여자 같은데 택시 기사라고 오죽하랴.

늦은 시간이라 그런지 신호에도 거의 걸리지 않고 택시는 무사히 맨해튼 거리 구석에 박힌 낡은 서점 앞에 멈췄다. 기사에게 잠시 기다려달라고 말한 뒤 쏟아지는 비를 맞으며 서점으로 가서 문 위를 뒤적거리자 작은 열쇠가 잡혔다. 이미 문을 닫은 지 오래된 서점이었다. 니콜의 할머니가 운영하던 이 작은 서점은 레인이 니콜 대신 종종 이용했다. 서점의 문을 열고 들어가 이곳에서 몇 날 며칠 보낼 때를 대비해 놓아둔 비상금으로 택시비를 결제하고 다시 서점 안으로 들어왔다.

얇은 잠옷은 그 사이 비로 인해 흠뻑 젖어 있었다. 몸에 달라붙는 잠옷을 거리낌 없이 벗어던진 레인이 복층으로 되어 있는 서점 위로 올라갔다. 2층에는 작은 베드와 책상, 옷장과 작은 주방이 전부였다.

니콜의 할머니가 돌아가신 뒤 할머니의 짐은 모두 처분하고 이 서점도 처분하려 했는데 팔리지 않아 그냥 놔둔 것을 어쩌다 보니 계속 생각이 필요할 때 찾게 됐다.

더 이상 이곳에 오지 않는 니콜. 이미 옷장은 레인의 옷으로 채워져 있었다. 얇은 티셔츠 하나를 꺼내 입었다.

가끔 휴가를 얻었을 때 이 서점에서 시간을 보냈다. 바깥으로 난 커다랗고 낡은 창으로 지나가는 사람들을 보면서 이 오래된 서점에 혼자 앉아 먼지가 쌓인 책을 읽고 지냈다.

마른 수건으로 머리에 묻은 물기를 털어냈다.

낡은 침대 위에 오도카니 앉아 있다가 이내 정신을 차리곤 옆에 딸린 욕실로 들어가 욕조에 차가운 물을 가득 채웠다.

"우웁!"

욕조의 가장자리에 앉아 채워지는 물을 보다가 이내 다시 치밀어 오르는 욕지기에 변기를 붙잡고 위액이 나올 때까지 토했다.

"너는…… 너는……!"

레인의 주먹이 있는 힘껏 욕실 바닥을 두드렸다.

그를 지옥으로 몰아넣은 장본인의 딸이었다. 자신의 생부와 만난 적조차 없다 해도 그 사실은 변하지 않았다. 그런 자신을 그는 어떤 눈으로, 기분으로 보고 있었을까?

그저 스쳐가는 정도로만 알았던 사실들과 무관심의 결과를 최악으로 마주했다.

레인이 잠시 두 손바닥에 얼굴을 묻었다. 욕조의 물이 넘쳐 욕실 바닥에 앉아 있는 레인에게 흘렀다.

"생각을 해, 레인. 네가 그걸 어디에 뒀는지."

기다시피 욕조로 가서 그대로 얼굴을 담갔다. 여름이 분명한 날씨건만 욕조의 물은 너무 시렸다. 그 안에서 눈을 뜰 수 없을 정도로. 눈가가 시큰거릴 정도로 차갑고 시렸다.

이 서점에서 읽었던 책들이 머릿속을 스쳐 지나갔다. 맨해튼의 뒷골목에서, 창가 옆에 포근한 모포와 쿠션 두 개를 가져다 놓고 그곳에 기대서 책을 읽었던 그 평화로운 날들을 기억해내려 했다.

그것을 책 속에 꽂아놓고 부러 그 책 제목을 기억하지 않았다. 언젠가 우연히 그 책을 다시 펼쳤을 때, 그런 우연이 겹친다면 한 번쯤 하고 생각했던 기억이 났다.

숨이 막혔다. 하지만 이 욕조 밖으로 나가고 싶지 않았다. 욕조를 움켜쥔 손가락이 하얗게 되도록 레인이 물속에서 나오지 않았다.

"쿨럭, 쿨럭!"

결국 물속에서 물을 그대로 들이마셔 기도로 넘어가고 나서야 나올 수 있었다.

"테리 프래챗. 테리 프래챗."

자신의 과거 기억의 끝에서 그 이름을 결국 찾아낸 레인이 벌떡 일어나 1층으로 비틀거리며 내려왔다.

서점 안이 순간 밝아졌다가 이내 다시 어둠 속으로 잠겼다. 그제야 밖에 천둥번개가 치고 있다는 사실을 깨달은 레인이 낡은 책장을 뒤지기 시작했다. 처음 이 서점에 왔을 때 엉망으로 정리되어 있던 도서들을 작가별로 정리한 것은 레인이었다.

"테리…… 테리……."

물에 젖은 손이 정신없이 책장 사이를 오가며 결국 책을 집어 들었다.

—Terry Pratchett, Neil Gaiman: Good Omens

멋진 징조들. 그 아이러니한 제목에 레인이 헛웃음을 삼켰다. 이 책을 읽었던 기억이 확실히 났다. 어떤 일이 일어날 때는 반드시 그 징조들이 나타난다. 과연 가브리엘과 자신이 이렇게 된 데에도 그 징조들이 있었을까?

그 책장을 막 펼치려던 순간 레인의 시선이 창밖을 향했다.

점멸하는 번개 속에서 미동도 없이 서 있는 남자를 발견했을 때였다. 그의 어깨를 치고 다시 바닥으로 떨어져 내리는 빗줄기를 발견했을 때, 레인은 책을 내던지고 서점의 문을 열었다.

"엘!"

마치 유령처럼, 자신이 봤던 마지막 모습 그대로 그 자리에 서 있는 남자의 얼굴은 창백하게 질려 있었다. 얼마나 이곳에 서 있었던 걸까. 한 여름에 내리는 비가 이토록 거세고 차가웠던가.

"여기서 뭐하는 거야."

"여기에 있을 줄 알았어. 당신은 여기서 보내는 시간을 가장 좋아하니까."

그가 희미하게 웃으면서 레인의 말에 대꾸했다.

"너는…… 무슨 마음으로 나에게."

무릎을 꿇고 그런 고백을 했는지.

네가 어떤 눈으로 나를 보고 있었는지. 처음 만남은 어땠는지. 그때 너에게 한 톨의 증오라도 찾을 수 있었는지 그런 것들을 생각했다.

"이럴 땐 나를 이용하려 했냐고 화를 내고 때려야죠."

신을 믿지 않는다고 말하면서 매일 아침 신에게 기도하고 있는 너에게 화를 낼 수 있을 리가. 그 기도는 맹세였다. 매일매일 해가 뜨기 전 신에게 하는 고해였다. 스스로 잊지 않기 위해 몸에 새기는 채찍 대신 마음을 찢어발기는 토로였다.

"언젠가는 알 거라고 생각했으니까. 당신은 머리가 좋은 여자라서."

처음 그와의 접점을 어렴풋 눈치챘을 때부터 단도직입적으로 물었어야 했다. 내 생부와 관련이 있는 일이냐고. 나는 왜 이 남자에게 묻지 못했던 걸까.

"네가 너무 익숙해서. 나를 보는 것 같아서."

그래서 그에게 묻는 것을 뒤로 미뤄왔는지도 몰랐다.

심장 깊숙한 곳을 뭉툭한 것으로 꾸욱 누르는 기분이었다. 입을 열 때마다 커다란 돌멩이가 하나씩 목을 타고 넘어오는 것 같아서 레인이 마른 침을 삼켰다.

네가 정말 내가 아무 생각할 수 없을 정도로 끝 간 데 없는 곳

371

으로 몰고 가는 것이, 그 정신없는 시간이 좋아서 차마 진실을 묻지 못하고 미뤄두었다는 것을 레인이 인정했다.

"그래서 결국 당신을 집어삼켰잖아, 내가."

그렇게 말한 가브리엘이 레인의 두 뺨을 손바닥으로 감싼 뒤 입술을 내려 키스했다. 그의 키스에서는 진한 빗물 냄새가 났다. 입가를 타고 흘러들어온 빗물과 타액이 섞였다. 레인의 두 손이 그의 목을 끌어안았다.

그의 몸이 미는 대로 입을 맞춘 채 서점의 문을 열고 들어왔다. 문 위에 걸린 방울에서 소리가 났지만 누구도 신경 쓰지 않았다. 레인의 손이 먼저 가브리엘의 슈트를 벗겨 냈다.

레인이 입고 있는 얇은 티셔츠는 이미 흠뻑 젖어 몸의 곡선을 적나라하게 보여주었다. 가브리엘의 손가락이 티셔츠 사이로 솟아오른 유두를 손가락 끝으로 짓뭉갰다.

투두둑―

가브리엘의 셔츠 단추들이 힘없이 떨어지며 바닥에 굴렀다. 레인의 손이 거침없이 셔츠를 젖혔다. 그의 젖은 맨살에 남아 있는 물기를 레인의 혀가 길게 핥았다. 자신이 지난 밤 냈던 흔적들이 고스란히 보이는 가브리엘의 하얀 몸을 바라보며 잔인한 독점욕이 고개를 쳐들었다.

흉포해진 그녀의 눈동자를 내려다 본 가브리엘이 짙은 미소를 흘리며 말했다.

"다시 먹어 치워. 네가 남긴 흔적에 다시 덧씌우는 거야."

귓가를 스치는 습하고 잔악한 목소리에 발끝에서부터 소름이 돋았다. 레인이 고개를 치켜들었을 때, 가브리엘이 그녀의 목을 한 손으로 감쌌다. 그리고 자신이 낙인을 찍었던 목덜미를 깊게 베어 물었다.

"흐읍!"

살가죽이 입술 속으로 빨려가는 느낌이 적나라했다. 뭉근하고 쓰라린 아픔이 뒤따랐다. 그것을 아는 듯 그의 혀와 입술이 달래듯 상처 부위를 핥았다. 그리고 이내 입술이 춉 소리와 함께 닿았다 떨어졌다.

"이렇게."

여전히 한 손으로 목을 감싼 채로 움직이지 못하고 있는 레인을 마주보는 가브리엘의 눈동자가 열락의 빛을 띠었다. 서로의 입술을 스치고 그의 입술이 뺨에서 목덜미로, 그리고 젖은 셔츠에 가려진 유두를 셔츠 채로 집어 삼켰다. 얇은 옷감과 함께 유두가 뜨겁게 빨렸다. 레인의 손이 자신의 등 뒤에 있는 유리를 손바닥으로 짚었다.

"하아……."

뜨거운 숨이 입술을 비집고 터져 나왔다.

젖은 가브리엘의 머리칼이 티셔츠 위에서 하느작거렸다. 티셔츠 아래 팬티를 그가 손쉽게 내리고 레인에게 말했다.

"벗겨줘요."

레인의 손이 서툴게 벨트를 풀고 바지와 드로즈를 내리자 그가 손쉽게 자신의 페니스를 꺼냈다. 그녀의 한쪽 다리를 들어 자신의 허리에 감게 한 뒤 한 손으로 레인의 허리를 감고 자신의 하체에 바짝 붙였다.

이미 젖어 있는 내부로 조금씩 그의 페니스가 들어오고 있었다. 전희 같은 건 아무래도 좋았다. 지금 당장 그의 것을 품고 싶었다. 레인이 있는 힘껏 가브리엘을 껴안았다. 그러자 단번에 그가 레인의 좁은 안으로 치고 들어왔다.

"흐윽!"

"아주 잠깐 떨어져 있었을 뿐인데 그새 좁아졌네요."

자신의 몸에 꽉 들어차고도 빠듯한 크기에 레인의 입가가 벌어지자 가브리엘은 그 입술 사이로 손가락을 넣었다. 자신의 허리를 감고 있는 레인의 한쪽 엉덩이를 움켜쥐고 더 깊게 들어가기 위해 다시 한 번 허리를 움직였다.

뜨겁고 습한 내부가 그의 페니스를 꽉 조여 물고 떨어지질 않았다.

살과 살이 부딪치는 소리가 조용한 서점 안에 음란하게 울렸다. 결국 등을 받치고 있는 유리창을 짚고 있던 손이 땀으로 인해 미끄러져 내렸을 때, 레인은 지금 자신들이 어디에서 정사를 벌이고 있는지 알아차렸다.

입을 열기도 전에 가브리엘의 페니스가 레인의 안에서 쑥 빠져나갔다.

"자, 잠깐."

말을 할 틈도 없이 그녀를 돌려세운 가브리엘이 레인이 유리창을 마주보고 두 손을 짚게 한 뒤 뒤에서부터 깊게 침입했다.

"윽!"

서점의 낡은 창이었다. 다행히 비가 거세게 쏟아져 이 뒷골목엔 지나다니는 사람 하나 없었다. 간간이 차들이 지나갔지만 불 꺼진 낡은 서점엔 아무도 관심을 주지 않았다. 레인이 뒤에서 치고 들어오는, 멈추려 하지 않는 가브리엘의 모습을 창 너머 투영된 모습으로 살펴봤다. 그리고 입을 벌린 채 눈을 가늘게 뜨고 그의 것을 뒤로 받아들이는 자신의 모습 또한 보였다.

두 손에 딱 맞는 허리를 움켜잡고 자신의 페니스가 레인의 내부로 사라지고 나오는 모습을 지켜보던 가브리엘의 눈이 순간 정면을 향했다. 그리고 유리창 위로 서로를 마주보았다.

그 순간 얼굴이 붉어진 레인이 가까스로 손을 뻗어 블라인드를 내렸다.

"흐아! 으응! 응! 사, 사람들이 볼 거야."

"그랬나?"

레인의 말에 그가 깊게 몸을 숙여 그녀의 어깨를 잘근 씹었다. 등에 그의 젖어 있는 가슴이 밀착됐다. 엉덩이만 뒤로 뺀 채로 깊숙하게 그가 다시 한 번 들어오며 말했다.

"어차피 내 눈엔 당신밖에 안 들어와서 다른 사람의 시선은 생각 못 했는데."

나직한 웃음기가 어린 말투였다. 손이 아직 벗지 않은 티셔츠 사이로 들어와 꼿꼿이 선 유두를 만졌다. 이미 예민해져 있는 유두는 손끝만 스쳐도 쓰렸다. 하지만 그가 만질수록 점점 더 부풀어 올랐다.

정점의 돌기를 꾹 누르자 레인이 더 이상 참지 못하고 밭은 신음을 터트렸다.

"흐웅! 엘, 엘!"

신음 끝에 부르는 것이 자신의 이름인 것에 만족하며 가브리엘이 레인의 허리를 붙잡아 더욱 자신의 하체에 바짝 붙였다. 등 뒤에서부터 깊숙하게 맞닿아 이어진 것에 레인이 목울음을 삼켰다.

뱃속이 뒤엉킨 것처럼 요동쳤다. 뜨거운 내부에 그것보다 더 뜨겁고 단단한 것이 온통 날뛰며 자신의 내부를 휘저어대고 있었다. 가브리엘의 손이 가슴을 꽉 쥐었다 놓자 저도 모르게 블라인드를 구겨 잡았다.

그녀의 그 모습이 사랑스러웠다. 자신이 만들어낸 붉은 자국들을 볼 때마다 처음 느껴보는 깊은 만족감이 전신을 휘감았다. 가브리엘의 손가락이 레인의 허리에 남아 있는 잇자국을 꾹 눌렀다. 그러자 그녀의 허리가 움찔하며 더욱 그의 페니스를 꽉 죄어오는 것이 느껴졌다.

누군가를 상대로 처음으로 사랑스럽다는 자각을 했을 때, 가브리엘이 멈춰 섰다. 그리고 레인의 내부에서 거칠게 나온 뒤 허리를 제대로 펴지 못하는 레인을 안아들었다. 2층으로 성큼 올라간 그가 침대 위에 레인을 내려놓았다.

"엘?"

레인이 지친 얼굴로 그의 이름을 불렀으나 가브리엘은 대답하지 않았다. 그저 위에서 물끄러미 레인을 내려다보았다. 자신이 남긴 흔적을 눈으로 훑어보며 그가 한 손으로 이마를 짚었다.

"왜 그래?"

갑작스러운 그의 반응에 레인이 상체를 일으키려 했을 때 가브리엘의 다른 손이 그녀의 어깨를 꾹 잡아 아래로 내리눌렀다. 그의 손바닥 안에 닿은 살도, 그 살 위에 그가 그려놓은 그림도, 어둠 속에서 더욱 반짝이는 저 검은 눈동자도 여전히 모두가 사랑스러웠다.

그의 자국을 온몸 가득 달고서 누운 그 모습에 가브리엘이 흐느끼듯 웃음을 터트렸다.

"너, 왜……."

"사랑스러워서요."

들뜬 목소리로 그가 대답했다. 그리고 이내 레인이 뭐라고 물어보기도 전에 그녀의 다리를 벌리고 이미 애액으로 축축하게 젖어 있는 곳에 단번에 페니스를 박고 들어왔다.

"하악!"

"이렇게 내 마킹을 달고 다녀요. 응? 정말로 사랑스럽잖아."

타인과 타인이 몸을 섞는 행위가 이토록 충만한 감정을 가지고 오는 행위일 줄은 생각지 못했다. 그것이 모두 그녀와 자신이 닮았기에 이렇게 사랑스럽게 보이는 것이라는 걸 뒤늦게 깨달았다.

그에게 안겨 있는 사랑스럽기 그지없는 작고 여린 몸.

그 뜨겁고 좁은 내부에서 나오고 싶지 않았다. 자신을 위해 신이 창조한 단 하나의 짝을 찾은 아담의 기분이 이러했을까.

자신이 움직일 때마다 아래 깔린 레인의 소담한 가슴이 위아래로 움직이는 것을 가브리엘이 탐욕스럽게 바라보았다.

더 깊게 몸을 숙여 그녀의 몸에 자신을 묻으며 빨아달란 듯 움직이는 가슴을 혀로 살살 핥아 입술로 빨아들였다. 목덜미까지 내려온 가브리엘의 머리를 레인이 한 손으로 헤집었다.

목 끝까지 숨이 찬 레인은 그의 말에 대답할 여력도 없었다. 그가 깊숙이 몸을 묻을 때마다 안쪽이 뜨겁고 움찔거렸다. 이미 이어져 있는데도 부족한 듯 끊임없이 치고 들어오는 그의 팔을 두 손으로 붙들었다. 고개를 돌리자 그의 팔뚝을 따라 자신이 낸 손톱자국이 보였다.

"엘…… 엘……."

신음과 함께 그의 이름이 꺼져가듯 흘러나오자 자신의 안으로 깊게 찌르는 페니스가 느껴졌다. 머릿속이 총이라도 맞은 듯 진탕되어 생각을 할 수 없었다. 그가 움직이는 게 빨라지자 점멸하는 번개가 온몸을 꿰뚫는 기분이었다.

몸이 경직되고 눈앞이 새하얗게 변했을 때, 안에 뜨거운 것이 왈칵 쏟아졌다. 그리고 가브리엘의 입술이 빗줄기처럼 얼굴 위로 수없이 떨어져 내렸다.


레인을 욕조의 뜨거운 물에 앉혀 두고 자신은 옆에서 간단하게 샤워만 한 채 가브리엘이 밖으로 나갔다. 상처 입은 한쪽 발을 욕조의 바깥에 빼서 걸쳐놓곤 그가 나간 문을 지그시 바라본 레인이 곧 고개를 저어 생각을 털어냈다.

20분 쯤 있었을까. 이제 나갈까 싶을 찰나에 다시 욕실로 들어온 가브리엘에게서 희미하게 음식 냄새가 났다. 자신을 안아

올리는 그의 어깨에 코를 박고 냄새를 맡자 그가 웃음기 어린 목소리로 말했다.

"아까 다 토했잖아요."

"지금 시간에 이 근처에 음식을 파는 곳이 없을 텐데?"

"그래서 햄버거."

코끝에 그가 입을 맞추고 레인을 데려간 곳은 1층이었다. 자신이 내렸던 블라인드는 이미 올라가 있었고 언제 꺼냈는지 옷장에서 도톰한 모포와 쿠션들을 꺼내 유리창 앞에 깔아둔 상태였다. 그리고 그 위에 레인을 내려놓고 옆에 준비된 마른 수건으로 그녀의 몸에 묻은 물기를 닦았다.

고소한 햄버거 냄새가 코끝을 확실하게 자극했다.

그제야 배가 고파왔다. 가브리엘이 하는 대로 얌전히 그가 입혀준 새 티셔츠를 입고 그의 어깨에 기대 누웠다.

바깥으로 여전히 천둥과 번개, 그리고 비가 쏟아져 내리고 있었다. 혼자 있었다면 분명 음울한 풍경이지만 밖으로 보이는 맨해튼의 거리는 이상하게 그렇게 보이지 않았다. 햄버거의 포장지를 벗겨 레인의 입가에 대준 그가 말했다.

"빨리 먹고 기운차려요."

육즙이 그대로 배어 있는 햄버거를 크게 한입 먹자 그가 빵부스러기가 묻은 입가를 혀로 훔쳤다.

의식적으로 서로가 이야기를 피하고 있었다. 더 이상 파고들어도 결국 본질은 바뀌지 않는다는 것을 알고 있는 레인이 햄버거 하나를 욱여넣었다. 가끔 콜라를 입에 대주며 그런 자신을 내려다보는 가브리엘의 시선이 다정하기 이를 데 없어 또다시 속이 뒤집어지려 했다.

"너를 어떻게 재워야 될까."

아직 멈추지 않은 서점의 벽시계는 새벽 3시를 가리키고 있었다.

레인의 말에 그가 잠투정을 부리듯 그녀의 어깨에 얼굴을 비볐다. 등에 기대고 있는 쿠션이 불편해 뒤척이자 그의 손이 쿠션 대신 등허리를 감싸 제 가슴팍에 기대게 했다.

"책 읽어줘요, 그럼."

"무슨 책?"

그냥 내뱉은 말이었는지 가브리엘이 별 생각 안하고 긴 팔을 쑥 뻗어 가까운 책장에서 아무 책이나 뽑아 들었다. 공교롭게도 그건 어린 아이들이 읽는 동화책이었다.

"이리 누워봐, 그럼."

순순히 쿠션에 머리를 기대고 레인의 겨드랑이를 파고들어 누운 가브리엘이 눈을 감았다.

그의 목덜미를 한 손으로 쓸면서 다른 한 손으론 책장을 세워 넘겼다.

"옛날, 아주 먼 옛날, 용이 지키고 있는 나라에 공주님이 태어났습니다. 어린 공주님을 본 용은 한눈에 반해 평생 동안 공주님을 지켜주겠다는 맹세를 했습니다."

"로리콤이네."

가브리엘이 픽 웃으며 동화에 사족을 달았다.

그의 귓불을 잡아당기며 조용히 하라고 속삭인 레인이 말을 이었다.

"공주님의 열여섯 살 생일이 됐을 때, 이웃나라 왕자님이 공주님의 생일을 축하하기 위해 나라를 방문했습니다. 그 둘은 한눈에 사랑에 빠졌죠."

공주의 곁을 맴돌던 용은 결국 위험에 빠진 공주를 구하고 깊은 잠에 빠지게 된다. 그 후 공주와 왕자는 결혼을 하고 용이 깨어나 다시 나라를 지켜주길 바라며 오래도록 행복하게 살았다는 그런 흔한 동화였다.

레인이 마지막 구절을 읊자 아직 잠들지 않은 가브리엘이 눈을 감은 채 말했다.

"어떤 작가가 그랬죠. 동화는 아이들에게 용이 있다는 얘기를 해주는 게 아니라고. 동화는 아이들에게 용이 죽을 수도 있다는 얘길 해주는 거라고."

그는 이 동화 속 용이 이미 죽었다고 이야기하고 있었다.

"그래. 체스터튼이 그런 말을 했지."

"그럼, 레인은? 당신은 내게 어떤 이야길 해줄 건가요?"

레인은 동화책을 내려놓고 가브리엘의 덜 마른 머리카락을 만지작거렸다. 머리칼을 만지다가 그의 귓불을 간질이다가 그 목덜미, 세차게 맥박이 뛰는 곳에 손가락을 가만히 가져다 댔다.

"우리는 책으로 따지면 로미오와 줄리엣인가요?"

"글쎄. 너와 내가 로미오와 줄리엣이었다면 애초에 이야기가 시작이 되지 않았을걸. 둘 다 가문 따위 그냥 버리고 눈 맞았을 때 멀리 도망가 살림을 차렸을 테니까.”

그의 성격을 너무 잘 알고 있는 레인의 대답에 가브리엘이 낮게 웃었다.

“맞아요. 난 당신이 자살하게 두지 않아.”

아름다운 희극을 그저 단순한 자살로 치부하는 목소리에는 심술이 묻어나왔다.

보도블록 위로 떨어지는, 가로등에 비치는 수만 개의 물방울들이 자장가 소리처럼 들렸다.

왜 너는 더 이상 내 생부의 소재를 묻지 않는 건지. 그리고 난 왜 이 말을 입 밖으로 꺼낼 수 없는 건지.

그의 악몽을 목도했던 레인은 이게 결코 피해갈 수 없는 일이란 걸 깨달았다. 아마도 그가 16년 동안 시달린 이 지긋지긋한 악몽이 지나간다면, 그러면 자신의 품 안에서 그가 천사처럼 잠들 수 있을까.


“끼아아아아아아!”


그 순간 귓가에 울리는 이명에 잠들려던 레인이 흠칫 몸을 굳혔다.

잊을 만하면 들려오는 그 소리는 마치 행복해지려 할 때마다 자신의 존재를 기억하라고 울부짖는 것 같았다.

그래, 너를 잊지 않았어. 아직 너를 놓지도, 잊지도 않았어.

플로리다의 한 병원에서 생명유지장치를 달고 살지도, 죽지도 않는 상태로 연명하고 있는 너를 잊지 않았단다.

레인의 얼굴에 표정이 사라졌다. 그리고 다시 밖을 바라보는 눈에서 더 이상 잠기운은 느껴지지 않았다. 간간이 가브리엘이 다시 악몽을 꾸지는 않는지 확인하며 그녀가 뜬눈으로 날을 샜다.

그리고 벽시계가 정확히 6시를 가리켰을 때, 막 동이 터오기 시작한 그쯤 레인은 가브리엘이 깨지 않도록 조심스럽게 자리에서 일어났다. 그녀의 걸음이 향한 곳은 떨어뜨린 책이 있는 곳이었다.

〈멋진 징조들〉. 가브리엘을 발견하자마자 바닥에 팽개쳐 둔 채 밖으로 뛰어갔었다.

그 책을 들어 올려 책장을 넘기자 편지가 보였다. 3년 전, 조나단 먼츠에게서 온 한 통의 편지. 아직 뜯지도 않은 편지가 레인의 손 안에서 잠시 동안 머물렀다.

언젠가 우연히 이 책을 다시 펼쳤을 때, 이 편지를 발견하면 그것을 그를 만나도 괜찮을 거란 징조로 삼자, 그렇게 어렴풋 생각했었다. 그리고 의식적으로 이 책의 존재 자체를 기억에서 지웠었다. 이 수많은 책들 중에 다시 이 책을 꺼내볼 리는 없을 거라고 여겼다.

그 편지를 들고 가브리엘에게 다가가 자신이 누웠던 그 자리에 대신 놔두었다.

편지의 내용이 궁금하지는 않았다. 다만, 그 내용에 가브리엘이 찾던 것이 들어 있기를 바랐다.

레인은 옷장에서 손에 잡히는 대로 옷을 갈아입고 블라인드를 내린 뒤 조용히 서점을 빠져나왔다.

그를 만난 지 오늘로 6일째.

아침 7시가 가까운 시각이었다.

2권에서 계속